페인킬러

김도형 장편소설

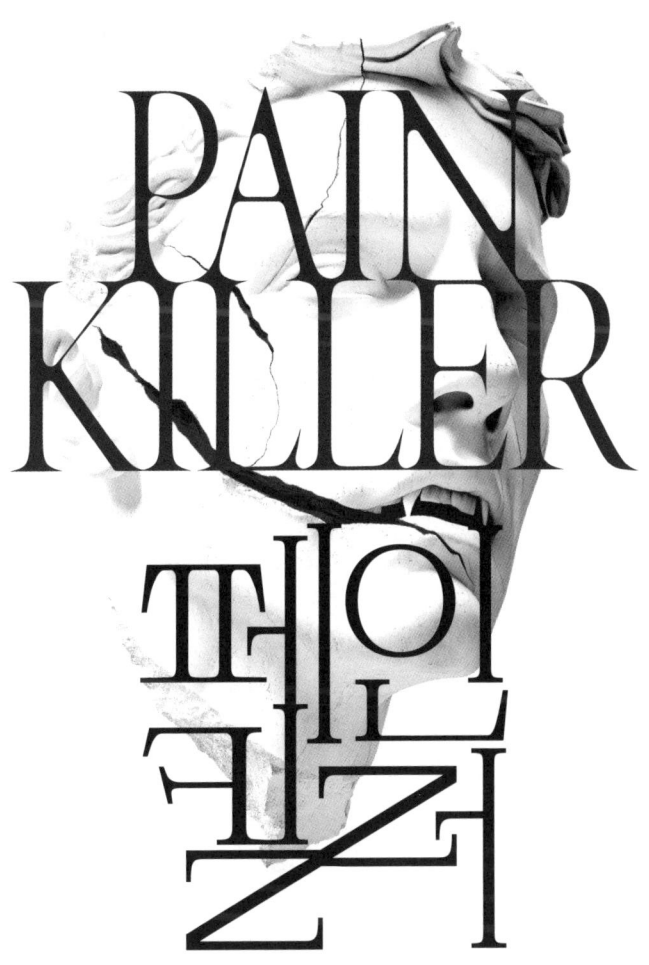

PAIN KILLER

페인 킬러

CABINET

차례

Part 1
보이지 않는 악

1장 잠복 ⋯ 13
2장 가출팸 ⋯ 28
3장 아버지와 동생 ⋯ 43

Part 2
한계

1장 블랭크 ⋯ 61
2장 재회 ⋯ 74
3장 뱀파이어 ⋯ 90

Part 3
악을 처단하는 악

1장 응징 ⋯ 117
2장 대가 ⋯ 139
3장 심연 ⋯ 162

Part 4
페인킬러

1장 고객들 …179
2장 반격 …186
3장 기자회견 …207
4장 격돌 …227

Part 5
악의 근원들

1장 사제들 …253
2장 협상 …272
3장 목적 …293
4장 근원 …315
5장 종막 …336

에필로그 …349

대한민국은 결코 '마약 청정국'이 아니다. 1999년 이후 마약사범은 매년 만 명씩 꾸준히 발생했으며, 2020년에는 그 수가 만 팔천 명에 육박했다. 이 중 투약 사범은 약 구천 명이었다.

수사 기관은 이 수치조차 빙산의 일각에 불과하다고 확신했다. SNS와 다크웹의 발달로 마약 구매는 쉬워지고 단속은 더욱 어려워졌기 때문이다. 그래서 수사 기관은 마약 범죄의 암수율을 약 30배로 추정했다. 단순 계산으로도 약 27만 명이 마약을 투약하는 셈이었다.

이제 마약 사건은 유명인들만의 사고 거리가 아니었다. 30대에서 20대로, 20대에서 10대로 투약자 연령대가 낮아져 갔고, 마음만 먹으면 일반인도 쉽게 마약을 구매했다. 결국, 경찰청은 '마약과의 전쟁'을 선포했다.

Part 1
보이지 않는 악

·1장·
잠복

또다시 앰뷸런스 사이렌 소리가 울렸다.

금요일 밤, 논현동 뒷골목은 취객들의 웃음소리와 고함으로 가득했다. 그 위로 경찰차와 앰뷸런스의 사이렌 소리가 고리타분한 선생의 호통처럼 간헐적으로 들려왔다. 밤이 깊어갈수록 호통의 간격은 짧아지고 있었다.

새벽 세 시 삼십 분. 얼큰하게 취한 남자 하나가 비틀거리며 갓길에 주차된 승용차로 향했다. 선팅된 유리창이 차 색깔처럼 시커멨다. 취객은 운전석 손잡이를 붙잡고 흔들었다.

"아이, 이 새끼가."

운전석에 앉아있던 김대건이 욕지거리를 했다.

"냅둬."

조수석에 앉아있던 한용준이 조용히 그를 말렸다.

"후……. 가뜩이나 신경쓰여 죽겠는데."

취객이 떠나고 나서도 김대건의 얼굴에선 긴장이 가시지 않았다. 그에 반해 용준은 느긋한 표정으로 흔들림 없이 정면의 풍경을 바라보고 있었다. 골목길에 뚫린 클럽 후문으로 또 다른 취객들이 들락거리고 있었다.

김대건이 물었다.

"나왔습니까?"

"아직. 보아하니 10분 안에 나오겠다."

강력팀 형사 8년, 4년 연속 검거율 전국 1위 형사 한용준. 그의 감각은 동료들 사이에서도 유명했다. 대략 십 분에서 삼십 분 사이. 용준은 잠복 중에 용의자가 출연할 타이밍을 정확히 예측하곤 했다.

다른 형사들도 감과 촉이라면 뒤지지 않았건만, 용준의 감각은 따라잡을 수 없었다. 도대체 그걸 어떻게 아느냐는 질문이 들어올 때 용준은 갸웃거리며 말하곤 했다.

'어, 그냥…… 글쎄요. 제가 그걸 어떻게 알까요?'

그간 용준과 작전을 함께 했던 다른 선배들도 그의 감각이 한 번도 틀린 적이 없었다고 칭찬을 했던 터였다.

대건이 침을 꿀꺽 삼켰다. 용준의 말대로라면 10분 안에, 클럽 '매든 맨' 후문에서 마약 중계상 K를 마주치게 될 것이 분명했다.

대건은 핸드폰을 꺼내 K의 사진을 다시 들여다보았다. 백 번도 넘게 봤으니 멀리서도 잡아낼 자신이 있었다. 원칙대로라면 해당 건은 마약 사건이었기에 강력범죄수사대가 나서지 말고 마약수사대에 전달해야 할 사안이었다. 하지만 용준은 상부에도 보고하지 않고, 마수대에게 공조를 구하지 않고 직접 나섰다. 일이 그르쳐질 경우 심한 문책이 예상되었지만, 대건이 책임질 일은 아니었다.

"저기다."

용준의 말에 대건은 화들짝 놀라 두리번거렸다. 그때 뒷문에서 인파에 둘러싸인 채 K가 나오는 게 보였다. 언뜻 보아도 180센치에 100킬로가 넘는 체구였다. K는 담배를 뻑뻑 피우며 골목길 안으로 깊게 들어갔다.

"주차장 쪽으로 간다."

"알겠습니다!"

"큰길로 빠져서 바로 주차장으로 가."

"넵!"

대건은 차에 시동을 걸었다. 클럽 후문 골목길에서 도보 12분 거리에 공영주차장이 있었다. 근방에서 유일하게 차를 댈 수 있는 곳이기도 했다. K가 큰 길이 아닌 골목으로 빠진다는 것은 그가 평소 동선대로 주차장으로 향한다는 의미였다.

대건과 용준의 차는 K보다 먼저 공영주차장에 도착했다.

몇 분 후, K가 주차장 안으로 들어왔다. 누가 봐도 술을 마신 듯 얼굴이 붉어진 채였지만, K는 서슴없이 자신의 차에 올라탔다.

"지금."

용준의 말이 떨어지는 순간, 대건이 기어를 바꾸고 엑셀을 밟았다.

대건은 출발하려는 K의 차를 앞질러 주차장 출입구로 향했다. 그리고 무인정산기 앞에서 태연히 카드를 꺼내는 척 시간을 끌었다. 뒤에서 불만이 가득 담긴 클랙슨 소리가 울렸다.

"아, 참 이거 왜 안 돼."

대건은 카드를 거꾸로 들고서 정산기에 끼웠다가 빼기를 반복했다. 당연히 무인정산기는 작동하지 않았다. 마침내 뒤쪽에서 K가 거칠게 운전석에서 내리며 차 문을 쾅 닫았다.

"아이 거 씨발! 앞에서 뭐 하는 거야!"

K가 다가오자, 용준이 조수석에서 내리며 공손하게 사과했다.

"죄송합니다. 기계가 좀 이상한 것 같아서요."

"바빠죽겠는데, 진짜."

K는 욕설을 내뱉으면서 정산기 쪽으로 다가왔다. 용준도 자연스럽게 그를 향해 다가섰다. 2미터, 1미터 50센치, 1미터. 이제 어깨를 잡아 수갑을 채울 만한 거리였다. 손을 뻗으려던 그 순간, 용준은 K가 곁눈질로 출입구 쪽을 보고 있음을 깨달았다.

목포 출신의 K가 강남 클럽을 전담하는 마약 중계상이 되기까지는 2년이 채 얼마 걸리지 않았다. 그간 잡히지 않고 그 위치까지 올라올 수 있었던 것은 그의 눈썰미가 크게 한몫했을 것이었다. K는 자신에게 약을 살 것 같은 약쟁이들을 기가 막히게 알아봤고, 또 자신 주변에서 얼쩡거리는 '짭새' 냄새를 끝내주게 잘 맡았다.

K는 조수석에서 내린 용준을 본 순간, 그가 수상하다는 것을 단박에 알아차렸을 것이었다. 자신의 덩치를 보고도 겁먹지 않는 여유, 곱상한 얼굴과 대비되는 탄탄한 어깨, 꾸민 듯하면서도 기동성 좋은 복장, 낡은 운동화까지.

본능적으로 K의 뇌리에선 경고가 울렸.

'짭새!'

용준의 손아귀가 아슬아슬하게 K의 뒷덜미를 스치는 순간, K는 날쌔게 움직여 주차장 바리게이트를 뛰어넘었다. 100킬로가 넘는 거구라고는 생각도 못 할 만큼 재빠른 움직임이었다. 용준도 지체하지 않고 몸을 날려 가볍게 바리게이트를 넘었다.

K는 생각 이상으로 잘 달렸다. 하지만 아무리 빠르다 한들, 용준은 200m 내에서 K를 잡을 자신이 있었다. 곧이어 골목길 교차로가 나오자, 용준은 속도를 올렸다.

그때 갑자기 옆길에서 오토바이 한 대가 튀어나왔다. 용준은 가까스로 몸을 굴려 오토바이를 피했다.

K가 뒤를 돌아보며 욕설을 내뱉었다.

"와 씨바, 그걸 피해?"

끼이익- 하는 소음이 멎자, 오토바이에서 사내 둘이 내렸다. 상시 대기조였던 듯 그들의 손에는 이미 야구 배트가 들려 있었다. 용준은 몸을 얼른 일으켰다. 그가 침을 퉤 뱉었다.

"성가시네."

반대편 골목으로부터 또 다른 오토바이 소리가 들렸다. 추가로 나타난 두 대의 오토바이가 용준의 뒤를 포위했다. 오토바이 한 대에 두 명씩, 총 여섯이었다. 그제야 K는 멀찍이 떨어진 채 달리기를 멈추고 거친 숨을 몰아쉬며 허리를 폈다.

"와씨, 짭새가, 헉, 헉. 어떻게 알고. 헉, 헉."

분명히 경찰임을 눈치챘음에도 오토바이에서 내린 덩치들은 용준에게로 슬금슬금 다가왔다.

"경찰이다! 움직이지 마!"

외침과 함께 뒤늦게 따라붙은 대건이 나타났다. 대건은 공무원증을 꺼내 들고 위협적으로 사내들에게 다가갔다.

"야, 대건아, 인마……."

다가오는 대건을 보며 용준은 한숨을 쉬었다. 새벽 강남 뒷골목, 그것도 취객이 아닌 범죄 집단을 상대로 경찰 공무원증이라니. 특정 상황에선 범죄자들의 호승심을 부추기는 행동이니 조심해야 한다고 주의했건만, 긴장한 대건에게는 아무것도 기억나지 않는 모양이었다.

"대건아, 여긴 괜찮으니까 절로 가서 지원 요청해!"

"네? 지원을요? 하지만……."

"다 잡았다고 하고, 그냥 해."

그러자 사내 중 하나가 상황을 파악하고 소리쳤다.

"잡아!"

오토바이 하나가 대건의 뒤를 쫓으려는 듯 기어를 올렸다. 그 순간.

"크억!"

용준이 오토바이 운전석에 앉은 놈의 관자놀이에 돌려차기를 날렸다. 그가 타고 있던 오토바이가 풀썩 바닥에 쓰러졌다.

"어어!"

"이 새끼부터 죽여!"

나머지 사내들이 일제히 용준에게 달려들었다. 용준은 선두에서 달려드는 놈의 손목을 발로 걷어찼다. 사내의 손목에 들려있던 무기가 허공으로 날아갔다. 용준은 몸을 돌려 다른 사내의 턱을 주먹으로 후려쳤다.

 사내들의 무기는 용준에게 닿지 않았다. 용준은 약간의 빈틈을 파고들어 놈들을 하나씩 때려눕혔다. 그리고는 눈앞의 세 놈 너머로 히죽거리며 어둠 속으로 사라지는 K를 노려보았다.

 "헉, 헉……."

 얼마나 달렸을까, 마침내 지긋지긋한 골목이 끝났다. 이제 내리막길만 타면 대로변이었다. K는 후들거리는 무릎을 부여잡고 바닥에 침을 뱉었다. 침에서 피 맛이 났다. 비 오듯 쏟아진 땀이 아스팔트에 뚝뚝 떨어졌다. k는 숨을 몰아쉬며 뒤를 돌아보았다. 마침 전화가 울렸다.

 발신자를 보자마자 K는 냉큼 전화를 받았다.

 "아! 형님! 내일부터 잠수타면 된다더니 어떻게 된 거예요? 아니, 그게 아니라 씨발! 짭새 물었다고요! 나 죽을 뻔했다고!"

 그 순간, 누군가 뒤에서 불쑥 핸드폰을 낚아챘다. '어?' 하는 K의 턱에 거친 주먹이 꽂혔다. 커다란 충격과 함께 절로 다리가 허물어졌다. 바닥에 주저앉은 K가 영문을 모르겠다는 표정으로 턱을 더듬거렸다. 찢어진 살에서 흘러나온 피가 손가락을 물들였다.

"무슨……."

K가 위를 올려다보며 말을 이으려는 순간이었다. 은빛 섬광이 번쩍하더니, 주먹이 콧등에 작렬했다. 아찔한 쇠의 강도. K는 뒤로 넘어가며 은빛 물체가 무엇인지 깨달았다. 너클이었다. 다음 순간, K는 머리채를 붙잡힌 채 대로변에서 보이지 않을 사각지대로 끌려갔다.

풀썩, 내팽겨진 K가 힘겹게 입을 열었다. 줄줄 흐른 코피가 쉼 없이 입안으로 흘러 들어갔다.

코를 부여잡고 겨우 올려다보니 방금 전 그 경찰이 아니었다. 또다시 주먹이 얼굴과 몸통에 연달아 꽂혔다. 뭐지, 이 폭행은? 경찰이 아니었나?

주먹세례가 멈춘 것은 누군가의 명령 때문이었다.

"그만. 그 정도만 해요. 물어볼 거 많은데 턱 고장 나면 안 되지."

K는 목소리의 주인공을 확인하려고 노력했지만, 자꾸만 의식이 멀어져갔다. 피가 눈을 가린 탓에 흐릿한 형체만 보였다.

"이제 옮기시죠."

"용준아, 너 머리 한 대 맞았던데, 괜찮니?"

"괜찮아요. 명구 형님, 무거울 테니 같이 들어요."

"근데 그 네 동료는 어디 갔냐?"

"곧 지원대 끌고 올 거예요. 여기까지만 도와줘요. CCTV 처리하고. 좀 많이 패긴 했어."

K는 흠칫 몸을 떨었다. 이 목소리는 분명 방금 전 자신을 쫓던 짭새 놈의 것이었다. 상황이 잘 이해가 가질 않았다. 이런 폭력을 용인하고 불법적인 지시를 하는 것이 경찰일 리 없잖은가. 아니, 경찰들이 사전 경고도 없이 사람을 이렇게 폭행해도 되는 건가? 이거 불법 아닌가? 불분명한 의식 사이로 질문들이 쏟아졌다.

"많이 아파?"

분명 그 형사의 목소리였다. 그리고 속삭임이 끝나기 무섭게, 이제껏 느끼지 못했던 충격이 관자놀이를 강타했다. K의 의식이 순식간에 꺼졌다.

"나 경찰 맞아, 그러니까 서에서 차분하게 이야기 좀 나누자, 지금은 좀……."

K는 끝내 편히 쉬라는 용준의 뒷이야기를 듣지 못하고 기절했다.

*

"그게 무슨 말이죠?"

환자복 차림의 K, 환자명 김남규가 용준의 말간 얼굴을 보며 또 한 번 혼란에 빠졌다.

"아니, 나를 이 꼴로 만든 놈들이랑 형사님이랑 한패……."

턱이 뭉개진 탓에 말하기가 쉽지 않았다. 그러나 용준은 다 알아들었다는 듯 고개를 저었다.

"아니라니까. 당신 부하들이 나를 오토바이로 쳤고, 나는 그때 그냥 꼼짝없이 놓치는가 했는데 그래도 혹시나 해서 쫓아가 보니까 피떡 돼서 혼자 기절해 있더만."

"그, 그으럴 리가 없는데. 내가 지인짜 드, 들었는데. 형사님 목소리를……."

분명했다. 얼굴은 못 봤지만, 그때 정신없이 구타를 당하는 와중에 그의 귀에 똑똑히 들린 목소리는 눈앞에 있는 형사의 것이 맞았다. 용준이 픽 웃었다.

"자자……. 정신 착란 심신 미약은 법정에서 쓰시고"

"그 CCTV. 정말 CCTV 처리하란 거 형사님 아닌 거요?"

"거, 쓸데없는 소리 말고. 슬슬 시작합시다."

노트북을 펼치는 형사 용준의 얼굴을 보며 김남규는 자신이 귀신에 홀린 것일지도 모른다고 생각했다. 눈앞에 앉은 용준은 그야말로 모범적인 경찰의 얼굴이었다. 예의도 바르고 정의로운 표정을 갖고 있었다. 몸짓도 거칠지 않았다. 김남규는 갸웃하며 용준의 질문에 자신이 어디까지 답을 해도 될지 가늠했다.

용준이 물었다.

"지금 강남에 풀고 있는 신종 마약, 그거 이름부터 갑시다."

"무슨……무슨 말씀입니까? 신종 마약 같은 거 난 전혀 모르는 애깁니다."

"그래요? 흠……알 텐데. 알아야 할 텐데."

말끝에 용준이 김남규를 보며 씨익 웃었다. 조사실 CCTV에 걸리지 않는 교묘한 각도로, 오직 김남규에게만 보이는 표정이었다.

김남규는 응급으로 맞춰놓은 뼈가 어긋나는 듯한 통증을 느꼈다. 용준이 슬그머니 김남규에게 다가갔다.

*

"텐타이온이라고 합니다."

용준이 조사실에서 나온 것은 꼬박 8시간 후였다. 서울청 강력범죄수사대 회의실 앞엔 대건을 비롯한 강력4팀원들이 모두 모여있었다. 용준이 참관조차 하지 말아달라 특별히 부탁했기에 그저 모두가 용준이 조사를 마치길 기다리던 중이었다.

팀장 이두호가 태연히 손을 털고 나오는 용준을 붙잡았다.

"뭐, 뭐를 어떻게 한 거야?"

"그냥 술술 잘 불던데요? 애가 착해요."

용준이 예의 그 미소를 띤 채 강력4팀장 이두호에게 보고서를 내밀었다. 이두호는 헛웃음을 지으며 용준이 내민 보고서를 펼쳤다.

용준은 자신의 주변으로 빙 둘러 모여있는 팀원들을 보았다.

"일단 회의실로 갈까요?"

용준의 말에 대건은 얼른 회의실로 들어가 불을 켜고 팀원들을 앉혔다. 이두호가 가장 상석에 앉자, 용준이 들어와서 문을 닫고 입을 열었다.

"그러니까 지금 마수대에서 수사 중인 '금수저 마약 파티 사건'에서 거론된 '루비'가 바로 텐타이온입니다."

최근 마약수사대는 대마초 및 필로폰 파티를 벌인 피의자 다섯을 검거했다. 피의자들은 모두 든든한 부모백이 있는 금수저 20대들이었다. 그런데 조사 중, 이들이 동일한 판매자를 통해 고가의 신종 마약을 구매했다는 사실이 추가로 드러났다. 문제는 소변검사, 체모검사를 해도 해당 마약 성분이 검출되지 않았다는 것이다.

피의자 중 하나가 그 신종 마약의 효과가 어떤 다른 마약들보다 뛰어나다며, 20대 'VIP'들이라면 모르는 사람이 없다고 증언했다. 그들은 신종 마약을 동일한 색의 보석 이름인 '루비'라고 불렀다. 자택 수사도 들어갔지만, 남아있는 샘플도 없어서 국과수에 성분 의뢰도 할 수 없었다.

이 정도의 마약이라면 해외에서 들어온 게 분명한데, 막상 조사를 거듭하니 밀수 정황이 보이지 않았다. 이에 마약수사대는 신종 마약을 판매했을 만한 용의자, 그중에서도 해외와 커넥션이 있는 조직들을 일일이 족쳤다. 그럼에도 도무지 용의자 특정이 쉽지 않았다. 경찰과 면식이 있는 뒷골목 마약상들을 심문해도 '루비'와 관련된 물음에는 말을 피하거나 모른다고 둘러댔다.

그렇게 마약수사대는 삼 개월이 넘는 수사 시간 동안 '루비'라는 별칭을 알아낸 것 외에 별다른 단서를 찾지 못하고 시간만 허비했다.

그에 반해 용준은 신종이라도 공급망은 기존 네트워크를 활용할 것이라며 기존 마약 판매 루트를 뒤졌다. 그 가운데 한동안 잠잠하다가, 최근에 최고급 사양의 차를 산 공급책 리스트를 뽑아 용의자를 좁혔다. 그렇게 특정된 용의자가 바로 K였다.

용준은 그를 통해 이 신종 마약에 대해 어느 정도의 윤곽을 잡을 수 있으리라 판단했다. 그 생각은 정확히 맞아떨어졌다.

"해외 유입, 밀수 이런 거 아닙니다. 국내 제작 맞는 것 같고요. 이거 완전히 새로운 집단인 것 같습니다."

"국내 제작? 아직 그런 지하 조직이 있어?"

"지하엔 널렸을 겁니다. 저희 팀에 정보가 없을 뿐이지. 마수대 애들한텐 흔한 일일 걸요."

"그러니까, 용준아."

이두호가 용준의 말허리를 조심스럽게 잘랐다.

"이 정도면 이거 마수대에 그냥 넘겨야하지 않을까?"

이두호의 물음엔 배려가 담겨 있었다. 자신이 결정권자임에도 부하인 용준의 결정을 존중해주겠다는 태도였다.

용준이 피식 웃었다.

"에이, 팀장님. 제가 이거 왜 가져 오려는지 아시면서."

"그렇지, 알지. 알긴 아는데……."

두호가 불편한 듯 신음했다. 약 4개월 전 현장이 그의 머릿속에 떠올랐다.

·2장·
가출팸

 당시 강수대는 큰 사회문제로 대두되던 가출청소년 범죄를 대대적으로 단속 중이었다. 그러던 어느 날, 오후에 신고 하나가 접수됐다. 마포구 한 오피스텔에서 어린 청소년들이 혼숙하고 있는 것 같다는 신고였다.

 용준을 비롯한 강력4팀 형사 넷이 현장으로 출동했다. 미분양 가구가 많은 오피스텔은 한적함을 넘어 을씨년스러웠다. 신고가 들어온 505호에는 남자 청소년 넷이 있었다. 제법 덩치가 있는 한 아이가 앞장서서 말했다.

 "엄마 아빠가 해외여행 가서 친구들 초대한 거예요."

 마침 방학 시즌이기도 했다. 나머지 아이들은 다소 긴장한 듯했지만, 형사들이 들이닥쳤으니 그럴 만했다.

 그러나 형사들은 긴장의 색이 다르다는 것을 단번에 눈치챘다. 앞장선 녀석을 제외하고, 나머지의 팔과 얼굴에는 생채기와 멍이 군데군데 있었다. 아이들의 나이도 저마다 달라 보였다. 출동한 형사 중 가장 선임인 윤재가 느릿하게 물었다.

"너 몇 살이지?"

"열여덟이요."

그러자 윤재가 끝에서 서성이는 한 아이를 지목했다.

"거기 잘생긴 친구는 몇 학년?"

"저, 저는 중학교······."

지목당한 아이가 '아차' 하는 표정으로 입을 다물었다. 윤재가 싱글거리며 열여덟짜리 덩치를 바라보았다.

"요새 MZ들은 고삐리하고 중딩하고 친구 먹나 보네? 오픈마인드여, 아주."

현장은 순조롭게 정리됐다. 윤재가 용준을 보며 지시했다.

"한용준. 한 명 데리고 1층에서 대기해. 요놈들 패거리 온 것 같으면 바로 검문하고."

"알겠습니다."

"특히 여자애들. 혼숙이라고 했는데 여자애들이 하나도 없는 걸 보니 평소에도

뺀질나게 들락거리는 거 같으니까."

"넵."

용준이 대건에게 눈짓했다. 대건이 곧장 용준을 뒤따랐

다. 그런데 용준은 1층으로 향하지 않았다. 대건이 1층 버튼을 누르려고 손을 뻗는 순간이었다. 용준이 거칠게 대건의 손목을 잡아챘다.

"으엇! 왜 그러십니까?"

용준은 엘리베이터 패널에서 시선을 떼지 않고 말했다.

"애들 얼굴 못 봤어?"

"봤습니다."

"손톱자국은?"

"손톱……. 예?"

용준이 빨려 들어갈 기세로 엘리베이터 버튼을 관찰했다.

"김대건, 여기 와서 봐봐."

대건이 실눈을 뜨고 용준이 가리킨 11층 버튼을 쳐다봤다. 자세히 보니, 옅은 갈색 지문이 미세하게 보였다.

"닫힘 버튼도."

과연 닫힘 버튼도 마찬가지였다.

"뭐 같아?"

"……피 같습니다."

용준이 고개를 끄덕였다.

"11층. 저번에 임금 밀린 노동자 둘이 여기서 분신자살했다고 했지? 복도에서."

"네. 그래서 전부 미분양이라고……."

그 순간, 퍼뜩 스쳐 가는 생각에 대건의 눈이 커졌다.

용준이 대건에게 되물었다.

"혼숙하던 여자애들, 어디 갔을까?"

용준은 소매로 손을 감싼 후 엘리베이터 열림 버튼을 눌렀다. 엘리베이터에서 내린 용준이 층계를 오르자, 대건도 그 뒤를 따랐다.

한낮이었음에도 11층 복도는 묘하게 어두컴컴했다. 새로 바른 페인트 냄새가 코를 아프게 찔렀다. 용준이 11층에 늘어서 있는 현관문들의 손잡이와 도어락을 살피자, 대건도 얼른 그를 따라 다른 집들을 살폈다.

"대건아."

마침내 용준의 발걸음이 멈췄다. 1108호 손잡이에 메마른 갈색 지문이 찍혀있었다. 게다가 한두 군데가 아니었다. 문고리를 잡고 실랑이라도 벌인 것 같았다.

용준이 흔적을 놓치지 않으려고 낑낑거리는 대건을 돌아보았다.

"11층 마스터키 구해와. 없으면 망치나 드라이버라도."

마스터키를 찍고 들어간 1108호의 안은 온통 시커멨다. 사방에 암막 커튼을 쳐놓은 탓이었다. 발을 내딛자마자, 형사들은 1108호가 빈집이 아니라는 것을 깨달았다. 공기를 누르는 습도와 오줌 지린내가 코끝에 맴돌았다.

형광등을 다 켜자, 밖에서 자물쇠가 걸린 방문 하나가 보였다. 윤재가 주먹으로 문을 쿵쿵 두드렸다.

그 순간, 미약한 신음과 인기척이 들렸다.

"컷팅기! 컷팅기 넘겨!"

볼트 커터를 건네받은 윤재가 힘을 세게 쥐자, 자물쇠가 팅- 소리를 내며 바닥에 떨어졌다.

방문을 열자, 배설물 냄새가 뜨뜻한 공기와 함께 확 풍겨 나왔다. 형사들 모두가 눈 앞에 펼쳐진 광경에 당황스럽다는 표정을 지었다. 윤재가 참지 못하고 욕설을 중얼거렸다.

"허, 이 새끼들이."

용준이 발 빠르게 무전을 쳤다.

"구급 지원 바랍니다. 1108호 여성 환자 발견. 총 다섯 명입니다."

헐벗은 여자 다섯이 구겨지듯 방안에 쓰러져 있었다. 사지는 청테이프로 단단히 묶여 있었다. 언뜻 봐도 나이는 모두 10대 중반이었다.

용준은 무릎을 꿇고 한 피해자의 코에 손가락을 가져다 댔다. 뜨끈한 날숨이 검지에 닿았다. 그러자 다른 형사들도 급하게 피해자들의 상태를 확인했다. 용준이 피해자의 결박을 풀더니 겉옷을 벗었다.

"다들 살이 찹니다. 구급대원들 오기 전까지 체온 유지시켜줘요."

여기저기서 청테이프 뜯는 소리가 들렸다. 용준은 피해자를 조심스럽게 흔들었다. 하지만 살살 어깨를 두들기고, 말을 걸어보아도 피해자는 신음할 뿐 눈을 뜨지 못했다.

용준이 조용히 말했다.

"……약을 한 것 같습니다."

윤재가 분노한 표정으로 벌떡 일어나더니, 5층에 있는 인원들에게 무전을 쳤다.

"거기 있는 애새끼들 전부 수갑 채우라고 해."

조사는 새벽까지 이어졌다. 열여덟 살 덩치는 자신은 모르는 일이라고 잡아뗐지만, 결국 자신이 가출팸 리더라고 자백했다. 리더는 가출팸에 끌어들인 아이들을 '가출팸 매니저'라고 불리는 이들에게 주기적으로 넘겼다고 자백했다.

"여자애들만 노린 거냐?"

아뇨……. 여자애들이 남자애들보다 약하니까, 먼저 좀 보내려고……."

"가출팸 매니저는 뭔데?"

"가출팸을 관리하는 어른들이 있어요. 돈도 주고, 밥도 주고, 일자리 소개도 해줘요."

"애들을 넘기면 그 사람들이 뭘 줬는데? 돈?"
"아뇨."
리더가 고개를 떨구며 말했다.
"약을⋯⋯받았어요."
"약? 그러니까 너넨 약을 받고 애들을 그 사람들한테 넘겼다고?"

사를 하던 용준의 눈에서 불꽃이 튀었다. 생각 이상으로 끔찍하고 복잡하게 얽힌 범죄였다.

그날 이후 용준은 사건을 파기 시작했다. 아이들이 어딘가로 사라진 것일 테니, 서울과 경기 지역 가출청소년 실종 사건을 우선 조사했다. 펼쳐놓고 보니 최근 가출청소년 상당수가 가출팸에 들어갔다가 실종되는 일이 빈번히 벌어지고 있었다. 그마저도 대부분 '단순 실종' 처리되어 찾으려는 노력도 거의 없었다.

강수대는 마포구와 그 일대의 가출팸 매니저들을 대대적인 수사를 시작했다. 강도 높은 수사가 이어지자, 일부 가출팸 매니저들을 붙잡아 그들로부터 가출청소년들을 꾀어내 마약 판매 조직에게 넘겼었다는 자백을 받아냈다. 아이들을 넘기고 대가로 받은 것은 새로운 형태의 마약이었다.

마약 판매 조직과 연관되어 있다는 사실이 드러나자, 윗

선에서는 사건을 마수대로 이관시켰다. 하지만 석 달이 지나도록 수사에는 진전이 없었다. 아이들을 데려간 마약 판매 조직은 아무것도 모르는 하수인들을 내세웠을 뿐, 철저히 베일에 싸여 있었다. 게다가 폭증하는 마약 범죄 때문에 마수대는 다른 사건들을 수사하기에도 벅찬 상황이었다.

결국, 용준은 독단적으로 수사에 임했다. 아이들과 맞교환된 신종 마약이 강남 클럽에서 엄청난 고가로 유통되고 있다는 정보가 들려왔다.

두호는 용준이 마수대 일을 들쑤시는 것에 대해 우려했다. 하지만 용준은 눈 하나 끔뻑하지 않고 말했다.

"아이들을 사고 파는 놈들입니다. 마약 사건 이전에 인신매매 사건이에요. 이대로 마수대에 넘기면 아이들 실종 사건은 다시 미궁입니다. 못 넘겨요, 이거."

*

"자, 이제부터 우린 다른 얘기를 좀 할 겁니다."

저녁 시간, 조사실. 김남규는 식사와 목욕을 마치고 다시 용준의 앞에 앉게 되었다. 용준이 안부를 묻듯 다정한 어조로 말하자 김남규는 어떻게 반응해야 할지 모르겠단 표정을 지었다.

김남규가 마약 중계업자가 된 후로 가장 많이 마주한 부류가 경찰이었다. 대놓고 뒷돈을 요구하는 부패 경찰은 물론이고, 본인이 마약 중독자가 된 고위 간부도 있었다. 약점을 잡혀 자신이 시키는대로 하게 된 자들도 있었다.

그들은 경찰이기 전에 인간이었다. 그리고 김남규는 자신이 그런 인간들을 잘 다룬다고 생각했다. 눈앞에 나타난 이 새로운 유형의 형사를 만나기 전까지.

용준은 김남규가 평생 만나본 모든 사람보다 선량한 미소를 지을 수 있었다. 가짜가 아니었다. 그는 정말 인간의 선한 의지를 믿고 있는 것 같은 표정을 지었다. 그러나 그 이면에는 그 누구에게도 공감하지 못하는 사이코들만이 지을 수 있는 표정이 있었다.

어느 쪽이 진짜인지 알 수 없었지만, 어느 쪽이건 단단히 미친놈인 것은 분명했다. 놈은 자신의 마음에 들지 않는 인간을 직접 처리할만한 불법적 물리력을 갖고 있었다. 김남규가 '텐타이온'이라는 이름과 그것이 국내 생산이라는 사실을 불기까지, 용준이 보여준 이 극단적 이중성과 너클 낀 주먹이 큰 역할을 했다.

하지만 여기까지였다. 이 이상 텐타이온에 대해서 뭔가를 흘린다면 김남규의 목숨이 위험할 것은 분명했다.

"저는……. 더 드릴 말씀이 없습니다."

김남규는 나름대로 단호하게 말을 내뱉었지만, 용준의 눈에 그는 그저 간신히 견디고 있을 뿐이었다. 용준이 잠시 김남규를 쳐다봤다. 삽시간에 공기가 변했다.

"김남규 씨."

"……네?"

"뭐가 되게 무서운 게 있나 봐요. 그쵸?"

"제 말씀은……."

"아니야, 됐어요. 그만큼 무서우면 말하면 안 되지. 여기가 무슨 사람 마음 되게 불편하게 하고 그런 곳도 아니고. 억지로 말하게 하면 나도 마음이 안 좋아. 서로 마음이 동해서 같이 풀어가야 의미가 있는 거지."

용준은 김남규의 표정 깊은 곳에 숨겨져 있는 두려움을 알 수 있었다. 김남규에게 이 정도로 겁을 줄 수 있는 존재가 있다는 뜻이었고, 용준의 수사 방식이 다음 단계로 나가야 할 때를 의미했다.

용준이 환한 미소를 짓자 김남규의 표정이 움찔하면서 미세하게 변했다. 용준은 그런 김남규를 가만히 쳐다봤다.

용준의 시점에서 시간이 조금씩, 느리게 흐르는 것처럼 느껴졌다. 용준은 김남규의 호흡, 동공의 미세한 움직임, 동공의 확장, 땀구멍의 수축 정도를 보았다. 정확히는 '본다'가 아니라 그저 느껴지는 것이었다. 그래서 용준은 일반적이지 않은 상황에서는 그만이 가진 능력으로 필요한 정보를 빼냈다.

용준이 잠시간 침묵 후에 됐다는 듯 신호를 보냈다. 밖에서 유리창을 통해 상황을 보던 대건이 내부 모니터에 서울 전체 지도를 띄웠다.

용준은 모니터에 포인터를 쏘며 말했다.

"10대 꼬맹이들이 이야기하더라고. 집 나온 애들을 넘겨주면 텐타이온을 받는다는 거지. 잡혀있던 여자아이들 상태 보니까 아주 틀린 말은 아니라서. 그러면 이 아이들을 넘겨받아서 어딘가에 모아 뒀을 거거든?"

용준은 말을 하며 포인터를 천천히 움직였다. 김남규는 용준의 발언을 예상 못 했는지 놀란 눈으로 용준을 돌아봤다.

용준이 고개를 저으며 조용히 속삭였다.

"아냐 아냐! 한마디도 하지 말고 나 보지도 마. 괜찮으니까 그냥 저 화면만 봐. 대답도 하지 말고, 눈 감지 말고 화면만."

서울 지도 위에 용준의 레이저 포인터가 천천히 움직였다.

"보통 가출하는 애들이 신림역, 영등포, 홍대, 노원에 많다던데……."

김남규는 어떤 진술도 하지 않아도 된다는 용준의 말에 안심하며 화면에 집중했다. 그는 용준이 자신에게서 어떤 정보도 찾아내지 못할 것이라 확신했다.

레이저 포인트가 노원구 일대를 가리켰다. 그러자 지도가 노원구를 상세히 들여다볼 수 있도록 확대되었다.

"그런데 홍대나 영등포 같은 곳에 비해서 노원구에 한동안 가출팸 조사가 드물었거든."

용준은 마치 아이들을 모아둔 창고가 어디 있는지 안다는 듯 정확하게 서울 외곽의 노원구를 확대했고, 다시 노원구의 상계동을 확대해갔다. 김남규는 놀란 표정으로 용준을 돌아보았다.

그러자 용준은 화면을 주시한 채 예의 상대를 얼려버릴 것 같은 차가운 표정으로 입술만 움직여 말했다.

"돌아보지 마."

남규가 몸을 벌벌 떨며 시선을 다시 화면으로 돌렸다. 공기가 사뭇 더워진 것 같았다. 지도는 아주 천천히 커졌고 용준이 가리키는 레이저 포인터는 정확하게 한 구역으로 동그랗게 그리고 있었다.

용준이 속삭이듯 말했다.

"아이들을 죽여서 이동하면 편할 텐데, 살려서 옮겨야 하니까 약에 절여놓는 거겠지? 그 아이들을 어디에 옮겨놓았을까? 우선 상계1동부터. 여기, 여기, 여기."

용준이 확대된 상계1동 지도에서 몇 군데를 짚었다. 김남규의 시선이 자신도 모르게 용준의 레이저 포인터를 따라갔다.

잠시 후 용준의 레이저 포인터가 한 곳을 짚어내곤 'X' 자를 그었다.

"여기네, 화양빌라."

김남규가 덜덜 떨기 시작했다. 용준은 막힘없이 포인터를 그었다.

"다음 상계6동. 이쪽하고, 여기. 그리고 여기 중에…… 이곳. 이 오피스텔도 신축되고 2년간 미분양 가구가 많았지."

"아니, 지금..."

김남규가 뭐라 말하려다가 다시 입을 닫았다. 이해가 되질 않았다. 김남규 본인은 정말 한마디도 하지 않았고 경찰 수사 정보로는 알기가 어려운 범위일 텐데. 도대체 어떻게 '창고'의 위치를 이토록 정확히 안단 말인가? 그러든 말든, 용준은 거침없이 레이저 포인트를 짚었다.

"전부 도봉구하고 가깝지?"

김남규는 숨을 삼켰다. 고개를 돌리지 않으려고 애썼지만, 자신도 모르게 용준을 바라보고 말았다. 그런데 얼굴을 마주하는 순간, 전신이 얼어붙은 듯 차가운 공포가 덮쳤다.

들켜서는 안 되는 죄업이 낱낱이 해체당하고 있었다. 목덜미에 칼날이 들어온 기분이었다. 도대체, 도대체 어떻게 알고 있는 것일까.

이쯤 되자 김남규는 용준이 제 생각을 읽고 있다고 확신했다. 이제 용준이 가리키는 위치는 마치 정답을 알고 있는 사람처럼 정확했다.

김남규의 의지와는 별개로, 정보를 토해내는 작업이 한동안 이어졌다. 용준의 말 한마디, 짚는 포인트 하나하나에 김남규는 더욱 창백해졌다.

용준의 조사 매커니즘을 눈치챈 김남규가 눈을 감고 도리질을 했다.

"모릅니다! 저는 아무 것도 모릅니다! 진짭니다! 모릅니다!"

어쩌면 김남규는 자신이 아무것도 진술하지 않았음을 누군가에게 보여줘야할 필요가 있는 것일지도 몰랐다.

용준은 그 배후에 있는 세력이 궁금해졌다. 이렇게까지 공포를 심어줄 수 있다는 것이 놀라웠다. 어쨌건 더는 조사하는 것이 무의미했다.

"노원구의 상계동 여기부터 시작하는 수밖에 없겠습니다."

조사실을 나온 용준의 말에 두호가 가볍게 박수를 쳤다.

"그게 어디야. 동 몇 개 하나 뒤지는 거 뭐 일도 아니지. 일단 오늘은 여기까지 하고 쉬자고."

"그럴까요?"

대건과 두호는 언제나 그렇듯 경이로움을 느끼고 있었다.

"참, 매번 놀랍단 말이지."

"그러니까 말입니다."

두호가 입을 살짝 벌리고 있던 대건을 보더니 이죽거리듯 말했다.

"너, 괜히 네 사수 따라 한다고 깝죽대지 마라. 용준이는 지도 왜 저런 능력이 있는지 모르는 거니까."

대건이 사람 좋게 헤실헤실 웃었다.

꿈도 안 꿉니다. 저건 타고나신 거 아닙니까. 감히 흉내 낼 수 없죠."

·3장·
아버지와 동생

 용준의 능력이 마냥 타고난 것은 아니었다. 용준은 어렴풋이 자신이 왜 상대의 표정, 눈빛, 동공, 땀구멍까지 느낄 수 있는지 알 수 있었다. 그런 능력을 갖게 해준 것 역시 공포였다.

 용준의 아버지 한석필은 규모 있는 교회의 목사였다. 젊은 시절엔 대기업에 입사할 정도로 능력이 뛰어났지만, 불현듯 세속에 회의를 느끼고 그는 신앙의 길을 걸었다고 했다. 언제나 자애를 설파하고 약자에게 봉사하던 한석필은 교인이 아닌 사람들에게도 존경받았다.

 그러나 한석필의 진짜 모습은 평범한 범죄자를 훌쩍 뛰어넘는 악인이었다. 한석필. 그는 대한민국에서 만나보기 힘든 베테랑 킬러였다. 한석필은 킬러들 중에서도 유명했다. 천재였고, 전문가였다. 활동해온 십여 년 만에 한석필은 대한민국 살인 청부업계의 전설이 되었다.

 그러던 어느 날, 킬러로서 정점이었던 한석필은 갑자기 은퇴를 선택하고 범죄 컨설턴트가 되었다. 의뢰인이 합당한 금액만 낸다면, 한석필은 그게 어떤 범죄이든 철저하게 설계하고 때에 따라서는 대신 수행했다. 최강의 킬러였던 한석필 밑에는 그를 선망하는 젊은 킬러들이 모여들었고, 자연스럽게 집단화되었다.

 주요 고객 대부분은 사회고위층이었으며, 그들이 가져오는 의뢰는 절도, 탈세, 문서 위조, 살인 청부, 납치, 유괴, 그 외에도 범행 현장 뒤처리까지 다양했다. 그 어떤 범죄라도 한석필의 손을 거치면 완전범죄가 되었다. 한석필은 어린아이를 살해하는 범죄라도 전혀 거리낌 없이 설계했고, 교회는 성도로 위장하여 방문하는 고객들로 문전성시를 이뤘다.

 낮에는 훌륭한 인품의 목사, 밤에는 온갖 악행을 설계하는 악마. 그가 바로 용준의 아버지였다.

 용준은 아버지의 모든 것을 어린 시절부터 배워야만 했다. 그나마 자신이 지켜야 할 동생이 없었다면 진작 모든 소망을 잃어버리고 죽었을지도 모를 만큼 잔혹한 유년기였다.

 한석필은 자신의 모든 것을 전수하겠다는 명목으로 두 아들 용준과 성준을 혹독하게 훈련시켰다. '정신교육'이라며 고문에 가까운 학대를 저질렀다.

용준의 턱에 길게 난 칼자국도 훈련 도중 한석필이 나이프를 휘둘러 입힌 상처였다. 큰아들이 피를 철철 흘리면서 주저앉았음에도, 동정은커녕 싸늘한 눈으로 내려다볼 뿐이었다. 용준이 고통 때문에 눈물을 펑펑 쏟았지만, 한석필은 용준이 떨어뜨린 나이프를 발로 밀며 나지막이 말했다.

"주워."

용준과 성준 모두 한석필의 아들답게 킬러로서 소질이 있었고, 머리 또한 몹시 비상했다. 그러나 한석필은 항상 두 아들에게 굳이 아들을 두 명이나 본 이유가 무엇이겠냐며, 한 놈이 쓸모가 없으면 가차 없이 폐기하기 위해서라고 입버릇처럼 말했다.

죽을 만큼 혹독한 훈련 뒤엔 매일 밤 성준이 자신을 찾아와 말을 걸었다. 마찬가지로 성준의 얼굴도 온통 피범벅인 채였다.

"형, 괜찮아?"

"응. 너는?"

"나도 괜찮아. 오늘 방에서 절대 나오지 마. 아버지 기분 안 좋아."

"그래, 알겠어."

성준은 축 늘어져 있는 용준을 다독이고는 비틀거리면서

자신의 방으로 향하곤 했다.

용준이 매일 밤 잠들기 전에 찾는 곳은 아무도 없는 조용한 예배당이었다.

그 안에서 용준은 가만히 십자가를 올려다보았다. 신이 있나. 신이 있다면 왜 아버지 같은 악마에게 벼락을 떨어뜨리지 않는가. 어째서 자신들을 구원해 주지 않고 침묵하는 걸까.

형제가 의지할 사람은 서로밖에 없었다. 용준은 잔인한 환경에서도 동생 성준을 진심으로 아꼈다. 성준 또한 마찬가지였다. 훈련이 끝나면, 두 형제는 서로의 상처에 소독약과 연고를 발라주었다.

그리고 성준이 몰래 훔쳐 온 만화책,『블랙자칼』을 몇 번이고 읽었다.『블랙자칼』은 주인공 '블랙자칼' 아서가 악인들을 무찌르는 전형적인 히어로물이었다. 완벽한 히어로 블랙자칼의 곁에는 동생이자 조수인 '가웬'이 늘 함께했다.

어느 날, 용준이 성준의 새끼손가락을 만지며 중얼거렸다.

"우리 나중에 크잖아? 그럼 블랙자칼이랑 가웬처럼 사람들을 지키는 히어로가 되자."

성준이 동그란 눈을 더 동그랗게 뜨며 기다렸다는 듯 물어보았다.

"그럼 누가 블랙자칼이고, 누가 가웬이야?"

"당연히 내가 블랙 자칼이지! 형이잖아!"

용준이 발끈하자, 성준은 배시시 웃었다.

"제일 센 사람이니까 블랙자칼이 된 거지. 둘 중에 센 사람이 블랙자칼이 되는 걸로 하자. 정정당당하게 대결해서 진 사람이 가웬하기!"

불과 몇 시간 전에 혹독한 훈련을 마쳤음에도, 두 아이는 티격태격하며 웃을 수 있었다. 블랙자칼과 가웬처럼, 서로가 서로의 곁을 지금처럼 영원히 지킬 것이라는 믿음이 있었기 때문이었다.

그런 꿈이 문자 그대로 꿈일 수밖에 없음을 깨달은 것은 용준이 중학생이 된 어느 봄날이었다. 한석필이 용준에게 '첫 의뢰'를 맡겼다.

"표적은 강소희. 네 담임선생을 죽여라."

완전히 얼어붙은 용준을 노려보며 아버지는 말을 이었다. 자신의 남편과 용준의 담임교사가 불륜관계라고 확신한 고객이 용준의 담임교사를 죽여달라고 의뢰했다는 것이다.

완전히 얼어붙은 용준을 노려보며 아버지는 말을 이었다. 자신의 남편과 용준의 담임교사가 불륜관계라고 확신한 고객이 담임교사를 죽여달라고 의뢰했다는 것이다.

하지만 용준에게 강소희 선생은 처음으로 따스함을 알려준 사람이었다. 그동안 만난 교사들은 용준을 똑똑하고 조용한 학생, 혹은 한석필 목사의 아들 정도로 여기고 큰 관심을 기울이지 않다.

하지만 초임교사였던 강소희는 용준의 우울과 고통을 금세 알아맞혔다. 어느 날은 용준의 안색이 좋지 않자, 따로 불러 냅다 윗도리를 벗기기도 했다. 보이지 않은 곳에 자행된 잔인한 상처들을 본 강소희는 눈물을 흘리며 용준을 끌어안았다.

강소희는 용준에게 많은 것을 물었고, 용준은 그 어떠한 것도 답할 수 없었다. 이에 강소희는 대답을 더 강요하지 않았다. 무슨 일이 생기면 언제라도 자신을 찾아오라며 어린 제자의 머리칼을 쓰다듬을 뿐이었다.

이후 강소희는 눈에 띄는 행동하지는 않았지만, 언제나 애정과 우려 섞인 시선으로 용준을 살폈다. 처음 받아보는 온정이 낯설었지만, 용준의 마음이 성준을 제외한 타인에게 처음으로 열리는 순간이었다.

용준은 아버지의 명령을 수긍하지도, 거부도 하지 못했다. 용준의 인생에서 처음으로 저지른, 소극적이지만 확실한 반항이었다. 그러자 아버지는 차갑게 내뱉었다.

"네가 싫다면, 널 대신할 놈들은 많다. 그 녀석들보다 못하다면 내가 널 아들로 둘 이유가 있겠느냐?"

아버지 본인을 따르는 젊은 킬러들을 말하는 것이었다. 용준은 이번 의뢰가 자신을 아들로서 둘지 말지 판가름하는 아버지의 시험이라는 것을 깨달았다.

"일주일이다."

용준은 깊은 고민에 빠졌다. 아버지의 절대적인 명령이었지만, 자신에게 애정을 준 담임 선생님을 차마 죽일 수도 없었다. 게다가 용준이 실패한다면, 아버지는 다른 킬러를 보내 의뢰를 완수할 게 분명했다. 혹여 아직 중학생조차 되지 않은 성준에게 의뢰를 지시한다면? 생각만 해도 끔찍했다.

용준은 언젠가 강소희가 줬던 쪽지를 펼쳐보았다. 꼬깃꼬깃한 종이에 전화번호와 집 주소가 적혀 있었다. 한밤이 되어가는 늦은 시간이었지만, 어린 용준은 바로 내달렸다. 처음으로 누군가를 살려야 한다고 느낀 순간이었다.

*

용준의 집에서 강소희 선생이 거주하는 아파트까지는 달려서 1시간이 넘게 걸렸다. 그러나 용준은 후들거리는 다리를 재촉하며 아파트 로비로 들어섰다. 처음 보는 아이가 성큼 들어서자, 의아하게 여긴 경비가 용준을 불러 세우려는 순간이었다.

용준의 귀에 바람을 가르며 무언가 빠르게 추락하는 소리가 들렸다. 그리고 쿵. 둔탁하고, 크고, 선명했다. 이어지는 정적이 철근처럼 무거웠다.

경비가 당황해서 내달리는 소리와 함께 누군가의 비명이 높게 울려 퍼졌다. 사람들의 웅성거림이 커지고, 집마다 창문이 열리는 소리가 밤공기를 어지럽혔다.

다리에 힘이 풀린 용준이 바닥에 풀썩 주저앉았다. 귓가에서 알 수 없는 소리가 벌처럼 윙윙거렸다. 쿵-소리와 함께 내려앉은 심장이 박동인지 경련인지 모를 몸부림을 쳤다. 그대로 석고상이 된 것처럼 용준은 일어날 수도, 뒤를 돌아볼 수가 없었다.

늦봄의 비가 추적추적 쏟아졌다. 용준은 비를 맞으며 뒷골목을 방황했다. 사람들이 이따금 흘긋거리며 지나갔지만, 손을 내밀어 주진 않았다. 그도 그럴 것이, 용준의 몰골은 사흘 동안 집에 들어가지 않았던 탓에 부랑아와 다름없었다. 배가 주리다 못해 찢어질 듯했지만, 구멍 뚫린 마음이 더 고통스러웠다.

아버지는 어디까지 읽었던 것일까.

용준이 방문한 시점에 맞춰 강소희를 살해하다니. 애초

에 아들이었던 용준을 믿지 않았던 게 분명했다. 아버지는 용준을 시험에 들게 했고, 아들이 무엇을 선택할지도 이미 알고 있었다. 그래서 그에 대한 답을 준 것이다.

무슨 짓을 하든, 무슨 마음을 품든. 정해진 결과는 변하지 않는다고. 그래서 용준은 도주를 선택했다. 부랑아가 되거나 객사할지언정, 집으로 돌아갈 생각이 없었다. 어차피 아버지는 자기 말에 반항한 용준을 가만두지 않을 터였다.

성준도 있겠다, 아버지는 바람이 잘못 든 용준을 가차 없이 처리할 것이었다.

'살려달라고, 조용히 살겠다고 애원하는 건 죽여달라는 말과 같은 뜻이 되겠지.'

용준이 턱에 난 흉터를 만졌다. 상처가 붙은 지는 꽤 시간이 지났지만, 여전히 쓰라리고 아팠다. 아버지 본인이 직접 나타날까, 아니면 아버지를 킬러의 신처럼 신봉하는 떨거지들을 보낼까. 이미 그들에게도 용준의 가출 사실이 전부 알려졌을 게 분명했다.

무릎이 덜그럭거리자, 용준은 저도 모르게 전봇대를 붙잡았다. 그리곤 그대로 미끄러져 주저앉았다. 비를 오래 맞아 이가 덜덜 떨리고 잠이 쏟아졌다. 그때, 누군가 용준의 소매를 스윽 잡아당겼다. 반사적으로 주먹에 힘이 들어갔다.

용준을 붙잡은 사람은 용준보다 머리 하나 작은 남자아

이였다. 우비를 뒤집어쓴 아이가 호기심 어린 눈으로 용준을 바라보고 있었다.

이윽고, 아이가 까치발을 들었다. 아이는 용준의 눈에 비가 들이치지 않도록 두 손으로 빗장을 만들어 가려주었다.

"……."

"어머, 얘! 거기서 뭐 하는 거야!"

아이의 엄마로 보이는 여자가 부리나케 달려왔다. 아이를 용준에게서 떼어낸 여자는 경멸스러운 눈으로 용준을 훑어보았다.

"너! 엄마가 이상한 애들한테 다가가면 안 된다고 했지!"

아이는 여자의 호통에도 동그란 눈으로 용준을 바라보았다.

"하지만……. 저 형아가 울고 있었는걸."

"뭐라는 거야! 애가 유괴라도 당하려고 진짜!"

여자가 아이의 볼기를 한 대 후려쳤다. 그러고는 용준이 병균이라도 되는 듯, 아이의 손을 붙잡고 서둘러 멀어졌.

용준이 천천히 자리에서 일어났다. 강소희 선생을 만나기 전부터, 일찍이 되뇌었던 약속이 떠올랐다. 그토록 소중하게 생각했건만, 막상 절망적인 순간이 들이닥치자 까맣게 잊다니. 용준은 자신 또한 간사한 인간이라는 생각이 들었다.

아직 용준에게는 지켜야 할 사람이 있었다. 용준 혼자서만 도망칠 수 없었다.

*

밤 9시, 늦은 시간이었지만 교회 예배당은 닫혀있지 않았다. 용준이 발소리를 죽이며 조심스럽게 들어왔다. 두 손에는 마포 자루가 들려있었는데, 끝에 식칼 하나가 천과 테이프로 단단히 매여있었다. 엉성한 모양새였지만, 나름대로 창의 형상을 하고 있었다.

아버지는 언제나 말했다. 어린이와 여자, 노인과 장애인. 이들이야말로 때에 따라 가장 무서운 킬러가 될 수 있다고. 겉모습으로 목표물을 충분히 방심시킬 수 있다는 가르침이었다. 반대로 말하면, 아버지는 상대가 누구든 방심하지 않을 사람이었다. 그랬기에 최고의 자리에 올랐을 터였다.

만약 자신보다 신장이 월등히 큰 목표를 상대할 때라면, 총으로 원거리에서 공격하는 게 상책이었다. 그러나 그게 여의찮다면, 길이가 긴 무기로 공격하는 게 중책이라고 아버지는 가르쳤다. 휘두르면 피할 수 있으니, 반드시 찌르라는 설명과 함께 말이다. 용준이 급조한 창을 만들어 온 것도 바로 이 때문이었다.

오늘, 아버지를 제압하고 성준과 함께 떠나리라.

용준이 신발을 벗은 채 계단을 조용히 내려갔다. 훈련은 오후 7시부터 밤 10시까지 예배당 지하에서 이어졌다. 한 명이 열병이 나건, 팔이 부러지건 간에 훈련은 단 한 번도 취소된 적이 없었다. 용준이 가출했다고 한들, 성준의 훈련이 취소되지는 않았을 터였다.

마포를 들고 있는 손이 땀으로 미끈거렸다. 아버지를 죽일 생각은 없었다. 죄책감 따위에서 비롯된 생각이 아니었다. 용준은 아버지가 증오스러운 것만큼 두려웠다. 도저히 넘을 수 없는 산 같은 존재였다. 그저 성준을 데리고 도망칠 틈을 만들고 싶을 뿐이었다.

잠시 후, 용준이 고개를 세차게 흔들었다. 아랫입술을 세게 짓씹은 탓에 피가 흘렀다. 용준은 계산하지 말자고 되뇌었다. 반드시 성준만큼은 이 지옥 같은 집에서 구해야만 했다. 추락한 강소희 선생이 떠오르자, 눈시울이 뜨겁게 달아올랐다.

지하실엔 습기가 무겁게 가라앉았다. 용준은 최대한 발소리를 죽이며 움직였다. 인생의 절반을 지하실에서의 기억이 차지하고 있었다. 오늘 성준을 구해내기만 한다면, 다시는 들어서지 않을 끔찍한 곳이었다. 예배당 지하로 내려가며 용준은 처음으로 신을 찾았다. 부디, 성준을 구하게 해달라고. 당신이 존재한다면 기적과 구원을 보여달라고.

마침내, 좁은 지하실 통로에 걸맞지 않은 거대한 철문이 보였다. 저 훈련장 안에서 용준과 성준은 아비의 탈을 쓴 악마에게 수없이 학대당했다. 신을 찬양하는 십자가 밑에서 두 아이는 단 한 번도 보호받지 못했다.

이제, 스스로 구원을 쟁취해야 할 때가 온 것이다.

용준이 천천히 철문을 열었다. 바닥을 긁는 소리가 귀를 찢었다. 훈련장 안에 성준은 없었다. 바닥에는 사지를 뒤틀며 쓰러진 한 남자만 있을 뿐이었다.

준비해 온 창이 바닥에 맥없이 떨어졌다. 눈으로 봐도 믿기지 않은 광경이었다. 쓰러져 있는 사람은 한석필, 용준의 아버지였다. 푸르딩딩하게 부은 입술은 목구멍에서 끊임없이 솟구치는 거품을 막지 못했다.

*

한석필은 혼수상태에 빠졌다. 원인은 농약의 일종인 메소밀 중독이었다. 숨은 끊어질 듯 말 듯 계속 이어졌다. 주변을 둘러보았다. 성준이 없었다. 그 어떤 흔적도 남기지 않은 채 사라졌다. 아버지의 상황으로 보아 성준의 솜씨는 아닌 것이 분명했고, 다른 누군가가 아버지를 제압하고 성준을 데리고 간 것이 분명했다.

평소 용준이었다면 아버지가 이대로 숨이 멎기를 간절히 바랄 터였다. 그러나 아버지가 죽으면 성준의 행방을 알 수 없었다. 한참을 망설이다가 용준은 경찰에 신고했다.

용준은 경찰에게 아버지의 학대에 대해 증언하지 않았다. 자신이 아버지에게 원한을 품고 있다는 것을 알게 되면 괜히 용의자로 의심받을 게 뻔했기 때문이었다. 평소 대외적인 이미지 때문에 경찰 또한 한석필이 음지의 거물이라고 생각하진 않았다.

한석필은 3주 만에 의식을 되찾았다. 용준은 깨어난 아버지가 두려웠지만, 성준의 행방을 묻기 위해 그 앞에 섰다. 메마르고 수염이 잔뜩 난 아버지가 무미건조한 눈으로 용준을 올려다보았다. 용준은 굳게 닫힌 아버지의 입에서 무슨 말이 튀어나올지 너무도 두려웠다. 그때, 늙수그레한 담당의가 입을 열었다.

"한석필 환자 분? 큰 아드님이 오셨습니다. 하실 말씀 없으신가요?"

"……."

아버지는 아무 말도 없었다. 그저 물끄러미 용준을 응시할 따름이었다. 담당의가 다시 입을 열었다.

"한석필 환자분, 큰 아드님입니다."

기묘한 위화감이 이어졌다. 아무리 오래 혼수상태였다지만, 아버지의 표정은 어딘가 달랐다. 마치 아무것도 모르는 사람인 것처럼……. 용준은 아버지의 어깨를 잡고 자기를 보라며 흔들어 댔다.

"저기, 환자한테 이러시면……!"

놀란 간호사의 외침에도 소용없었다.

용준이 그토록 거세게 흔들어 대도 아버지의 시선은 움직이지 않았다. 눈은 용준을 향하고 있었지만, 눈동자에는 초점이 없었다.

"……"

충격에 입을 다문 용준의 어깨에 두툼한 손이 올라왔다. 담당의였다.

"그, 아드님. 충격받으신 건 알지만 소용없습니다."

담당의의 말이 끝나기 무섭게 손에 힘이 풀렸다. 다시금 들여오는 목소리가 귓가에서 아득하게 맴돌았다.

"보셨다시피, 아버님께서 시력을 잃었습니다."

용준이 힘없이 담당의를 올려다보았다. 진정 두려웠던 것은 아버지의 시력 따위가 아니었다. 총기도, 잔인함도 모조리 사라진 맹한 표정이라니. 단 한 번도 상상해 본 적 없는 아버지의 얼굴이었다.

"그리고. 큼, 크흠!"

담당의 선생의 헛기침이 한동안 이어졌다.

"뇌 손상이 크게 오신 것 같습니다. 대략 열 살 정도 되는 지능이라고 생각됩니다."

그렇게 용준은 아버지로부터 벗어나게 되었다.

Part 2
한계

· 1장 ·
블랭크

 김남규가 자살했다는 전화가 온 것은 새벽 1시 20분, 용준이 막 잠자리에 들었을 때였다.

"선배님!"

 새벽 두 시. 서울구치소 앞에서 서성이던 김대건이 차에서 내리는 용준을 보고 반색했다. 용준은 별다른 말 없이 대건의 어깨를 툭 치고 곧바로 구치소로 향했다. 대건은 용준의 표정을 보고 침을 꿀꺽 삼켰다. 어떤 상황에서도 당황하거나 서두르는 법 없이 늘 최상의 해결책을 찾아내는 선배였다. 이렇게 굳은 표정과 평소보다 빠른 발걸음은 아주 드문 일이었다.

 용준은 김남규를 유치장에 다시 가두고 퇴근하면서 당직자에게 특별히 당부했었다.

"자살할 것 같지는 않지만, 자살을 당할 수 있으니까 각

별히 조심해 주세요."

이 예고로부터 불과 7시간도 채 안되서 용준이 우려하던 일이 벌어진 것이었다. 당직을 서던 경찰은 상황에 대한 구두 보고도 서면 보고도 없이 곧바로 사표를 내고 사라졌다고 했다. 이상하지 않은 일을 찾는 것이 어려워 보이는 상황이었다.

용준이 들어갔을 때, 현장은 마치 아무 일도 없었다는 듯 말끔하게 정리돼 있었다. 국과수에서 나와 김남규가 자신의 내의를 찢어 연결하여 경찰서 내 화장실 창문 철창에 목을 매고 자살한 것이 분명하다고 결론을 냈다.

외부 침입에 대한 조사, 현장 보존, 부검같은 기본이 모조리 무시되고 결론이 났다. 이것이 무엇을 의미하는지 분명해진 것은 새벽 2시 반에 경찰청장의 호출을 받고 청사에 다녀온 두호의 말에 담겨 있었다.

"마수대로 사건 이첩하라시네."

신종 마약에 관한 수사가 아니고 인신매매에 관한 수사이고 주요 증인이며 피의자가 체포 첫날 경찰서 안에서 살해당한 정황임을 충분히 설명했으나 어떤 설명도 통하지 않았다 하였다.

현직 형사의 강압 수사를 견디지 못한 피의자 자살 사건이니 날이 밝아 매스컴에 알려지기 전에 마수대로 사건 이

첩 예정이었음을 알리고, 마수대의 수사에 두려움을 느낌 피의자의 자살 사건으로 정리하라는 명령이었다. 얼핏 보면 강력4팀을 보호하기 위한 배려 넘치는 조치로 보였지만, 명백히 사건을 축소하고 용준 팀으로부터 이 사건을 빼앗겠다는 의도가 있는 명령이었다.

옆에서 상황을 듣고있던 대건이 나섰다.

"인신매매로 잡힌 아이들 창고는 저희가 찾아봐도 되는 것 아닙니까?"

청소년 실종 인신매매 사건에 대해 용준만큼이나 애타는 마음으로 수사한 대건이었다. 삽시간에 뒤집힌 상황이 답답할 뿐이었다.

팀장은 고개를 가로저었다.

"실종 신고가 있는 아이들도 아니고, 장소에 대한 진술이 있는 것도 아니고. 그냥 형사 한 명이 혼자 피의자 윽박지르다가 혼자 무슨 점치듯이 알아낸 정보로 무슨 수사를 하냐고."

"청장님이요?"

"어."

팀장의 대답을 들은 용준은 피식 웃었다.

일선 경찰서의 수사 조서를 청장이 심야에 확인했다는 것이 무엇을 의미하는지 청장이 모를 리 없었다. 이런 식으로 사건을 축소하고 찢어 놓을 때 일선에서 무슨 소리가 나올 수 있는지도 충분히 알고 있을 터였다. 그런데 이런 무리수를 둔다면 용준이 정확히 맥을 짚고 있다는 뜻이었다.

"아니, 그래도 팀장님……."

용준은 억울함에 팀장을 설득해보려 애쓰는 대건의 어깨를 툭 치며 말했다.

"대건아, 공무원이 뭘 그렇게 자기주장이 강하냐. 까라면 까야지. 팀장님, 내일 오전 중으로 서류 정리해서 넘기면 되죠?"

어느 순간 용준의 표정에서 그늘이 걷혀 있었다. 두호는 그런 용준을 보고 되려 당황해서 고개를 끄덕였다.

"어어……. 그렇지"

"그러면, 저는 2차 퇴근하고 내일 정시에 출근하겠습니다. 뒤처리는 알아서 해주세요."

의외의 산뜻한 포기에 당황한 것은 동료들이었다. 그렇게 용준은 뒤도 돌아보지 않고 현장을 떠났다. 그 모습을 보고 두호는 한숨을 내쉬었다.

"또 저러네. 대건아, 저놈 저거 겉으로는 저래도 속은 문드러질 거다."

팀장은 이미 여러 번 겪은 일이었다. 누구보다 열정적으로 수사했지만, 조직이 원하는 것이 있을 때, 자기 목소리를 내지 않았다. 그것이 단시간에 용준이 전국 경찰 조직이 모두 알만큼 떠오르는 유망주가 된 큰 이유이기도 했다.

그러나 차에 타는 순간 용준의 표정이 돌변했다. 용준은 굳은 표정으로 대시보드 아래 보이지 않게 매립된 소형 금고를 열었다. 지문 인식으로 열린 최첨단 금고 안에는 그 최첨단의 느낌과 전혀 어울리지 않는 낡은 핸드폰이 들어있었다.

용준은 핸드폰에 저장된 단 하나의 전화번호로 전화를 걸었다.

"예, 보스."

전화기 너머에서 걸쭉한 남성의 목소리가 들려왔다.

"노원구 작전 준비해 주세요"

"노원구? 오케이."

용준은 대답을 듣고나서 다시 핸드폰을 금고에 넣어두곤 엑셀을 밟았다. 용준을 태운 중형 세단이 순식간에 어둔 도로의 끝으로 사라졌다.

*

언뜻 보면 버려진 공사장 같은 느낌의 공간이었다. 벽이 없이 멀찍이 트인 공간에 시멘트 기둥들이 군데군데 세워져 있었다. 한쪽 벽면엔 이 공간과는 또 어울리지 않는 컴퓨터 장비들이 놓여있었고, 그 위에는 커다란 화면들이 여러 개

연달아 붙어있었다.

주황색 전등이 밝힌 공간에 커다란 덩치의 남성이 막 전화를 끊은 참이었다.

"보스 올 것 같은데 얼른 정리합시다."

남자는 푸른색 셔츠에 검정색 조끼를 입었다. 조끼의 오른쪽 가슴팍엔 '모범택시'라는 글자로 오버로크가 박혀있었다. 분명 '모범택시' 기사라는 신분을 드러내기 위해 입은 제복이었겠으나 터질 것 같은 근육과 곰 같은 덩치 때문에 헬스 트레이너 정도로 보이는 것은 어쩔 수가 없었다.

택시기사 마명구의 이야기를 듣고 고개를 돌린 것은 정찬섭이었다. 그는 명구보다 20살쯤 어려 보이고, 20킬로쯤 몸무게가 덜 나갈 것 같은 호리호리한 청년이었다. 아무렇게나 기른 더벅머리로도 가릴 수 없는 훈훈함에 이성들에게 깨나 관심받을 얼굴이었다.

"어? 이 시간에요?"

찬섭의 말에 드르륵 의자 미는 소리가 들렸다. 안쪽에서 자그마한 얼굴이 빼꼼 튀어나왔다. 며칠 감지 않은 머리를 올려묶은 이해리였다.

"노원구래잖아. 텐타이온 건 일 거야. 지금 경찰청 서버하고 국과수 서버 관련 자료 엄청나게 삭제되고 있어."

해리가 설명을 이어가려고 하는데 그들의 발치에 기절해

있던 배불뚝이 최사장이 쿨럭- 기침을 하며 정신을 차렸다. 명구가 최사장을 보며 반가운 척 인사했다.

"어이고, 깨셨습니까? 깨워야 하나 했는데"

최사장은 얼른 상황을 파악했다. 자신을 이곳으로 끌고와 기절할 때까지 두들긴 놈들이 동시에 자신을 내려다보고 있었다. 도저히 개길 분위기가 아니었다. 그는 피떡이 된 입으로 억지웃음을 지으며 명구에게 물었다.

"사장님들. 정말, 왜 이러십니까? 도, 돈 필요하십니까?"

"돈? 그렇게 변호사 비용을 쓰고도 아직 우리한테 줄 돈이 남았구나. 진짜 돈 많은가 보네."

명구가 최사장의 말을 듣고 피식 웃었다. 곁에 있던 해리가 손에 들고 있던 패드 화면을 슥슥 내리며 말했다.

"아버지한테 받은 강남 건물에서 매달 월세 4800씩 나오고, 주식 배당금에서 연 5억 정도 나와."

찬섭이 그 말에 고개를 갸웃하며 말했다.

"연 11억? 생각보다 많지는 않네요."

해리가 설명을 이었다.

"아니아니, 벤처에 투자해 놓은 게 있는데 담달에 상장하면서 270억 엑시트할 예정이야."

찬섭이 그 정도면 괜찮군, 하는 느낌으로 고개를 끄덕였다. 최사장은 잠시 어안이 벙벙한 표정으로 그들을 바라보다가 얼른 말을 받았다.

"예, 예! 그러니까요. 제가 곧 큰돈이 생겨서요. 원하시면, 원하시는 만큼 제가 드릴 수 있습니다."

"돈 받고 풀어달라고?"

해리가 최사장에게 시선도 주지 않고 물었다.

"예? 예! 예! 풀어만 주시면……."

"단가가 맞으려나……."

"제가 어떻게든 그것은……."

그 순간, 명구가 벽을 세게 때렸다. 굉음이 터지자 최 사장이 소스라치게 놀랐다. 바위 같은 주먹에 얻어맞은 벽이 움푹 패어 있었다. 다시 보니, 벽에 팬 곳이 한두 군데가 아니었다. 최 사장이 놀란 표정으로 명구를 쳐다봤다.

명구가 무릎을 쪼그리고 최 사장과 눈을 맞췄다.

"왜 잡혀 왔는지 안 물어봐?"

"예?"

최 사장이 눈을 굴렸다. 돌아가지 않는 머리에 기름칠하려고 애쓰는 모양새였다. 명구가 한숨 섞인 조소를 날렸다.

"얼른 안 떠오르지?"

"예……."

"워낙 이것저것 지은 죄가 많고, 원수진 일도 많으니까 이렇게 끌려와서 두드려 맞는 게 이상하지 않은 모양이네."

"아니, 그건 아니고……. 그러니까 대체 왜 저에게 이러십니까."

"우리가 왜 이러냐고? 이거 전혀 반성을 안 하네."

마명구가 손을 들어 때리려는 제스처를 취했다. 억울함을 토로하던 최 사장이 바짝 기었다.

"그, 그런 게 아닙니다!"

"그리고 돈은 네가 안 줘도 돼. 원래 갈 곳으로 잘 갔어."

"네?"

해리가 고개를 끄덕였다.

"피해자 여동생 앞으로 신탁 기증해달라고 했어요."

"피, 피해자 여동생?"

무언가를 떠올린 최 사장의 눈이 커졌다.

"그, 계집년 가족이 당신들을 고용했다고?"

그 순간, 찰진 타격음과 함께 최 사장의 고개가 돌아갔다. 최 사장이 놀란 표정으로 명구를 쳐다봤다. 명구가 굳은 표정으로 다시 한번 뺨을 갈겼다. 최 사장의 코에서 피가 터져 나왔다.

명구의 목소리는 그 어느 때보다 담담했다.

"계집년이 아니라 김선아."

"무, 뭐?"

또다시 짝- 소리가 터졌다. 이번엔 기껏 아문 입술이 다시 터지고 말았다.

"김선아. 1998년, 너희 회사 막내."

명구의 손바닥 한 방 한 방에 최 사장은 억 하는 소리를 냈다. 분명 손바닥인데 철판으로 두드려 맞는 거 같았다.

뒤에 있던 찬섭이 말리려고 하는 순간, 해리가 가로막았다.

"내버려 둬."

"하지만 곧 보스가……."

"난 이거 보려고 이 일하는 거야. 내 직업 만족도를 박탈하지 마."

해리는 웃고 있지만, 눈은 차가웠다. 광기. 그 얼굴을 본 찬섭이 '에휴, 또라이' 하며 한숨 쉬고 돌아섰다. 공간에는 뺨을 후려치는 소리가 연달아 울려퍼졌다.

"네가 성폭행하고 죽인 피해자. 이름도 기억 안 나지? 네 딸하고 동갑이었는데."

"사, 살려……."

"우울증 앓던 피해자 어머니는 자살했을 때, 네가 장례식장에서 무슨 짓을 벌였지?"

"죄송, 죄송합……."

"아니, 아니. 사과는 나한테 할 게 아니지. 그리고 그렇게 사과할 기회가 많았는데 말이야."

명구가 손을 거두고 천천히, 하지만 분노를 담아 주먹을 쥐었다.

"……사과에도 골든타임이 있어요, 사장님."

즐겁다는 듯 구타 현장을 지켜보던 해리가 아연실색했다.

"어, 저건 말려야겠는걸?"

해리의 말이 떨어지기도 전에 찬섭의 몸이 튀어나갔다. 찬섭이 명구의 손목을 붙들었다.

"형! 곧 보스 온다면서요!"

명구가 찬섭을 획 돌아보았다. 무표정했지만, 눈에선 살기가 넘실거리고 있었다. 해리도 얼굴을 굳히며 거들었다.

"이제 정리해야 해요."

명구가 끄덕이며 일어서 손을 닦았다.

최 사장이 해리에게서 기회를 본 듯 무릎으로 기어 해리에게 다가갔다.

"사, 살려 주십시오. 뭐든 하겠습니다. 도, 돈도 괜찮습니다."

해리가 불쾌함 가득한 표정으로 웃었다.

"어, 살려줄게."

"진짜요?"

최 사장이 반색하며 고개를 쳐들었다. 그러자 해리가 꼴 보기 싫다는 듯 슬리퍼 신은 발로 최 사장의 뒤통수를 짓밟았다.

"어, 그럼. 우린 너처럼 사람 때려죽이고 변호사 십팔 명 써서 집행유예로 나오는 그런 양아치 아니니까."

"그, 그건……."

"됐고. 넌 살 거야. 안 죽여. 그냥 죽을 때까지 일하면 돼"

"네?"

그때, 도어락 비밀번호 치는 소리가 들렸다. 찬섭이 귀를 쫑긋했다.

"보스인가?"

표정을 가다듬은 명구가 자리를 털고 일어났다.

"사장님이시다."

최 사장은 도무지 헷갈렸다. 보스였다가, 사장이었다가. 도대체 이들을 이끄는 자가 누구란 말인가?

현관문을 열고 실내로 들어오는 발걸음이 들렸다. 이윽고 늙수그레한 중년 남자가 들어왔다. 우락부락하고 탄탄한 몸을 가진 명구와는 달리 중년 남자의 외관은 말 그대로 평범했다. 적당히 나온 배, 적당히 주름진 얼굴, 적당히 은은한 미소까지. 어디에서나 볼 수 있는 인상 좋은 이웃집 아저씨였다.

해리가 반갑게 외쳤다.

"성태 삼촌!"

"사장님 오셨습니까."

성태라고 불린 중년 남자가 고개를 끄덕였다. 명구가 말을 이었다.

"보스가 바로 움직이겠다고 합니다. 예정보다 일찍 들여

보내야 할 것 같습니다."

성태의 눈이 최 사장을 구석구석 훑었다. 그리고 안쓰럽다는 어투로 말했다.

"아이고, 사람을 이렇게 피떡으로 만들면 어떡해? 이거 명구가 그런 거지?"

"……죄송합니다."

"내가 그랬잖어. 화가 많으면 제 명에 못 산다니까? 아직 젊은데 너무 속 끓이면 나중에 몸이 상한다고."

성태가 사람 좋게 말했다. 질책보다는 타이름에 가까웠지만, 명구가 깍듯하게 고개를 숙였다.

"죄송합니다."

최 사장이 침을 꿀꺽 삼켰다. 그로서는 이 '사장'이라는 사람이 마지막 기회였다.

"사, 사장님. 사장님이신가요? 제, 제가 뭘 하면……."

"챙기자."

말이 끝나기 무섭게, 성태가 최 사장의 코를 손수건으로 눌렀다. 발버둥도 소용없었다. 뭔가 말을 더하려던 최 사장은 그대로 의식을 잃었다.

·2장·
재회

"해리, 이 네 군데 중 가장 규모가 큰 곳을 찾아줘. 전부 상계동이야. 화양빌라, 듀온 오피스텔, 서호빌딩, 모텔 파라다이스."

용준의 말에 해리가 재빨리 컴퓨터 자리에 앉았다. 잡동사니로 어지럽혀진 자리에는 큼지막한 최신식 모니터 두 개가 배치되어 있었다. 해리가 발가락으로 본체를 누르자, 윙- 하는 요란한 소리와 함께 전원이 켜졌다.

해리는 고개를 끄덕이고 키보드를 두드렸다.

"네 군데라고 했지. 제일 규모가 큰 곳이면······."

딸깍딸깍 마우스 소리와 함께 위성 지도가 확대됐다. 그러자 듬성듬성한 건물 옥상들이 조감으로 보였다.

해리가 마우스를 휙휙 저으며 한 건물 주위로 원을 그렸다.

"여기네. 모텔 파라다이스."

"아까 오피스텔하고 빌라도 있었는데 모텔?"

"응. 여기는 건물이 통째로 비어있거든."

"엥? 진짜로?"

해리는 거듭되는 찬섭의 질문에도 모니터에서 눈을 떼지 않았다.

"재개발 구역 경계에 있고 2년 전에 영업 종료된 모텔이야. 그리고 여기가 제일 중요한 창고인 게 분명해."

"왜?"

"K, 그러니까 김남규가 이 근처를 꽤 돌아다녔더라고."

해리가 씨익 웃으며 책상 위에 있던 핸드폰을 들었다.

"명구 오빠가 가져온 거. 통화, 문자, 위치 기록까지 싹 털었어. 그리고 딱 이 위치. 지난 달만해도 모텔 파라다이스에 김남규가 세 번이나 방문했더라."

"문자 기록에 모텔 파라다이스를 언급한 게 있나?"

용준의 물음에 해리가 대답했다.

"메인 창고라고 하던데. 분명 제일 중요하게 취급되는 장소겠지."

"그러면 제가 가서 좀 지켜 볼까요?"

찬섭이 늘 그렇듯 척후 역할을 자처했다. 누가 시키지 않았지만, 운동으로 단련된 젊은 몸이라 밤을 새우고 잠복하는 일을 자신의 직무로 여겼다.

"올! 역시 국가대표."

해리가 찬섭을 보며 엄지를 세웠다.

찬섭은 태권도 국가대표 상비군이었다. 그의 아버지가 간단한 스탠트 시술을 받다가 죽은 후 인생의 행로가 바뀌어 버렸다. 간단한 시술이라며 올 필요 없다던 아버지는 수술실에서 시신으로 돌아왔다. 의사는 아버지가 복용중이던 약을 알려주지 않아 지혈에 문제가 생겨 쇼크사했다며 의료사고가 아니라고 했다. 찬섭은 이해할 수 없었고 납득할 수도 없었다. 의사는 섣불리 행동하면 명예훼손이 될 것이고 국가대표가 되는 것도 힘들어져 버릴테니 조용히 정리하자며 찬섭을 달랬다.

찬섭은 선수촌을 나와 매일 병원 앞에서 시위했다. 열흘 동안 비가 쏟아지던 장마철의 어느 날, 찬섭은 병원 앞에서 쓰러졌다. 그런 찬섭을 일으킨 것은 병원을 출입하던 의료기기 영업사원이었다.

영업사원의 하숙방에서 정신을 차린 찬섭은 무릎 꿇은 그에게서 충격적인 이야기를 들었다. 자신이 찬섭 아버지의 스탠트 시술을 했다는 말이었다. 자신이 실수를 한 것은 아니지만 아버지에게 응급 상황이 벌어졌을 때, 의사가 아닌 자신이 그것을 수습할 수 없었다고도 했다. 진작 고백하고 싶었지만 자신뿐 아니라 회사와 병원에 걸린 사람들 때문에 말할 수 없었다고도 했다.

 하지만 이 기가 막힌 사연은 세상에 나오지 못했다. 영업사원은 자취를 감춰 버렸고, 찬섭은 허무맹랑한 이야기를 꾸며 보상금을 노리는 비열한 인간이 되어버렸다.

 그 사이 의사는 완전 무혐의로 풀러나 쇼닥터가 되어 돈과 명성을 얻어갔고, 찬섭은 그를 죽이고 자신도 죽어야겠다는 마음으로 몇 달 동안 의사의 동태를 살폈다.

 그러던 어느 날, 카페에 앉아있는 찬섭 앞에 누군가 풀썩 앉았다.

 '복수는 그렇게 하는 게 아니지.'

 찬섭에게 자신이 도와줄 테니 함께 하겠냐 제안한 것은 용준이었다.

 그때 용준은 의사를 손수 잡아와 할 수 있는 만큼 두드려 팬 후, 그간의 의료사고와 대리수술에 대한 자백서를 쓰게 했다. 이후 찾아온 성태가 기절한 의사를 챙겨 사라졌다.

 찬섭은 용준을 위해서라면 무슨 일이든 할 수 있었다. 버려진 모텔을 감시해 범죄자들 동태를 파악하는 일쯤, 한 달이라도 충분히 할 수 있는 일이었다.

 그러나 용준은 고개를 저었다.

 "아니. 지금 들어가자."

 "지금?"

명구가 되묻자 용준이 설명했다.

"증거 자료가 실시간으로 사라지고 있는데 아이들을 그냥 두지 않을 거야. 이동시킬 확률이 커. 바로 갑시다."

명구가 드물게 우려를 표했다.

"사전 준비가 너무 없는데."

"그렇긴 한데……경찰청장까지 나선 걸 보면 사이즈가 예측 가능 범위를 넘는 것 같아요. 내일 아침에 마수대로 자료 넘기면 연결 고리가 완전히 끊겨버릴 것 같아서."

납득되는 설명이었다. 명구가 고개를 끄덕였다.

함께 출동하기로 결정하자 해리는 의자를 쭉 밀어 자신의 작업대 앞에 앉았다. 흔한 미국 드라마 첩보 수사물에서 흔히 보는 해커들의 작업대와 비슷했다.

신나는 얼굴로 손가락을 우두둑 풀며 지원작업을 시작하는 해리를 보며 용준은 해리를 처음 만났을 때 자신에게 했던 말을 떠올렸다.

'장비, 최신으로, 그러니까 정품이 아니라 이스라엘, 러시아 애들이 쓰는 것까지 사야 하는데 그거 사줄 수 있어요?'

혼자서 세 명 정도의 역할을 해내는 해리 같은 능력자가 용준에게 합류한 것은 행운을 넘어선 기적과 같았다. 그녀를 만나지 못했다면, 과거의 용준은 다음 단계로 나가지 못했을 것이었다.

그런 해리에게 용준은 그만한 장비쯤은 얼마든지 사줄 수 있었고, 그만한 자본도 있었다.

지난날, 용준의 아버지 한 목사는 결국 아무것도 기억하지 못하는 상태에서 장기 요양 병원으로 옮겨졌다가 실종됐다. 어찌 된 일인지 한 목사가 사라진 날 병원과 일대 정전으로 cctv도 꺼져서 그의 행방은 완전히 미궁에 빠졌다.

꼼짝없이 보육원에 들어가야 할 상황이 된 용준은 집안 정리를 시작했다. 딱히 정리할 것도 없었다. 마치 누군가 이런 일이 일어날 것을 알고 있었던 것처럼 부모님에 관한 모든 물건은 말끔하게 사라졌고 교회 소유의 물건, 부동산도 손 하나 댈 것 없이 정리되어 어딘가로 기부되어 있었다.

용준의 방에는 용준의 교육 보험, 의료 보험, 성인이 되면 찾을 수 있는 적금 통장 하나가 가지런히 놓여있었다. 보육원에서 살다가 성인이 되어 나오면 대학 가서 혼자 살며 공부를 마칠만한 딱 그 수준의 돈이었지만 10대의 용준에게는 충분히 큰돈으로 여겨졌다.

용준은 아버지를 데려간 누군가가 이런 세팅까지 마친 것이라 생각했다. 그렇다는 건 그가 성준을 데려갔을 확률이 높다는 뜻이기도 했다. 하지만 가지런히 놓인 통장들과 보험 증서들과 그에 대해 설명된 인쇄된 문서를 보며 용준은 더 이상 아무 것도 궁금해하지 말라는 메시지를 들은 듯한 느낌을 받았다.

'더 알려고 하지 마라. 딴짓하지 말고 너 인생 살아.'

용준은 성준이 무사한지, 성준이 어디 있는지만 알 수 있다면 보육원 생활도 나쁘지 않을 거로 생각했다. 하지만 당장 할 수 있는 일은 없었다.

'어른이 되자. 경찰이 되자'

용준은 그렇게 생각을 정리했다. 성준을 찾을 수 있는 가장 빠른 방법이 그것이었으니까. 결심을 다지기 위해, 잊지 않기 위해 마지막으로 훈련실로 내려갔다.

용준은 성준과 자신이 죽음 직전까지 이르는 고통을 참으며 해왔던 훈련들을 떠올렸다. 아버지를 상대하며 느꼈던 공포, 아버지의 표정, 숨소리, 말투를 파악해 피하지 못할 때 맞닥뜨려야 했던 고통. 그 모든 것이 끝났다는 게 믿어지지 않았다. 어디선가 아버지가 나타나 다시 불쑥 자신을 구석에 처박을 것 같았다.

서둘러 나오려던 용준은 아버지가 앉아있던 의자를 보았다. 거기에 앉아있는 아버지는 거대한 석상 같았다. 절대 부서지지 않고 절대 무너지지 않을 존재.

용준은 조심스럽게 의자에 앉아보았다. 비어있는 의자에 앉는 것뿐이었는데, 금단의 열매에 손을 대는 듯한 두려움과 떨림이 멈추지 않았다. 마침내 의자에 완전히 앉아 큰 한숨을 쉬고서야 떨림이 멈추었다. 그러자 이상한 감각이 느껴졌다.

의자가 단단한 바닥이 아니라 의자 다리가 꺼지는 듯한 느낌이 들었다. 용준은 의자에서 일어나 그 앞에서 살짝 점프를 해보았다. 여태까지 발이 닿았던 곳과는 다른 울림이 났다. 아버지는 항상 이곳에 있었기에 용준과 성준은 이 근처엔 얼씬도 못 했었다. 뭔가 기묘한 감각이 스친 순간 용준은 얼른 공구를 가져왔다. 바닥에 정을 대고 쇠망치로 그곳을 두들겼다. 분명히 다른 땅과는 다른 울림이 느껴졌다. 몇 번 더 후려치자, 바닥에 금이 가더니 이내 박살이 나서 내려앉았다. 이중 바닥이었다. 용준이 예상했던 범위보다 더 큰 규모였다.

드러난 이중 바닥은 일반적인 시멘트가 아닌 단단한 철판으로 되어있었다. 게다가 고리에 커다란 자물쇠가 달려 마치 금고를 연상케 했다. 용준은 망치로 자물쇠를 힘껏 때렸다. 바닥재를 부술 때보다 훨씬 더 큰 반동이 팔을 저릿하게 했다.

마침내, 자물쇠가 팅- 소리를 내며 깨졌다. 용준은 심호흡하며 고리를 손잡이 삼아 젖혔다. 철판은 두껍고도 무거웠다.

안에 들어있는 내용물을 본 용준이 저도 모르게 입을 벌렸다.

 힘겹게 연 훈련장 바닥엔 금괴들이 빼곡했다. 용준은 아버지가 은행이 아닌 은밀한 공간에 재산을 숨겨야 했던 이유를 몰랐지만, 이것이 아버지 외에 아무도 모르는 것임을 알 수 있었다. 그리고 자신이 지금 이것을 어떻게 할 수 없다는 것도.

 용준은 자신이 들 수 있을 만큼씩 금을 옮겼다. 귀신이 나온다는 소문으로 사람들이 드나들지 않던 동네 뒷산 나무 아래 땅을 팠다. 옛날부터 당나무로 모시던 나무라고, 함부로 건드리면 큰일 난다고 어른들이 근처도 가지 말라고 하던 나무였다. 용준은 간신히 기어 나올 수 있을 만큼 깊이 땅을 팠다.

 용준이 성태를 만나고 경찰대학에 가고, 경찰이 되고, 찬섭과 명구를 만나 팀 블랭크 활동을 시작할 때까지 금은 무사히 그 자리에 있었다. 그사이에 금값은 다섯 배가 되었다. 그랬기에 해리가 요구하는 것을 사주는 것은 문제도 아니었다.

 해리는 그냥 백수가 아니었다. 머리가 지나치게 좋아 세상에 뚫지 못할 곳이 없다고 자부하는 해커였다. 본인 말로는 10대에 국정원 서버를 뚫었다고 했다.

"잡힌 해커들이 매스컴 타는 거고, 난 안 잡혔으니까. 걔네들은 내가 그쪽 컴퓨터에 들어갔다 온 줄도 모를걸?"

그러다 해리는 해킹이 재미없어져서 '나쁜 놈들 좀 혼내줄까?'라는 생각에 싶어 온라인을 뒤적거렸다. 그러다 간헐적으로 발생하는 범죄자 실종 사건에 주목했고, 흩어져 있는 정보들을 모아 용준을 발견하게 되었다.

"일 잘해. 아저씨랑 아저씨 식구들. 잘해, 깔끔해. 아, 그런데 이름은 뭐야? 내가 지어줄까?"

해리는 용준과 블랭크가 하는 일에 흥미를 느끼고 지켜보다 여기에 합류하고 싶다는 마음이 들었다고 했다.

"그런데 통신 정보, CCTV, 블랙박스 이런 흔적 관리를 너무너무너무너무 못해. 블랭크가 실종시키고 있는 범죄자 새끼 친구나 애인 중 나 같은 인간 하나만 붙으면 잡힐걸?"

처음 만났을 때 해리는 누구에게나 반말을 했다. 세상에 두려울 게 없는 그런 아이였다.

"장비만 사달라는 대로 사주면 돼. 돈은 나도 벌고 싶으면 얼마든지 버니까 월급 필요 없고. 안 끼워주면…… 신고 버튼 누를게요."

해리는 그렇게 자신의 개인적 욕구를 해소하기 위해 블랭크의 일원이 되었고, 그런 해리가 없었다면 이런 식으로 준비 없이 쳐들어가 보는 무모한 작전은 생각도 못 했을 것이다.

날이 밝기까지 한두 시간 여유밖에 없었지만, 작전을 시작해야 했다. 성태는 차량 준비를 해주며 무심한 표정으로 말했다.

"성준이 찾을 때까지 몸 성해야지."

용준이 무슨 뜻으로 하는 말이냐는 듯 눈을 떴다. 성태가 한숨을 푹 내쉬었다.

"어린애들 걸린 사건만 만나면 너 눈이 돌아. 지금도 그렇고."

용준은 인식도 못 하고 있던 자기 상태를 일깨워 주는 성태의 통찰력에 놀랐다. 자신이 지금 이렇게 무리하게 작전을 몰아붙이는 것이 인신매매 당한 가출청소년들 때문이라고는 생각도 못 하고 있었는데.

그런 용준의 마음을 읽기라도 한 듯 성태는 용준의 어깨를 툭툭 두드렸다. 뒷골목에서 나고 자라 뒷골목의 인생들을 거두고 있는 자만이 가질 수 있는 통찰이었다.

선생님을 죽이라는 아버지의 명령이 떨어졌던 그 기간. 방황하며 굶고 있던 용준을 자기 전당포로 데리고 와 말없이 라면을 끓여 주었던 것이 성태였다. 성태는 아버지의 하청에 하청을 하는 수많은 인원 중 하나였다. 아버지로서는 수많은 부하 중 하나였을 성태와 용준 자신이 어쩌다가 알게 되었는지 용준도 잘 기억이 나질 않았다.

그날 라면을 삼키는 용준을 보며 성태가 말했다.

"패는 애비애미라도 있는 게 낫다 싶으면 붙어있고, 이러다 죽겠다 싶으면 도망쳐. 도망쳐서 갈 곳 없으면 여기 와. 니 한 몸 먹고 사는 방법은 가르쳐줄 수 있으니까."

성태는 용준의 사정을 묻지도 않았다. 보은을 기대하지 않는 성태의 선행은 몹시 건조했다. 밥이 아니라 라면이었고, 새 옷이 아니라 의류함을 뒤져 건진 옷이었다. 하지만 성태의 그 건조한 손길이 용준에게는 안성맞춤이었다. 섣불리 경찰이나 기관에 전화를 걸지 않았고, 자신이 책임져주겠다고 나서지도 않았다.

아버지가 실종된 이후, 용준이 보육원에서 나와 경찰대학에 붙었을 때, 가장 먼저 성태를 찾았다. 그리고 금괴 하나를 내밀었다.

"라면값이요."

"몇 개 더 있어? 팔아줘?"

용준은 성태의 건조한 말투가 좋았다.

*

성태는 기절한 최 사장의 손발을 묶고 용달차 짐칸에 실었다. 그리고는 맞춤형으로 제작된 나무 상자를 덮고 그 위로 다시 여러 겹의 거적을 덮은 후 단단하게 고정했다. 대단히 익숙한 움직임이었다.

섬까지 들어가는 데는 세 시간의 고속도로와 네 시간의 국도를 달리고, 다시 배로 두 시간 들어가야 했다. 성태는 섬에 사람을 넣는 일만은 언제나 자기 손으로 처리했다. 가끔 흥신소 직원들이 본인들이 하겠다고 나섰지만, 성태는 언제나 손사래를 쳤다.

"이런 일에는 보안이 생명이야. 사실을 아는 사람이 적을수록 안전해져"

블랭크(BLACK)는 법의 여백, 응보의 여백, 죗값의 여백을 채우겠다는 의미였다. 죗값을 치르지 않은 흉악한 범죄자, 혹은 돈을 써서 말도 안 되게 가벼운 대가를 치르고 돌아오는 놈들을 찾아 죄를 자백하게 만드는 것이 블랭크의 일이었다.

살기 위해 병원과 의사에게 생명을 맡겼지만, 시체로 돌아온 아버지를 안고 통곡했던 찬섭은 블랭크의 이름으로 그놈을 처벌하고서야 숨을 쉴 수 있게 되었다고 했다.

명구와 찬섭의 개인적 원한을 처리한 후로도 그들은 비슷한 사연을 가진 놈들을 사회와 격리시켜왔다.

블랭크의 활동은 총 3단계로 이루어져 있었다. 타겟이

되는 범죄자를 붙잡아 아지트로 끌고 오는 게 1단계였다. 형사 용준의 정보를 베이스로, 찬섭과 명구가 발 빠르게 '타겟'을 확보했다.

용준이 리더이기 때문에, 블랭크는 사적 제재 집단이었음에도 경찰의 기능을 존중했다. 다만 경찰이 서둘러 붙잡지 못해 인명 피해가 날 위험이 있거나, 제대로 된 죗값을 치르지 않는 범죄자가 주요 타겟이었다.

2단계에서 블랭크는 '적당한' 폭력과 압박으로 타겟을 옥죄이고, 실낱같은 여죄까지 털어놓게 했다. 범죄자의 재산은 해리가 말끔히 정리해 피해자나 범죄 피해자 구제 기관에 기부했다. 돈이 관련된 사건이 아니라면, 죄에 대한 증거를 정리해 SNS와 유튜브 등에 찌라시처럼 퍼뜨렸다. 죄를 털어놓게 만드는 일체의 과정이야말로 2단계의 본질이었다.

마지막 3단계는 성태가 도맡았다. 바로 죄인을 작은 무인도에 옮겨 영구 격리시키는 일이었다. 끌려간 죄인들은 섬에서 죽을 때까지 노동만 해야 했다. 블랭크 멤버들은 섬을 '수라도'라고 불렀다. 말 그대로 수라 같은 범죄자들이 득시글거리기 때문이었다.

수라도 주변은 암초와 파도 때문에 맨몸으로는 절대 나갈 수 없는 천혜의 감옥이었다. 섬에 들어간 죄인들은 끊임

없이 단순노동을 반복해야만 했다. 어느 날은 잡초를 뽑고, 어느 날은 나무를 베고, 어느 날은 해변 주위 자갈을 전부 정리했다. 시시포스의 형벌, 말 그대로 아무짝에 의미 없는 노동을 죄인들은 죽을 때까지 수행해야 했다.

성태는 수라도를 관리하는 이른바 '섬지기'들을 뽑았다. 절대 비밀 유지를 조건으로, 그들은 거액을 받고 수라도의 죄인들을 감시했다. 그들은 하루 두 번 - 아침 점호와 한 끼 식사를 배급할 때 섬에 들어갔다. 몇 차례 반란이 일어났지만, 엽총으로 무장한 섬지기들을 죄인들은 감당할 수 없었다. 총상을 입은 죄인들은 자연스레 도태되었고, 병이 겹쳐 사망했다.

견디지 못하고 자살을 선택하는 자들도 있었고, 싸우다 죽는 이들도 종종 발생했다. 하지만 죄인 대부분은 수라도의 생활을 악착같이 버텼다. 성태와 섬지기들은 죄인들이 생명을 유지할 수 있을 만한 음식만 배급할 뿐, 일절 관여하지 않았다. 수라도에 들어간 자들은 인간이 아니었다.

"그런 놈들 힘들여 애써 죽일 필요 없어. 손에 피 묻혀가며 죽여줄 가치가 없다."

성태는 블랭크가 살인자가 되는 것을 그렇게 막으며 번거로운 일을 맡아주었다. 자신만의 흥신소를 차린 후, 뒷골목 거물이 된 성태의 지지는 블랭크의 큰 힘이 되었다. 블랭크의 사무실도 성태가 내어준 흥신소 건물의 아래층이었다.

용준은 아버지의 금괴들로 블랭크의 자금을 대었고, 실질적인 리더가 되었다. 해리가 장난스럽게 '보스'라고 부른 이후로 멤버들은 용준을 보스라고 불렀다.

용준은 블랭크 활동이 누군가는 반드시 해야 할 일이라고 여겼다. 아버지 같은 악인들이 사회를 좀먹고 있다는 걸 누구보다 잘 알았다. 경찰이 된 이후에는 흉악범들이 제대로 된 대가를 치르지 않는 것을 수없이 목격했다. 처벌은 한없이 가벼웠고, 죄인들은 반성하질 않았다. 그래서 용준은 몸소 천벌이 되기로 했다. 낮에는 정의로운 경찰이었고, 밤에는 무자비한 블랭크. 두 얼굴 다 틀림없는 용준의 모습이었다.

·3장·
뱀파이어

성태가 섬으로 향하는 동안 용준의 차는 모텔 파라다이스에 도착했다. 차에서 내린 명구, 찬섭, 용준 세 남자는 공사를 위한 인부처럼 위장하고 있었다. 인적이 드문 동네였으나 누군가 무단으로 건물에 들어가는 걸 볼 수도 있었기 때문이었다. 평소라면 처음부터 밤에 움직였겠지만, 지금은 시간대를 따질 때가 아니었다.

모텔 문은 단단한 사슬에 자물쇠가 얽혀 있었다. 용준의 눈짓에 찬섭이 들고 온 해머로 유리문을 힘껏 내리쳤다.

와장창!

명구가 선두에 섰다. 택시기사가 되기 전, 경호원 출신이었던 그는 언제나 선두에 서서 습격에 대비했다. 하지만 용준은 모텔에 들어서는 순간, 본능적으로 습격이 없으리라는 것을 육감으로 느꼈다.

'늦었나.'

세 사람은 산개하여 각 층을 돌아다녔다. 방문을 부술 수고도 들지 않았다. 방 대부분이 활짝 열려있었고, 내부는 텅 비어있었다. 방은 하나같이 차갑게 식어있었지만, 곳곳에서 사람의 흔적이 발견되었다. 지퍼 고리, 신발 한 짝, 귀걸이, 반지, 붙이는 네일 등이 한 번씩 눈에 띄었다.

"뭐 찾은 거 있나?"

명구의 무전이었다. 이어지는 찬섭의 대답이 들렸다.

"6층은 텅 비었어요."

결국, 수색을 마친 세 남자는 지하에서 모였다. 주차장과 이어지는 지하 1층은 쓰레기를 모아두는 곳이기도 했다. 그곳에는 꽉 찬 50L 쓰레기봉투가 널브러져 있었다. 일찍이 문 닫은 모텔이라고 생각하기 어려운 광경이었다.

용준이 봉투 하나를 끌러 그 안을 뒤졌다. 찬섭은 목덜미에 소름이 돋는 것을 느꼈다. 머리카락, 잘린 학생증, 교복 단추, 지갑, 무선이어폰 키링, 중학교 교과서…. 전부 학생들과 관련이 있는 물건들로 가득했다.

"며칠 된 것 같네."

명구가 다른 쓰레기봉투 위에 쌓인 먼지를 손으로 쓸었다. 용준이 조용히 고개를 끄덕였다. 하지만 턱에 힘이 불끈 들어갔다.

"CCTV는요?"

용준의 질문에 로비를 수색한 명구가 고개를 저었다.

"케이블이 전부 끊겨있었어. 저장장치도 뜯어간 거 같아."

찬섭이 한숨을 내쉬었다. 명구가 허탈하다는 듯 입을 열었다.

"우리가 늦었다."

아지트에 남아 주변 CCTV를 해킹하던 해리가 허탈하게 말했다.

"건질 수 있는 게 없어. 일단 다들 철수해."

날이 무심하게 밝아왔다. 용준은 근처 사우나에 들렀다가 출근하기로 하고, 명구와 찬섭은 아지트에 차를 갖다 두기로 했다.

용준이 마지막까지 남아 현장을 다시 한번 훑어보고는 사우나로 향하려던 참이었다. 용준의 핸드폰으로 사진 한 장이 전송됐다.

넓은 공간에 한 중년 사내가 묶여 쓰러져 있는 모습이었다. 어두컴컴한 곳에서 플래시도 없이 찍은 사진이라 알아보기 어려웠지만, 손과 발이 묶인 남자인 것은 확실했다. 인상을 찌푸린 용준에게 전화가 걸려 왔다. 발신번호는 감춰져 있었다. 전화를 받았지만, 용준은 대답하지 않았다. 상대도 아무 말을 하지 않았다. 잠시 후 음악이 흘러나왔다.

어린 성준과 용준이 아버지에게 죽음에 가까운 훈련을 받을 때, 아버지가 혹시라도 소리가 새어나갈까 교회 예배당에 크게 틀어놓았던 바로 그 찬송가였다.

당황한 용준이 전화기를 귀에서 떼었다. 그때, 또 한 장의 사진이 전송됐다. 중년 사내의 얼굴 옆으로 조금 전 훑어보고 나온 바로 그 모텔의 라이터가 놓여있는 사진이었다.

그렇게 가까이 당겨 찍힌 사내의 얼굴은 아버지였다.

피골이 상접하고 의식 없는 얼굴. 상처인가 싶을 만큼 깊게 팬 주름 때문에 한 번에 알아보지 못했지만……아버지가 틀림없었다.

용준은 숨을 고르며 침착하게 다시 사진을 봤다. 어느 공간인지 알 수 있었다. 모텔 건물 꼭대기 층, 한 층 전체를 홀로 쓰는 대형 가라오케였다. 무대 위에 테이블과 의자가 쌓여있었고, 홀은 텅 빈 운동장 같았다. 아버지는 그 한가운데 손발이 묶인 채 쓰러져 있는 것이었다.

용준은 생각을 정리하기도 전에 달리기 시작했다. 아버지는 성준의 마지막 행방을 본 목격자였다. 아버지를 찾으면, 아니 사진을 보낸 놈을 찾으면 성준에 대한 단서를 얻을 수 있었다. 명백한 함정이었지만, 몸을 뺄 수 없었다.

엘리베이터를 타고 9층으로 올라가는 동안 용준의 머릿

속은 터질 듯 복잡했다. 아버지에게 무엇부터 물어야 할지, 병원으로 옮겨야 할 정도로 위중한지, 주변에 몇 명이 지키고 있을지 - 끊임없이 떠오르는 생각이 머리를 뒤흔들었다. 하지만 그보다 더 요동치는 건 심장이었다. 어떤 강력 범죄 현장에서도 이렇게 두근거린 적은 없었다.

블랭크를 호출하거나 경찰에 신고하는 것도 고려하지 않은 건 아니었다. 하지만 아버지는 평범한 사람이 아니었다. 섣불리 다른 사람을 끌어들일 수 없었다. 게다가 뒤에 누가 있는지도 모르는 상황이었다.

엘리베이터가 9층에 멈추고 문이 열릴 즈음, 용준은 직감했다. 혼자 올라와서는 안 됐다. 진한 피비린내가 코를 찔렀다. 냄새를 따라 과거의 기억이 파편처럼 떠올랐다. 교회의 예배당, 피를 흘리는 성준, 그리고 그들을 내려다보는 아버지. 용준은 허리춤에서 총을 꺼내 들었다. 엘리베이터 문이 다시 닫히려 했다.

그때였다. 벌어진 문틈으로 거친 손이 불쑥 뻗어와 용준의 목덜미를 틀어쥐었다. 재빨리 몸을 빼려 했지만, 믿을 수 없는 힘이 그를 끌어당겼다. 충격에 엘리베이터가 삐— 하는 경고음을 냈다. 용준은 전히 열리지 않은 문 사이로 속절없이 끌려나갔다.

정체를 알 수 없는 상대가 용준을 바닥으로 패대기쳤다.

용준은 비로소 속박에서 풀려났다. 용준은 저도 모르게 신음을 내뱉었다. 주변이 어두웠다. 보이지 않는 사각에서 또 뭔가가 날아들었다. 용준은 몸을 굴려 그것을 피한 뒤에 총을 겨누고 방아쇠를 힘껏 당겼다.

탕-!

다음 순간, 용준의 몸이 허공을 날고 있었다. 공기를 가르는 아득한 소음이 귓가에서 윙윙거렸다. 찰나였지만 한세월 같은 체공 시간이 끝기자, 용준은 그대로 복도까지 튕겨 나갔다. 벽에 허리를 부딪치자, 온몸이 마비되는 것 같았다.

"큽, 쿨럭……."

충격이 온몸에 퍼져 사지말단까지 찌르르 울렸다. 비명도 나오지 않았다. 강력계 형사로서 산전수전을 다 겪은 용준이었다. 이토록 무력한 적은 어린 시절 이후로 처음이었다. 그때, 생전 처음 듣는 소리가 용준의 귓가에 들렸다.

"크르르……."

짐승과 사람의 신음이 반씩 섞인 듯한 소리였다. 용준은 몸을 움직여서 홀의 한쪽에 길게 설치된 바 너머로 몸을 날렸다. 몸을 숨긴 용준이 바 안쪽의 높은 스툴을 들어 최소한의 방어 태세를 갖췄을 때, 10미터쯤 떨어진 정면으로 뭔가가 훌쩍 뛰어 나타났다.

어둠 속에서 붉은빛을 띠는 눈동자가 보였다. 용준이 곧장 총구를 겨눴다. 뭔가가 비척거리며 용준을 향해 걸어오고 있었다. 마침내 그 정체를 확인한 순간, 용준의 눈가가 파르르 떨렸다.

한석필, 아버지였다. 사진 속 병약해 보이던 아버지와는 전혀 다른 모습이었다. 아버지의 피부는 창백하게 빛났고, 얼굴 이곳저곳에 핏줄이 도드라져 있었다. 눈은 당장이라도 피눈물을 쏟을 듯 시뻘겋게 충혈되어 있었고, 입가에서는 침이 뚝뚝 흘렀다.

"이게 도대체 무슨……."

혼잣말을 온전히 내뱉기도 전에, 한석필이 용준의 코앞까지 다가왔다. 체감상 1초도 되지 않는 시간이었다. 용준은 본능적으로 고개를 숙였다. 다음 순간, 공기를 찢는 충격이 정수리 위에서 느껴졌다.

콰라락!

한석필 눈앞에 보이는 모든 것, 걸리적거리는 모든 걸 집어 던지고, 부쉈다. 책 하나 집어 던지듯 테이블을 던졌고, 콜라캔을 구기듯 단단한 철제 의자들을 접어버렸다.

'못 피하면 죽는다!'

용준은 이성으로 상황을 이해하려는 걸 포기했다. 그저 공격을 최대한 피하며, 눈앞의 아버지에게 총구를 겨눴다.

한바탕 파괴를 멈춘 한석필이 용준을 바라보았다. 붉게 빛나는 안광에 용준은 닭살이 돋는 것을 느꼈다.

"성준이 어디 있어요?"

절대 말이 통하지 않을 것 같은 모양새라는 것을 용준도 알았다. 그러나 아버지에게 반드시 물어야 할 질문이었다.

"크으으……."

"한성준이 어디 있냐고!"

"크아아악!"

용준의 고함이 터지자, 한석필이 다시 달려들었다. 용준은 망설이지 않고 방아쇠를 당겼다.

탕!

총알 하나가 한석필의 대퇴부를 관통했다. 시뻘건 피가 꿀렁꿀렁 흘러나왔다. 한석필은 돌진을 멈추지 않았다. 용준이 당황하지 않고 방아쇠를 한 번 더 당겼다. 이번엔 총알이 무릎 관절을 꿰뚫었다. 그럼에도 한석필은 통증을 전혀 느끼지 못하는 듯했다.

'약물이라도 주사한 것인가?'

용준이 이를 악물고 한석필의 미간에 총구를 겨냥했다. 그러나 방아쇠를 당기려는 순간, 망설임이 덜컥 손가락을 멈춰 세웠다.

이대로 총을 쏘면, 성준이를 찾을 수 있을까?

지금 무슨 일이 벌어지는 것인지, 성준도 설마 저렇게 된 것인지, 누가 아버지를 이렇게 만들었는지 알아내야 하는데…….

사치스러운 찰나였다. 한석필은 그런 머뭇거림을 기다려주지 않았다. 차게 식은 손이 용준의 얼굴을 덜컥 붙잡았다. 용준은 그제야 방아쇠를 당겼다. 총알은 한석필의 어깨를 관통했지만, 아무런 소용도 없었다.

용준은 엄청난 힘에 밀려 복도 바닥에 넘어졌다. 뒤통수에 가해진 충격에 눈알이 튀어나올 것 같았다. 한석필이 용준의 상반신에 올라탔다. 뼈밖에 없는 겉모습과 달리, 숨을 쉬기 벅찰 정도의 무게감이었다.

얼굴을 붙잡은 손가락 사이로 아버지의 얼굴이 보였다. 솟아오른 혈관 때문에 표정을 읽기 어려웠지만, 지금 아버지는…… 웃고 있었다. 드러난 이빨은 유별나게 하얀색이었다.

흰 잔상이 허공에 초승달을 그리는 순간이었다. 살을 파고드는 날카로움에 용준이 눈을 부릅떴다. 한석필이 용준의 어깻죽지에 고개를 처박았다. 예리한 이빨이 용준의 목을 깊게 파고들었다.

용준은 온몸의 혈류가 한석필의 탐욕스러운 입으로 빨려 들어가는 것을 느꼈다. 어째서 정신이 꺼지지 않는 것일까.

아버지의 목구멍으로 피가 꿀떡꿀떡 넘어가는 소리가 선명하게 들렸다. 용준은 차라리 빨리 이 순간이 끝나고 죽는 게 낫겠다는 생각이 들었다. 그러다 순간 고통이 멈췄다. 갑자기 아버지가 떨어져 나갔다. 누군가 떼어냈다.

용준은 멀어져 가는 의식 속에서 꿈에 그리던 목소리를 들었다.

"형! 정신 차려!"

*

몸이 불타는 것 같았다. 온 혈관이 화끈거리고, 목구멍이 삶아지듯 끓어올랐다. 용준은 생각했다. 차라리 죽여줬으면 좋겠다고. 살아있는 1분 1초가 지겨울 정도의 고통이었다.

그 순간, 차고 청량한 것이 목젖을 타고 흘렀다. 시원한 물줄기 같았다. 무언갈 마실 수 있는 상황이 아니었건만, 혀에 닿자 꿀꺽꿀꺽 넘어갔다. 달콤하고, 매혹적이었다. 목구멍에 태우던 불덩이가 액체와 함께 식도를 타고 내려갔다.

이윽고 물줄기가 끊겼다. 용준은 조금 더 그것을 마시고 싶었다.

누군가 어깨를 마구 흔들었다.

"형! 한용준!"

용준의 눈꺼풀을 번쩍 떴다. 깨어난 곳은 싸움이 있었던 층의 구석에 있는 빈 침대였다. 용준은 자신을 흔들던 자를 바라보았다. 눈앞에 자신과 묘하게 닮은 청년이 서 있었다. 용준보다 조금 더 날카로운 인상에 마른 체격이었다.

"너, 설마……."

청년이 슬프게 웃었다.

"간만이야."

"서, 성준아……."

"나 맞아. 형."

"한성준!"

용준이 성준을 와락 안았다. 맞닿은 가슴에서 동생의 심장이 느리게 뛰는 게 느껴졌다. 이제는 형과 키가 같았지만, 성준 또한 용준의 품에 파고들었다.

"도대체 어떻게 된 거야. 그동안 어디에……."

"쉿, 형. 자세한 건 나중에 얘기해줄게. 서둘러 나가자."

성준이 굳은 얼굴로 용준의 어깨를 붙잡았다. 용준은 성준이 긴장하고 있음을 알아차렸다.

"잠시만. 나 분명 아버지한테……."

용준이 목덜미를 매만졌다. 분명 살점이 뜯길 정도로 몰렸었는데, 상처가 느껴지지 않았다. 팔다리에도 별다른 타박상이 없었다. 용준은 몸을 일으켜 주위를 둘러보았다.

"돌아보지 마. 굳이 볼 필요 없어."

성준이 단호하게 말했지만, 용준은 이미 고개를 돌린 후였다.

옆 침대에 쇠락한 몸뚱이가 누워있었다. 한석필이었다. 용준을 찢어발길 기세로 날뛰었던 한석필은 앙상함을 넘어 뼈와 가죽밖에 남아있지 않았다.

"미끼로 쓴 거야. 형을 끌어들이려고. 어차피 돌아가신 것과 마찬가지였어."

자리를 털고 일어난 성준이 용준에게 손을 뻗었다. 친부의 시신을 봤음에도 담담한 얼굴이었다. 용준은 이 상황을 어떻게 받아들여야 할지 혼란스러웠다.

"시간이 얼마나 지났지?"

"두 시간. 그래도 빨리 깨어났어."

용준이 성준의 손을 붙잡고 몸을 일으켰다. 그 순간, 몸에서 이질감이 느껴졌다. 제 심장 박동이 귓가에서 크게 들렸고, 근육이 철로 된 섬유로 바뀐 듯한 기분이었다.

성준은 용준의 기색을 눈치채고 입을 열었다.

"괜찮아. 금방 적응될 거야."

"내가 아까 마신 건 뭐지?"

용준의 질문에 성준은 얼른 대답하지 못했다. 용준은 협탁에 놓인 텅 빈 플라스틱 포장재 몇 개를 발견했다.

"이건……."

용준이 포장재 하나를 집어 들었다. 안에는 빨간 액체가 선명하게 묻어 있었다. 용준은 포장재 안에 검지를 넣었다. 선홍빛 액체가 손가락을 타고 흘렀다.

"피?"

성준이 어쩔 수 없다는 듯 말했다. 용준이 이해가 가지 않는다는 표정을 지었다. 수혈도 아니라 생피를 마셨다고? 상식적으로 이해가 가지 않았다.

"이따가 얘기해줄게. 이제 나가야 해. 전부 설명할 수 있어."

성준의 재촉에 용준이 고개를 끄덕였다. 우선 나가서 해후를 풀어도 늦지 않았다. 이십 년을 기다렸는데 잠깐이 대수겠는가.

용준이 고개를 끄덕였다. 두 사람은 엘리베이터로 향했다. 그런데 몇 걸음 떼기도 전, 성준이 우뚝 멈췄다. 성준의 얼굴은 딱딱하게 굳어 들어갔다.

"뭐야. 왜 그래?"

용준이 걱정하며 물었다. 성준의 눈가가 날카로워져 있었다. 용준은 성준의 표정을 빠르게 읽었다. 적개심, 경계…….

성준은 용준을 급하게 바 테이블 뒤로 숨겼다.

"형. 뒤로 숨어있어."

"뭐야, 무슨 일이야? 누가 온거야?"

"쉿."

성준은 얼른 용준에게 조용히 하라는 제스쳐를 하고는 문을 마주 보고 섰다. 잠시 후, 엘리베이터와 계단을 통해 올라온 사내 예닐곱이 성준을 위협하며 성큼성큼 들어섰다.

성준이 긴장을 풀지 않은 자세로 놈들을 맞았다.

우두머리로 보이는 중년 남자가 고개를 까딱 숙여 보였다. 용준과 성준을 합친 것보다 큰 체구에 분위기로 주변을 짓누르는 자였다.

성준이 홀로 앞으로 나섰다.

"무슨 일이지? 한용준의 신변은 내가 확보했다."

중년 남자가 입을 열었다.

"큰 도련님을 모시고 오라는 명령이 있었습니다."

성준이 애써 침착함을 유지하며 말했다.

"무슨 소리야?"

우두머리 남자가 눈짓하자 사내들이 흩어지기 시작했다. 한 사내가 바 테이블 쪽으로 다가가자 성준이 그 사내를 제지했다. 비릿한 미소가 성준의 얼굴에 올라왔다.

"지금 날 무시하나?"

제지당한 사내가 우두머리를 돌아보았다. 우두머리는 고

갯짓으로 바 테이블 안쪽을 수색하라는 사인을 보냈다. 사내가 바 테이블 안으로 들어가려는 순간이었다. 성준이 몸을 날렸다. 성준의 움직임은 사내들과 마찬가지로 바람 같은 동작이었다. 순식간에 앞을 막아선 성준은 가능한 목소리를 낮추고 위협적인 소리를 냈다.

"그만 돌아가지."

그러자 우두머리 남자가 저벅저벅 앞으로 다가왔다.

"큰 도련님이 계신다면 작은 도련님은 필요 없다고."

"다시 말해 봐."

성준이 정색하며 말하자 남자가 빙긋 웃으며 뒷말을 이었다.

"그렇게 말씀하셨습니다. 총령님께서."

성준이 주먹을 꽉 쥐며 중얼거렸다.

"그러니까 총령께서 가만히 계시면 좋으셨을 텐데."

우두머리가 냉담하게 말했다.

"모셔라."

명령이 떨어진 순간, 사내들이 일제히 달려들었다. 1초도 지나지 않은 순간이었지만, 사내들은 순식간에 성준을 포위했다. 용준은 사내들의 속도가 한석필만큼 빠르다는 것을 깨달았다. 평범한 인간의 움직임이 아니었다. 무엇보다 정신이 나가 있던 아버지와 달리, 사내들의 이성은 멀쩡히 붙어있었다.

 하지만 놀랄 점은 따로 있었다. 분명 한 명도 감당할 수 없는 강적들이었다. 그런데 용준의 눈에 그들의 동작이 선명하게 보였다. 불과 몇 시간 전, 아버지의 움직임을 놓쳤던 것과는 달랐다.

 그리고 평범한 인간이 아닌 것은 성준도 마찬가지였다. 성준이 입을 열자, 인간의 것과는 거리가 먼 으르렁거리는 소리가 났다.

 성준이 가장 가까운 사내에게 손날을 휘둘렀다. 먹잇감을 낚아채는 사마귀처럼 번개 같은 속도였다. 사내가 가까스로 두 걸음 물러났다. 그 순간, 사내의 겉옷이 찢어졌다. 가슴팍에서 뿜어져 나온 선혈이 허공으로 튀었다.

 다른 사내들이 일제히 성준에게 달려들었다. 오래 합을 맞춰본 듯, 사내들은 동선이 꼬이지 않게 주먹을 휘둘렀다. 그러나 성준은 흐르는 듯한 움직임으로 공세를 피했다. 오히려 중간중간 반격을 섞었다. 무용하듯 유려한 움직임이었다. 사내들의 부상이 늘어가자, 용준은 감탄하는 표정을 지었다. 성준은 용준이 본 그 누구보다 강했다.

 성준이 손이 거칠 때마다 적들은 점점 무너졌다. 그런데 처음 상처 입었던 놈이 다시 성준에게 달려들었다. 큰 낫에 베인 듯 깊은 상처였는데, 어떻게 움직일 수 있는지 기묘할 따름이었다. 말도 안 되는 내구력 또한 아버지와 비슷했다.

"조심해!"

멧돼지처럼 달려든 사내가 성준의 몸통을 들이받았다. 사람의 신체가 부딪힌다고는 상상할 수 없는, 낙석이 지면에 부딪히는 소리가 났다.

충격을 못 이긴 성준이 복도 끝까지 날아갔다. 기회를 잡은 사내들이 곧장 덤벼들었다.

그 순간, 용준이 반사적으로 성준의 앞을 막아섰다. 멧돼지가 이번엔 용준을 잡으려고 양손을 벌린 채 달려들었다. 용준은 허리를 숙여 팔을 피하고 무방비인 그의 턱에 카운터를 꽂았다.

쾅!

철판이 부러지는 소리가 나며 멧돼지가 뒤로 물러가 쓰러졌다. 턱이 박살 났는지 입에서 피가 뿜어져 나왔다.

사내의 턱을 후려갈긴 용준은 본인이 더 놀란 표정을 짓고 있었다. 성준을 보호하기 위해 본능적으로 움직였을 뿐인데, 이런 속도와 힘이 나올 줄 몰랐다. 성준이 기침하며 외쳤다.

"형! 물러나!"

성준의 말이 끝나기 무섭게, 용준은 현기증을 느꼈다. 갑자기 속에서 불길이 확 솟구치는 느낌이었다. 불덩어리 서

너 개가 마구 돌아다니며 장기를 헤집는 느낌이었다. 정신을 잃었을 때만큼은 아니었지만, 비슷한 통증이었다. 결국, 용준은 얼마 버티지 못하고 주저앉고 말았다.

사내들은 성준을 몰아세웠던 것과 달리 용준을 함부로 공격하지 못했다. 용준의 주위를 포위하긴 했지만, 그게 다였다. 용준이 애써 균형을 잡았다. 몸이 이상했지만, 성준이 회복할 시간을 벌어야 했다.

콰작!

형용할 수 없는 소리와 함께 사내 하나의 가슴팍이 뚫렸다. 피가 뚝뚝 떨어지는 큼지막한 손이었다.

"쓸모없는 놈들."

우두머리 남자였다. 가슴이 뚫린 사내는 피를 왈칵 쏟으며 절명했다. 남자는 시체를 획 집어던지더니, 용준을 흥미롭다는 눈으로 바라보았다.

"대단하군요. 신생인데도."

"도대체…… 너희 정체가 뭐냐?"

"저흴 따라오면 설명해 드리겠습니다. 같이 가시죠."

용준은 그 남자를 올려다보았다. 늑대 같은 속도에 곰 같은 괴력이었다. 본능적으로 알 수 있었다. 지금으로선 결코 저 남자를 이길 수 없었다.

그때, 와장창 용준 뒤편의 유리가 깨지며 누군가 날아 들어왔다. 9층 창문을 깨고 들어온 것은 여성이었다. 은빛 머리가 어깨까지 찰랑거려 그 비현실감이 더 극대화됐다. 크지 않은 키였지만, 자그마한 얼굴 때문에 비율이 좋아 보였다. 여자의 왼쪽 눈은 파란색으로 빛나고 있었다.

은발 여자는 용준을 똑바로 바라보고 걸어왔다. 그리고 무언가를 용준에게 던졌다.

"받아!"

물체는 허공을 가로질러 용준에게 날아왔다. 붉은색 액체를 담은 비닐백이었다. 용준이 정신을 집중하는 순간이었다. 이전과는 달리 용준의 시야에 모든 것이 천천히 보였다. 은발 여자의 표정과 동작이 보였고, 그녀의 목소리가 느리게 들렸다. 그러고 보니 성준의 동작도, 사내들이 병을 보고 반응하는 동작도 아주 느리게 보였다. 건물 아래 누군가 차를 대는 소리고 들렸고, 백 미터 밖에서 통화하는 사람의 목소리가 들렸다.

그러는 사이 툭— 하며 용준의 손에 붉은 액체가 찰랑거리는 비닐백이 들어왔다.

다시 한번 그녀의 목소리가 들렸다.

"마셔요!"

용준이 백을 든 채 멈춰있는 순간 여자는 사내들에게 달려들고 있었다. 용준은 저도 모르게 그 움직임을 쫓았다.

성준과 사내들의 움직임은 따라갈 수 있었는데, 은발 여자의 움직임은 아예 보이지 않았다. 사내 두 명의 목에서 피가 솟구쳤다. 은발 여자는 어느새 다른 사내들을 건너뛰고 중년의 남자와 마주하고 있었다.

중년 남자가 이를 갈며 여자에게 달려들었다. 그러자 성준이 남자에게 달려들어 주먹을 휘둘렀다. 여자는 남자의 공격을 피하고, 성준이 남자를 상대하는 사이 얼른 용준에게 다가왔다. 푸른 눈이 용준을 똑바로 쳐다봤다.

"마시라고!"

그때 성준의 공세에서 빠져나온 남자가 은발 여자에게 달려들었다. 살기를 담은 주먹이 꽂히는 순간, 도약한 은발 여자가 복도 벽을 발로 차며 높이 뛰어올랐다. 체중을 실은 발차기가 정확히 남자의 얼굴을 가격했다.

용준은 비닐백을 이빨로 뜯었다. 포장재 안에 든 점액질 물성이 찰랑거렸다. 용준은 눈을 감고 피를 들이켰다. 그 점액질의 물성과 선홍빛으로 보아 역시 피였다. 성준이 먹여준 것과는 또 조금 다른 느낌이었다. 구토가 올라와야 마땅한데 용준은 진득하게 목구멍으로 넘어오는 그 액체를 허겁지겁 마셨다.

잠시 후, 몸속에서 끓어올랐던 열기가 가라앉았다. 용준은 눈을 감고 감각을 집중했다. 잔잔해진 열기가 혈관을 타고 온몸 구석구석으로 퍼졌다.

또 한번 이상한 변화가 용준의 몸에서 일어나고 있었다.

눈앞에선 성준과 은발 여자가 중년 남자를 동시에 상대하고 있었다. 도무지 인간의 싸움이라고는 믿기지 않는 광경이었다. 세 사람의 부딪힐 때마다 벽과 바닥에 금이 갔고, 콘크리트 조각이 날렸다.

밀라의 손날이 남자의 옆구리를 베었다. 점차 부상이 늘어나자, 흥분한 남자가 주먹을 크게 휘둘렀다. 빈틈을 감지한 성준이 일격을 가하려는 순간이었다.

"윽!"

"한성준!"

갑자기 성준이 가슴을 부여잡고 쓰러졌다. 남자는 기회를 놓치지 않았다. 부하의 가슴을 찢어 놓은 주먹이 성준의 정수리로 향했다.

그 순간, 용준은 본인이 날고 있다고 느꼈다. 혈관을 타고 흐른 열기가 종아리에서 터져 나갔다.

퍽!

"형!"

성준의 절규가 들렸다. 용준은 숨을 크게 들이쉬었다. 남자의 주먹이 용준의 옆구리를 반쯤 뚫고 들어가 있었다. 이제 보니 남자의 주먹엔 은색으로 된 너클이 끼워져 있었다.

말로 표현할 수 없는 고통에 용준이 어금니를 악물었다.

　남자 또한 당황한 표정이었다. 얼른 주먹을 빼려고 멈칫하는 순간, 용준이 남자의 손목을 팔꿈치로 눌렀다.

"지금."

"뭐?"

　그 순간, 은빛 섬광이 남자의 눈앞을 스쳤다. 남자는 저도 모르게 두 눈을 더듬거렸다. 눈이 있던 자리가 도끼로 긁은 듯 깊게 패어 있었다.

"끄아악!"

　은발 여자는 쉴 틈을 주지 않았다. 송곳 같은 손이 상목의 복부를 두어 번 뚫었다. 마지막 목적지는 목젖이었다.

"끄르륵……."

　남자가 기묘한 소리를 내며 허물어졌다. 용준 역시 바닥에 풀썩 쓰러졌다. 성준이 고통에 신음하며 용준을 부축했다. 관통당한 옆구리를 누른 손이 벌벌 떨렸다.

"혀, 형……. 안 돼……. 얼른, 얼른 피를……."

"아냐. 잘 봐."

　은발 여자가 머리카락을 손가락에 감으며 말했다. 무미건조한 얼굴에 감탄의 빛이 떠올랐다.

"상처가 회복되고 있어요. 아주 빠르게."

　성준은 당황한 얼굴로 용준의 옆구리를 살폈다. 과연, 상처가 빨리 감기를 한 듯 엄청난 속도로 아물고 있었다.

"대단하네. '실버 너클'에 입은 상처는 회복 시간이 꽤 걸리는데."

성준이 미소 지었다. 하지만 가슴의 통증 때문인지 쓴웃음처럼 보였다.

"역시…… 그 '심장'은 형이었구나."

그 순간, 용준이 감았던 눈을 떴다. 그리고 애써 몸을 일으켰다.

"이제 설명해. 이게 다 무슨 일인지."

그때 엘리베이터가 움직이기 시작했다. 성준과 은발의 여자가 낌새를 느끼고 서로를 쳐다보았다.

"형, 내 얘기 잘 들어. 믿기지 않겠지만 믿어야 하는 말이야."

용준에게도 느껴졌다. 엘리베이터에 또 한 무리의 사내들이 타고 있었다. 건물의 벽을 타고서도, 인간이 아닌 그 존재들이 기어오르고 있었다.

은발 여자가 중얼거렸다.

"우린 가야 해. 시간이 없어."

쨍그랑!

창문들이 깨지면서 새로운 사내들이 나타났다.

은발 여자가 일어서며 주변을 경계했고, 용준이 재촉했다.

"말해, 얼른."

용준은 무슨 말을 들어도 아무렇지 않을 자신이 있었다. 짐승처럼 날뛰던 아버지, 인간의 규격에서 벗어난 싸움, 엄청난 힘과 속도……. 이미 온몸으로 경험한 상태였다.

성준이 용준의 눈을 똑바로 바라보며 입을 열었다.

"형, 우리는 뱀파이어야."

그 말을 마지막으로 은발 여자와 성준은 각자 땅을 박차고 튀어 올랐다. 사내들이 그들을 일제히 덮치고 있었다. 용준은 은발 여자의 손에 이끌려 창밖으로 뛰어내렸다.

용준은 분명히 보았다. 멀어지는 건물 안에서 혼자 우두커니 서 있는 성준의 모습. 그리고 자신을 보며 웃고 있는 그 표정을.

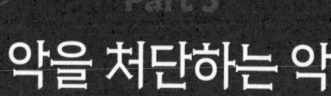

Part 3
악을 처단하는 악

·1장·
응징

 집은 삭막할 정도로 황량했다. 소파도, TV도, 테이블도 없었다. 용준은 맨바닥에 앉아 집주인을 기다렸다. 잠시 후, 은발 머리를 질끈 묶은 여자가 천 가방을 가지고 왔다. 천 가방은 한눈에 봐도 묵직했지만, 여자는 조금도 힘들어 하는 기색이 없었다. 맞은 편에 앉은 여자가 용준과 시선을 마주치고 미소지었다.

 "이곳은 안전해요."

 자신을 '밀라'라고 소개한 여자는 이제 안대로 왼쪽 눈을 가리고 있었다. 빛나는 머리카락에 하얀 목덜미, 뾰족한 코끝, 안대 뒤에 숨은 푸른 눈까지. 신비스러운 외모에 걸맞은 이름이라고 생각했다.

 용준이 주먹을 천천히 쥐었다 펴기를 반복했다.

 "이제 자세히 설명해주시죠. 당신들은 뭐고."

한계까지 주먹을 쥐자, 손마디가 하얗게 달아올랐다. 잠시 후, 손목을 타고 피가 주르륵 흘렀다. 용준은 별다른 표정 없이 손바닥을 폈다. 손톱이 파고들었던 상처는 벌써 아물어 있었다.

"……난 이제 뭔지."

밀라는 차분한 표정으로 용준의 얼굴을 바라보고 있었다.

"당신은 이제 뱀파이어죠. 당신의 상태는 당신이 가장 잘 알텐데요."

용준은 말없이 아버지가 물었던 목을 매만졌다. 상처는 아물었지만, 그때 느꼈던 뜨거운 고통이 여전히 생생했다.

밀라가 말했다.

"우선 당신이 가장 궁금해할 것부터 짚어볼까요? 보통 신생 뱀파이어가 제일 먼저 물어보는 질문은 이거죠."

밀라가 검지를 쳐들고 제 송곳니를 가리켰다. 여타 인간처럼 가지런한 치아였지만, 용준은 밀라의 이가 사람의 피부쯤은 쉽게 벨 수 있다는 것을 겪어봐서 잘 알고 있었다.

"피."

"……그래요. 나도 이제 사람의 피를 먹어야 합니까?"

용준이 긴장한 얼굴로 물었다. 그는 스스로 자신의 몸 상태를 알 수 있었다. 식욕이 들지 않았고 오로지 느껴지는 갈증이었다. 특히 피맛을 떠올리면 입에 군침이 돌았다. 이

상태가 가중된다면 아주 격렬한 충동을 느낄 수도 있겠다는 생각이 들었다.

용준의 표정을 본 밀라가 눈웃음을 지으며 고개를 저었다.

"다행히 꼭 그렇지는 않아요. 한국에서 뱀파이어가 인간의 피를 마시는 건 금지되어 있거든요."

불행 중 다행인 소식이었다. 밀라가 설명을 이어갔다.

"뱀파이어와 인간이 음지에서나마 공존할 수 있었던 것은 이 사회에도 질서가 있었기 때문이에요. '협회'와 '사제'들은 일반인과 뱀파이어 사이의 균형을 맞추기 위해 인간 사냥을 금했어요. 뱀파이어는 강하지만 소수였고, 인간의 과학기술은 뱀파이어를 충분히 죽일 수 있었거든요. 만약 뱀파이어가 사람을 공격한다면, 협회와 사제들의 처벌을 받게 될 거에요."

용준이 이해했다는 듯 고개를 끄덕였다. 뱀파이어가 무분별하게 사람을 사냥했다면 인간은 그들과 전쟁을 벌였을 것이다. 하지만 지금 세상은 뱀파이어의 존재를 알지 못했다. 그 정도로 철저히, 그들은 서로의 질서대로 거리를 지키며 살았던 것이다.

"아쉽지만 인간의 음식은 먹을 수 없어요. 대신 동물의 피를 마시죠. 다소 잡내가 나기도 하지만, 골고루 먹을 수 있으니 나름 취향도 반영할 수 있어요."

사람을 죽여 피를 마시는 것보단 훨씬 나았다. 용준은 다음 질문으로 넘어갔다.

"전부 말해주세요. 당신과 성준이에게 벌어진 일들. 하나도 빼놓지 말고요."

질문을 받은 밀라의 왼쪽 눈이 유난히 파랗게 빛났다. 잠시 감정을 추스른 밀라가 조용히 이야기를 시작했다.

"내가 그곳으로 간 건 여덟 살쯤이었던 것 같아요."

여덟 살까지 밀라는 조금 부유하고 많이 불행한 집에서 자랐다고 했다. 어렴풋한 기억으로 한쪽 눈이 보이지 않도록 머리를 길게 기른 어머니는 밀라가 세 살쯤 되었을 때 돌아가셨고, 아버지는 늘 바빴다고 한다.

"좋은 걸 먹고, 유치원 모든 여자아이들이 부러워할 만한 옷을 입고 가장 비싼 장난감을 가졌지만……. 아무도 나를 안아준 기억이 없어요."

용준은 그 말에 곧바로 성준을 떠올렸다. 용준에게도 엄마나 아버지의 포옹 같은 것은 기억에 없었다. 하지만 용준에게는 성준이 있었다. 아버지의 매를 피해 숨어있을 때, 서로를 꼭 끌어안았던 기억, 아버지의 명령에 수천 번 발차기 연습을 했던 더미가 부러졌던 날 서로를 얼싸안고 빙빙 돌던 기억. 밀라에게는 그런 형제조차 없었던 것이다.

"어느 날, 거울에 한쪽 눈 색깔이 달라져 있었어요. 날

돌보던 가정부 아주머니가 병원에 데려갔는데 병원에서는 특별한 이상은 없더라고요. 그런데, 그날 밤 아빠가 내 방에 와서 한참을 울었어요. 아빠 울음소리에 깼지만 계속 자는 척했어요. 그래야 할 것 같아서. 직감적으로 엄마의 눈이 내 눈의 색깔과 닮았구나, 깨달았죠. 다음날 아빠가 나를 그리로 보낸 거예요. 총령 마수길에게로."

총령……. 성준과 맞섰던 사내들도 '총령'이라는 직위를 언급했었다. 밀라가 말을 이었다.

"총령 마수길. 그자가 당신 외조부에요. 나도, 성준이도. 인간의 몸으로 뱀파이어의 신체를 물려받았던 아이들 모두가 그 사람에게 회수당했어요."

"마수길……."

용준이 낯선 이름을 입에서 굴렸다. 밀라는 천 가방에서 물건들을 꺼냈다. 노트북과 USB 여러 개, 사진 앨범, 편철 서류와 낡은 다이어리 세 개가 나왔다. 밀라는 그중 다이어리 하나를 용준에게 건넸다.

"읽어봐요."

용준은 떨리는 손으로 다이어리를 펼쳤다. 삐뚤빼뚤 어린 글씨가 다이어리를 수놓고 있었다. 용준은 천천히 페이지를 넘겼다.

'1984년 2월 6일. 오늘 점심은 축구를 했다. 간만에 밖에

서 뛸 수 있어서 좋았다.'

'1984년 3월 16일. 점점 밥을 먹기 힘들어진다. 배가 너무 아프다. 선생님은 원래 그런거라고 했다.'

내용은 점점 더 알아보기 힘들게 바뀌어 갔다. 기괴하게 뒤틀려가는 글씨가 아이의 고통을 대변하고 있었다.

'1984년 12월 6일. 쥐, 소, 양, 뱀의 피를 먹었다. 죽고 싶었다. 계속 토했다. 정신을 차리고 나니, 선생님이 내 팔에 무언가를 집어넣고 있었다. 선생님은 웃으며 소의 피라고 했다.'

'1985년 1월 4일. 바늘, 송곳, 망치, 칼로 팔을 찔렸다. 너무 아팠다. 선생님은 조금만 참으면 된다고 했다. 남자가 되는 과정이라고 하셨다.'

용준은 구역질할 것 같은 표정으로 페이지를 넘겼다. 잠시 끊겼던 일기가 다시 이어졌다. 마지막 일기의 글씨는 그 어느 때보다 정갈했다.

'1985년 3월 13일. 반드시 선생님을 죽이고 나도 오늘.'

용준이 다이어리를 팍 소리가 나게 덮었다. 성준과 눈앞에 밀라 또한 같은 실험을 당했다고 생각하니 분노를 금할 수 없었다. 무거운 침묵이 두 사람의 사이를 메웠다. 잠시 후, 밀라가 조용한 목소리로 입을 열었다.

"그 일기는 위장을 물려받았던 오빠 거였어요. 내가

1985년에 여덟 살이었으니, 그 오빠는 열네 살."

"이런 게 무슨 실험입니까? 총령이라는 자가 이런 짓을 한 이유가 뭐예요?"

"그는 인간을 발전시키고 싶어했어요. 뱀파이어에서 힌트를 찾았던 거죠."

"국가와 공권력 몰래 이런 범죄를 저지를 수 있다고요?"

"공권력은 권력자들의 칼이죠. 잘 알잖아요?"

밀라가 냉소가 스쳤다. 용준도 잘 아는 눈빛이었다. 악을 저지르고도 세상에서 당당할 수 있는 자들을 보며 용준이 지었던 표정과도 닮았다.

"한용준. 당신 조부는 이 나라 역사와 함께한 사람이에요."

밀라는 길고 긴 이야기를 시작했다. 한 치의 오차도 없이 자신이 기억하고 경험하고 읽은 것들을 용준에게 설명했다. 그것은 뱀파이어와 이 사회에 얽힌 비밀이었다.

뱀파이어들은 엄청난 힘과 긴 수명을 가졌지만 번식할 수 없었다. 오직 흡혈을 통해 개체를 늘릴 수 있었다. 그런데 원형 뱀파이어들이 흡혈하여 만든 감염 뱀파이어들은 원형보다 강하지도 않고, 오래 살지도 못했다. 2차, 3차 감염이 진행될수록 힘도, 능력도 떨어졌다.

마수길은 어떤 경로를 통해 마지막 원형 뱀파이어를 확

보하여 실험에 들어갔다. 뱀파이어의 신체 장기를 여자들에게 이식하고 그들에게서 자식을 얻어내는 방식이었다.

뱀파이어의 특성상 장기들 역시 숙주의 몸에서 탐욕스럽게 흡혈을 하여 강화될 것이고, 그 형질의 일부분이 유전된다면 원형의 뱀파이어와 유사한 능력을 가진 '무언가'가 태어날 지도 모른다는 가설이었다.

가설은 맞아떨어졌다. 모체에서 태어난 아이들은 원형 뱀파이어의 신체를 물려받아 태어났다. 마수길은 기뻐했다. 어차피 사라져 버릴 마지막 원형 뱀파이어라면 해볼 법한 방법이라고 판단했었다. 산 채로 모든 장기를 적출당한 뱀파이어나, 멀쩡한 장기를 떼어내고 뱀파이어 장기를 받아들여야 했던 여자들에 대한 일말의 인류애는 조금도 찾아볼 수 없었다.

마수길은 자기 딸에게 가장 위험하고 가장 도발적인 장기인 심장을 이식시켰다. 어째서인지 다른 여성들이 아이 하나를 낳고 금방 사망한 것과 달리, 용준의 엄마는 아들 둘이나 낳고 죽었다.

"우리 엄마는 한쪽 눈을 이식받았고, 또 다른 눈을 이식받은 사람이 있었는데 아이를 낳다가 함께 사망했다고 들었어요. 폐, 간, 위, 골수, 간······. 이식할 수 있는 모든 장기 열다섯. 그렇게 아이 열다섯 명이 총령의 연구소에 모였어요. 성준이가 가장 나중에 합류했죠. 열다섯 번째로."

밀라는 더 말을 잇지 않았다. 용준도 굳이 캐묻지 않았다. 아이들은 어느 시점에 뱀파이어가 되었고, 일기장의 주인처럼 끔찍한 실험을 당했을 터였다.

"열다섯 명 중에 살아남은 건 성준이와 나 둘뿐이었어요. 아……. 이제 셋이네요. 한용준씨도 살아남았으니까. 아니, 유일한 실험 성공작인 건가?"

"그게 무슨 말이죠?"

"당신의 재생력이요."

밀라의 푸른 눈이 용준의 왼쪽 가슴, 심장이 담긴 곳을 바라보았다.

"그 은색 무기에 닿으면 뱀파이어 피부가 타들어 가요. 사제단이 쓰는 탄환과 같은 재질이라고 들었어요. 일반적인 뱀파이어는 사망, 나나 성준이도 회복하는데 여러 달 걸렸었어요. 그런데 당신은 금세 회복이 되네요."

밀라는 문서를 넘기며 설명을 이었다.

본래 한국에는 뱀파이어가 없었다. 정확히는 존재 여부가 확인되지 않았다. 그러나 개화와 세계대전이 발발하고, 한국으로 뱀파이어들이 들어오기 시작했다. 이후 한국전쟁이 터지자, 뱀파이어 감염은 급속도로 퍼졌다. 사회가 자신들을 통제하지 못하는 전쟁통에 뱀파이어들은 자신들의 개체를 만들며 살육과 학살을 벌였다.

한국전쟁 이후, 남한 정부는 뱀파이어에 주목했다. 맨손으로 사람을 써는 힘, 눈으로 따라갈 수 없는 속도, 빠른 회복력까지. 북한과 대립 중이었던 남한 정부는 뱀파이어 병사들로 이루어진 군대를 만들고 싶어했다. 미국의 경고에도 정부는 극비에 실험을 진행했다. 프로젝트 이름은 '콜드 블러드'였다.

"실험은 완벽히 실패했어요. 실험체들은 통제되지 않았죠. 공격성이 너무 올라가거나, 평생 사람의 피를 먹어야 한다는 사실에 미쳐버리거나. 인간의 정신은 생각보다 나약했죠. 게다가 얼마 못 가 변혈병에 우후죽순 걸렸어요. 정부는 결국 실험을 포기했죠. 모든 실험체는 폐기되었어요. 관련자들도 전부 사살당했고요."

"그런데 어떻게 지금 뱀파이어가 존재하죠?"

"남몰래 실험을 이어가는 자가 있죠."

밀라가 다음 페이지를 넘겼다. 흑백으로 찍힌 단체 사진이 나왔다. 스무 명이 넘는 사람 중, 밀라는 정확히 한 얼굴을 짚었다. 이마를 드러낸 잘생긴 중년 남자가 정면을 응시하고 있었다.

"마수길은 본인 딸에게 심장을 이식했어요. 당신과 성준. 모두 처음부터 철저하게 실험을 위해 태어난 자들이에요."

"뭐라고?"

용준의 표정이 변했다. 밀라는 예상한 반응이라는 듯 차분하게 말을 이었다.

"성인도 견디기 어려운 훈련을 하고, 다치는 것에 익숙하게 만들고, 철저히 통제했죠.

더 강하고, 실험에 익숙한 뱀파이어를 만들어내기 위해서요. 이후 당신 아버지가 마수길에게 성준이를 넘긴 거고요. 성준은 잡혀왔고, 난 그곳을 도망쳤고."

밀라가 도망칠 수 있었던 것은 성준의 능력이 발휘된 후 밀라에 대한 감시가 느슨해진 후였다고 했다. 그리고 뱀파이어의 눈을 물려받은 불리는 밀라의 능력 덕분에 그녀는 마음만 먹으면 사람의 신체 내부까지 꿰뚫어 볼 수 있는 투시력을 갖게 됐다. 또 1킬로 정도의 거리까지 멀리 내다보며, 현미경으로 보아야 할 정도의 미세한 것까지 볼 수 있는 눈이 되었다. 한쪽 눈의 능력이 워낙 뛰어나다보니 다른 한쪽의 눈과 능력 차이가 커서 평소엔 푸른 눈을 안대로 가리고 다닌다고 했다.

"그럼 성준이는 도대체 어떻게 된 겁니까? 내가 심장을 물려받았다면, 성준이는 어떻게 태어날 수 있었죠?"

"성준도 물려받았어요. 하지만 온전하지 못하죠."

밀라가 고개를 저었다.

"그래도 성준이의 피는 특별해요. 그 어떤 마약보다 강렬한 중독성이 있어요."

"마약?"

"그들은 성준이의 피로 마약을 만들었어요. 당신도 그 이름을 알고 있고요."

용준은 심장이 터질 것처럼 뛰는 것을 느꼈다. 그 건물에서 헤어진 성준의 표정이 떠올랐다.

어떻게든 도망치라며 저항할 생각도 없이 그들에게 뒤를 내준 모습이었다. 이십 년 전 그날처럼, 성준은 용준 대신에 또 한 번 끌려갔다.

"텐타이온……."

용준은 자신도 모르게 중얼거렸다.

밀라가 무거운 표정으로 고개를 끄덕였다.

"납치한 인간의 피를 성준이에게 먹이고, 그 피를 추출해 정제한 것. 그것이 텐타이온의 실체에요. 그것 먹으면 뱀파이어가 아닌 평범한 사람도 일시적으로 뱀파이어에 버금가는 능력을 갖죠. 그 쾌락을 못 잊어 중독이 되는 거고."

용준은 그제야 자신과 성준을 둘러싸고 일어난 상황이 이해되었다.

"그러면 나를 잡은 것도 피를 더 많이 얻고 싶어서 그런 건가요?"

"그랬을 텐데, 한용준씨 능력이 이 정도가 된 걸 알았으니까 이제는 또 다른 계획을 세우고 있겠죠."

"그쪽은, 밀라씨는 어떻게 나를 구할 수 있었어요?"

"지켜보고 있었으니까요."

"나를요?"

총령의 집에서 성준과 밀라는 늘 감시하에 관리 되었다. 외부와의 접촉은 엄격하게 금지되었고, 집안에서도 허락된 곳 이외에는 출입이 제한되어 있었다.

"우린 사육되는 거나 마찬가지였던 거죠."

그러나 밀라에게는 총령을 비롯한 누구도 다 파악하지 못한 눈이 있었고, 밀라는 자기가 머물고 있는 본관 뒤편, 후원 창고 지하에서 벌어지는 끔찍한 일을 보았던 것이다.

"외관과 1층은 평범한 창고였어요. 지하엔 내 또래 아이들 50명이 침대에 묶여 있었어요. 그 아이들은 그냥 사육당하면서 주기적으로 피를 제공했어요."

밀라는 자기보다 어린 성준을 그런 소굴에 두고 나온 것이 마음에 걸렸고, 지금도 여전히 짐승처럼 갇혀 피를 제공하고 있는 자기 또래의 아이들이 눈에 밟혀 하루도 편한 날을 보내지 못했다고 했다.

"성준이가 늘 형이라면 뭔가 방법을 찾았을 거라고. 그래서 지켜봤어요. 혹시 당신에게 어떤 방법이 있지 않을까.

하지만 평범한 인간인 당신이 총령을 감당할 수는 없는 일이니까. 그런데 그들이 당신을 뱀파이어로 만들었고 끌고 가려고 해서 내가 뛰어들었던 거예요. 성준이도 당신이 총령에게 잡히는 걸 원하지 않았으니까."

성준의 피로 만들었다는 텐타이온의 효능이 김남규로부터 파악한 텐타이온의 그것과 일치했다. 김남규 등 관련 세력들이 가출청소년들을 납치했던 까닭도 뱀파이어들에게 피를 안정적으로 공급하기 위함이었을 것이라는 생각이 들자, 용준은 심장이 터질 듯 쿵쾅거리는 소리를 들었다.

대화를 나눈 날 밤, 용준은 텅 빈 운동장을 미친 듯이 달렸다. 성준은 용준을 대신해서 끌려갔던 것이다. 자신이 아버지에게서 달아나 보겠다고 며칠 떠나있던 동안 벌어진 일. 그리고 성준의 피가 그런 효능을 발휘한다는 것을 알고 약을 만들어 팔다가 용준이 그것을 추적해 들어가자 덫을 놓아 용준까지 잡아들이려 한 것이었다.

성준이 막지 않았다면, 밀라가 제때 나타나주지 않았다면 용준 역시 꼼짝없이 끌려가 죽지도 못하며 피를 제공하게 되었을 일이었다.

"젠장……."

아무리 달려도 숨이 차지 않았다. 땀도 나지 않았다. 이

전엔 숨차게 달리고 땀을 내면 진정이되었는데 뱀파이어의 몸은 이런 식으로 분노를 다스릴 수 없다는 것만 확인했다.

 달리던 끝에 용준은 정글짐을 잡고 섰다. 총령이라 불리는 할아버지를 떠올리자 생각보다 힘이 과하게 들어갔다. 정글짐의 철강 구조물은 쉽게 일그러졌다. 용준이 마음을 먹고 크게 힘을 쓴다면 정글짐 자체를 뽑아 올릴 수도 있을 것 같았다.

 문득 용준은 자신에게 생긴 이 힘으로 할 수 있는 일이 많다는 것을 자각했다. 어린 시절 성준이 자신을 구했다면 이제는 자신이 성준을 구해야 할 차례였다.

 밀라는 동물의 피를 활용해 조제 음료를 만들었다. 뱀파이어가 흡혈을 통해 생명을 이어가는 원리를 분석하여 생명을 이어갈 수 있는 필수 요소들을 찾아내 조합한 것이었다.

 "하지만 한계가 있어요. 이걸로 진짜 피를 마시는 놈들을 상대할 수는 없죠. 너무 금세 에너지가 소진되고, 한번 에너지가 떨어지면 급격하게 쇠약해져요. 경험해 봤죠?"

 조제 음료를 마시면서 괴물 같은 놈들과 싸울 수는 없었다. 대책이 필요했다. 용준은 자신이 해야 할 일을 하나씩 정리하기 시작했다.

*

대원제약은 대한민국 제약사 중 10위 안에 드는 곳이었다. 획기적인 철분제와 아스피린 역품으로 유명하며, 매년 팔백억의 순이익을 벌어들이는 전도유망한 중견기업이었다.

 그러나 대원의 직원 중 회사의 진정한 지배자를 아는 사람은 거의 없었다. 표면상 내세운 회장도, 임원들도 대원의 진짜 주인이 아니었다. 그는 이십 년 전을 마지막으로 본사 건물에 한 번도 발들이지 않았고, 본인의 저택과 연구소에서 모든 사항을 보고받는 최종 의사결정자였다.

 널찍한 서재에 남자 다섯이 긴장한 표정으로 서 있었다. 그 가운데에는 성준이 있었다. 그들 맞은 편으로 육십 대쯤으로 보이는 노인이 앉아있었다. 노인은 노트북으로 무언가를 보고 있었다. 무엇이 흥미로운지, 반쯤 기울어진 얼굴에 미소가 끊이지 않았다.

 노인이 보고 있는 것은 누군가의 옷에 부착되어 있던 카메라 녹화 영상이었다. 노인은 한 사내 주먹이 용준의 옆구리를 관통하는 영상을 몇 번이고 되돌려 보았다. 뱀파이어들에게 치명상을 주는 은색 너클을 낀 주먹이었다. 잠시 후, 또 다른 카메라에 찍힌 영상에서 용준의 옆구리 상처가 순식간에 회복되는 모습이 보였다.

 "하하하하!"

그 노인, 마수길은 한참 후에야 노트북을 닫고 큰 소리로 웃음을 터트렸다. 용준을 잡는 것에 실패한 대가를 어떻게 치를 것인가 가슴 졸였던 집행부의 수장 '제이'는 총령의 웃음에 어떻게 반응해야 좋을지 몰라 당황했다.

총령 마수길의 책상 앞에 놓인 소파에 앉아있던 성준은 예상했던 일이라는 듯 놀라지 않았다.

마수길이 일어나 소파 쪽으로 걸어왔다. 총령은 드물게 제이의 어깨를 두드리며 위로했다.

"괜찮아, 괜찮아. 네놈들 손에 잡힐만한 그릇이 아니야. 너희가 못나서 그런 게 아니니까

겁먹을 필요도 없고."

"감사합니다."

"하지만."

마수길은 어깨에 얹었던 손을 그대로 휘둘러 손등으로 제이의 얼굴을 후려쳤다. 마수길이 끼고 있던 반지에서 굵은 은침이 튀어나와 제이의 뺨을 긁었다. 헉, 하며 고통을 이기지 못하고 제이가 주저앉았다. 손으로 감싼 뺨에서 피라 흘러내렸다. 은색 무기와 같은 물질로 만들어진 침이었다.

"밀라는 잡아 왔어야지. 아쉬울 게 없어 열심히 찾지 않았더라도 제 발로 나타난 것을 또 놓치면 우리를 우습게 보지 않겠나?"

제이는 무릎을 꿇고 엎드렸다. 마수길은 다시 손을 쳐들어 제이를 후려칠 자세를 잡았다.

"제게 물으실 게 없다면."

그 동작을 제지시킨 것은 성준이었다.

"먼저 나가도 되겠습니까?"

마수길은 동작을 멈추었다. 싸늘한 공기가 휘몰아쳤다. 다른 사내들의 표정이 얼음장이 되었다.

마수길이 그 와중에도 자신을 똑바로 쳐다보는 성준을 보고 피식 웃었다. 성준은 늘 이런 식이었다. 폭력적인 상황을 견디기 힘들어했다. 어린 시절 그렇게 혹독한 훈련을 거쳤음에도 단단해지지 않았다. 결정적인 순간에 용기를 내고 맞서는 것에 주저하지는 않았지만, 눈앞에서 할아버지인 마수길이 수하들을 고문하는 것을 두고 보지는 못했다.

하물며 제이는 성준을 잡기 위해 뱀파이어들을 움직였던 팀장이었다. 성준이 좋은 감정으로 대하기 힘든 인물이었음에도 마수길의 은침에 당하는 것을 두고보지 않은 것이었다.

강자와 폭력에 대한 트라우마 때문이겠지만 마수길은 그 유약함이 마땅치 않았다. 마수길은 어쩔까 하다가 좋은 기분을 망치고 싶지 않아 이내 손을 거두었다.

"나가."

제이는 뺨을 감싸 쥐고 비틀거리며 나갔다. 아마 꽤 깊은 상처일 것이고 흔적이 완벽하게 지워지지는 않을 것이다. 마수길은 그 상처가 활동대 놈들에게 좋은 경고가 될 것이라 생각했다. 성준은 하얀 손수건으로 피 묻은 반지를 닦는 마수길을 눈으로 좇았다. 마수길 역시 성준이 무엇을 말하고 싶은지 알고 있었다.

"네 아비는 어차피 죽을 몸이었고."

"상관없습니다."

"네가 내 말을 잘 들으면 형은 건드리지 않겠다고 했었지."

"그런데 왜……."

"네 형이 먼저 시작했다. 텐타이온에 너무 깊숙이 들어왔어."

"경고만 할 수도 있었잖아요! 왜 뱀파이어를 만듭니까!"

"덕분에 이 긴 실험의 완성을 보게 된 거야. 이제 용준이만 우리에게 합류하면 우리를 막을 수 있는 건 아무것도 없어."

성준이 고개를 저었다.

"너도 자유롭게 될 거고, 그렇게 보고 싶던 형이랑 오래도록 같이 살게 됐으니 좋은 일 아니냐."

마수길은 주민등록상의 나이가 92세였지만 뱀파이어가 되었던 60세의 나이에서 노화가 멈췄다. 게다가 다른 뱀파이어들은 냉동된 혈액을 제한적으로 공급받았지만, 마수길은 본인이 원할 때마다 아이들을 상대로 직접 흡혈을 했다. 마수길에게 흡혈 당한 아이들은 뱀파이어가 됐고, 그러면 혈액 공급을 위해 또 새로운 아이들을 사들이곤 했다. 직접 흡혈은 훨씬 강력하게 노화를 멈추고 활력을 주었다. 마수길은 청년 같은 얼굴이 되었다.

 마수길에게 물려 뱀파이어가 된 아이들은 엄격한 훈련을 통해 전투 인력으로 양성됐다. 하지만 뱀파이어 개체수를 늘리는 것은 매우 조심스러운 일이었다. 공식적으로 이 세상에 뱀파이어는 존재하지 않는 종족이어야 했으니까.

 물론 텐타이온에 중독된 고위층들을 조정하여 경찰, 검찰을 움직일 수 있었기 때문에 마수길은 거침없이 원하는 것을 취하며 살았다. 그래서 오직 성준의 피로만 만들 수 있는 텐타이온은 이 조직을 지키고 키우는 데 필수적인 조건이었다.

 "약속은 약속입니다. 다시 형을 건드리면 더 이상 텐타이온을 얻을 수 없을겁니다."

 "무슨 수로?"

 "고통을 견디면 뱀파이어도 죽을 수 있습니다."

 "내가 너를 죽게 놔둘 것 같으냐?"

 "지윤석."

 성준의 입에서 튀어나온 이름에 노인의 얼굴이 굳었다.

"새로 취임한 청록수도회 서울 교구장이죠. 뱀파이어를 미친 듯이 혐오하는 자 아닙니까. 그 사람을 찾아가 은 탄환 한 방 쏴달라고 하겠습니다. 제 재생력은 많이 떨어졌으니, 딱 한 발이면 족하겠죠."

악에 받친 성준의 말에 노인은 다시 은은한 미소를 지었다.

"많이 컸구나."

성준의 표정이 더욱 싸늘해졌다.

"형을 찾지도 말고, 형이 다시 돌아와도 상관하지 마세요."

"뱀파이어가 됐으니 우리 보호 아래 있는 게 용준이한테도 좋은 일이야. 그리고 용준이가 텐타이온을 세상에 터트리려 하면 나도 가만히 있을 수만은 없는 일이야."

"그건 총령님이 감당하셔야 할 몫이고요."

"네가 죽으면 더더욱 용준이 피가 필요한데, 내가 용준을 가만히 놔두겠나?"

"영상 보셨잖아요. 은도 통하지 않습니다. 곧 완전체가 된 형을 감당하실 수 있겠습니까?"

"그래. 하지만 용준이가 제 발로 나를 찾아온다면 그건 어쩔 수 없는 일이지."

성준은 대답하지 않았다. 서재 문을 열고 나서자, 뒤에서 노인의 기분 나쁜 웃음이 들렸다.

용준이 블랭크라는 팀을 만들고, 사적 제재를 해왔음을

성준도 정보망을 통해 알고 있었다. 그것은 성준처럼 용준이 가진 트라우마와 천성적인 정의감의 발현일 것이다. 그러나 성준은 용준이 더는 세상에 나서지 않길 바랐다. 서재 안 노괴를 이길 자는 현재 대한민국에 없었다. 자신도, 아버지도 전부 실패했다.

성준은 진심을 다해 형이 자기조차 잊고 어디선가 밀라와 함께 조용히 살아가기를 바랬다.

한 달, 두 달……. 용준에게서는 아무 연락이 없었다. 성준은 어쩌면 용준이 정말 자신을 포기했을지도 모른다는 생각에 한편 서운해하고, 한편으로 안심했다.

어느 날, 그 유튜브에 채널이 열리기 전까지.

·2장·
대가

 채널은 예고없이 생겨났다. 채널의 이름은 'BLANK'. 검은색 바탕에 빨간 글자를 수놓은 심플한 배너와 함께 이십 초짜리 영상 하나가 올라왔다.

 〔BLANK〕

 채널명과 같은 타이틀이 화면을 가득 채우고 사라지면서 안내 문구가 나왔다.

 [우리는 법의 공백을 메운다. 우리는 법으로, 돈으로 자기 죄를 덮는 자들, 남의 죄를 덮어주는 자들을 찾아 그 죄를 세상에 공개해 나갈 것이다.]

 처음 영상이 업로드되었을 때, 조회수는 37회에 불과했다. 그마저도 우후죽순 생기는 사이버렉카 채널이나, 중2병에 걸린 사춘기 소년의 컨셉질이라고 생각했다.

 한 시간 뒤, 두 번째 영상이 올라왔다. 영상은 다섯 시간

만에 백만 조회수를 달성했다.

두 번째 영상은 깊은 밤의 강남대로 드론샷 스케치로 시작했다. 카메라는 역삼동 주택가 뒷골목, 공사가 중지된 빌딩 위에 멈췄다. 빌딩 옥상에 접근한 드론은 빌딩 밖 길게 뻗은 쇠파이프를 비췄다. 쇠파이프 끝에는 기절한 중년 남자가 아슬아슬하게 매달려 있었다.

남자는 속옷 바람에 기절한 상태였다. 허여멀겋고 곱상한 피부였다. 그의 목에는 커다란 팻말이 걸려 나부끼고 있었다.

카메라는 팻말을 천천히 당겨 적힌 글자를 담아냈다.

[나는 성동대학교 서양사학과 교수 최명수입니다. 나는 강남 클럽에서 신종 마약 텐타이온을 거래했습니다.]

영상은 남자의 얼굴과 팻말을 집요하게 번갈아 비췄다. 별다른 설명은 없었지만, 매달린 자를 보며 킬킬거리는 조롱 섞인 웃음이 효과음처럼 깔려있었다. 약 2분 남짓한 분량의 영상은 SNS로 삽시간에 퍼져나갔다. 남자가 매달린 빌딩 밑에는 경찰보다 유튜버들이 먼저 도착했다. 블랭크의 영상이 사실인지를 확인한 그들이 열광하며 또 다른 영상들을 찍어 올렸다. 그렇게 빌딩에 매달렸던 대학교수는 금세 수백만 명에게 노출되었다.

뒤늦게 도착한 경찰과 소방대원들이 피해자를 끌어내렸

다. 성동대학교는 확인되지 않은 정보며, 남자의 신원을 파악할 수 없으니 입장문을 내지 않겠다고 말했다.

세 시간 후, 채널 BLANK에 세 번째 영상이 올라왔다.

강남 클럽 복도에서 교수가 직원에게 냉동 파우치를 건네받는 모습이었다.

상황은 더 시끄러워졌다. 영상 속 복도를 보고 어느 클럽인지 추측하는 댓글과 인증 사진들이 SNS와 커뮤니티 각지에 올라왔다.

카펫의 문양, 복도의 벽지, 조명, 직원의 복장, 직원이 들고 있는 쟁반의 크기 등을 들어 다양한 추측글과 의견이 서로 맞부딪혔다.

온라인은 다시 시끄러워졌다. 영상 속 복도가 어느 클럽인지 추측하는 댓글과 인증 사진들이 올라왔다.

카펫의 문양, 복도의 실크 벽지, 조명, 웨이터의 복장, 웨이터가 들고 있는 쟁반의 크기 등을 들어 각자의 의견을 개진했다.

같은 시간, 강남 클럽 매드 맨(MAD MEN). 영상 속 복도 맞은편에 클럽 대표실이 있었다.

클럽 대표실답지 않게 책으로 가득한 맞춤형 책장이 한쪽 면을 차지하고 있었다. 책들은 하나같이 식견이 있는 사람이 읽을 법한 것들이었다. 그중 가운데에 위치한『차라투스트라는 이렇게 말했다』와 두 번째 열 맨 왼쪽『삶의 격』을 뽑으면, 책장이 반으로 나뉘어 열렸다. 책장 뒤에는 대표실만큼이나 큰 공간이 나왔다. 클럽 매드 맨의 대표, 조성기가 피떡이 되어 바닥에 구르고 있었다.

찬섭은 조성기가 그 자리에 없는 것처럼 진열장 위스키들을 훑어보고 있었다.

"와, 이 방엔 싱글몰트 위스키가 그냥 소주 나부랭이처럼 있네요."

찬섭은 고양이가 선반의 컵을 앞발로 쳐서 떨어뜨리듯 값비싼 술병들을 툭툭 건들였다. 요란한 소리와 함께 수백만 원 상당의 위스키병들이 차례로 박살났다. 백만 원, 삼백만 원, 천만 원, 오천만 원……. 조성기는 눈을 질끈 감고 괴로움을 참았다.

소파에 앉아있던 명구가 벌떡 일어나 다가왔다. 명구는 조성기의 턱을 잡아 눈을 마주치며 말했다.

"인간 대 인간으로 물어보고 답하는 건 여기까질 텐데, 한 방만 더 맞아보고 말하겠다 싶으면 말합시다. 안 그러면 정말 인생 골로 갑니다."

조성기가 애써 입술을 비틀었다. 명백한 조소였다. 명구는 망설임 없이 조성기의 턱이 돌아가도록 주먹질을 했다.

조성기는 몹시 괴로워했지만, 고개를 숙여 입을 다물겠다는 의지를 표현했다.

결국, 명구는 스르륵- 조성기를 풀어주었다. 조성기는 그대로 바닥에 쓰러졌다. 명구가 호화스러운 소파에 앉으며 말했다.

"어쩔 수 없네."

명구가 뒤를 슬쩍 돌아봤다. 그러자 어둠 속에 앉아있던 남자가 일어서 다가왔다. 용준이었다. 키와 덩치가 이전보다 눈에 띌 만큼 커져 있었다. 얼굴은 종이처럼 창백했고 늘 부드러운 미소를 띠던 표정은 섬뜩할 만큼 차갑게 굳어 있었다.

용준은 조성기 앞에 한 무릎을 꿇고 앉았다. 핏줄이 돋은 손이 조성기의 머리채를 잡았다. 가벼운 손짓이었지만, 조성기의 상반신이 솜인형처럼 들어 올려졌다. 머리 가죽이 통째로 뽑힐 것 같은 고통에 조성기가 비명 같은 신음을 흘렸다.

"그, 그어어……."

"김남규 알지? 구치소에서 죽은. 김남규가 붙잡힌 날 밤, 너랑 통화하고 있었잖아."

공중에서 머리채가 잡힌 탓에 조성기는 입을 다물 수도, 대답할 수 없었다. 애초에 눈앞의 남자는 조성기의 대답을 바라지 않았다.

"핸드폰을 바꾸고, 구치소에 들어간 후배를 죽이고. 그러면 숨을 수 있을 줄 알았나?"

차가운 한기가 조성기의 피부를 찔렀다. 용준의 손은 실제로 차가웠다. 조성기는 차라리 이대로 기절하길 바랐다.

용준이 아로마오일 용기처럼 생긴 작은 병을 꺼냈다. 그리고 벌어진 조성기의 입에 한두 방울 액체를 흘렸다. 선명한 붉은 액체였다. 용준은 용기를 바닥에 놓고 조성기의 턱을 세게 닫았다. 명구는 그 광경이 몹시 맘에 들지 않는 듯 고개를 돌렸다.

"삼켜."

조성기의 목젖이 꿀렁 넘어갔다. 몇 초 후, 조성기가 '헉' 하는 신음을 내뱉으며 바닥에 쓰러졌다. 용준이 한 손으로 조성기의 허리를 번쩍 들었다. 가볍게 소파에 조성기를 앉힌 용준이 뒤로 물러났다. 그러자 찬섭이 후다닥 카메라를 챙겨 조성기의 반신을 촬영했다.

용준이 카메라 뒤에 서서 조성기에게 물었다.

"이 클럽 매드 맨에 오면 텐타이온이라고 불리는 신종 마약을 구할 수 있지?"

"네, 클럽 매드 맨에는 언제나 텐타이온이 있습니다. 대표 이름을 걸고 보장합니다."

어찌된 일인지 조성기는 피떡이 된 얼굴로 행복한 미소를 지으며 편안하게 대답했다. 최면이나 마법에 걸린 사람 같았다.

 이윽고 조성기는 용준이 묻는 대로 텐타이온의 가격, 성능, 클럽 매드 맨의 주요 고객에 대해 술술 말했다. 주요 고객 중에서는 연예인과 재벌 3세 등 유명인의 이름도 있었다. 조성기는 김남규의 죽음도 자신의 짓이라며 전부 고백했다.

 그러나 그 이상의 정보, 텐타이온의 성분과 공급 세력 등에 대해선 대답하지 못했다.

 "정말 모르겠어?"

 "예. 그분들은 제가 필요하실 때 오실 뿐……저 같은 말단이 아는 건 없습니다……."

 "뭐야. 정말이야?"

 찬섭이 구시렁거리자, 조성기의 고개가 그쪽으로 스르르 돌아갔다. 조성기는 정말 공포에 질려 있었다.

 "그, 그분들은……정말 무섭……습니다. 괴물입니다. 언제더라도 저따위는……."

 "남은 텐타이온은 어디 있지?"

 용준이 마지막 질문을 하는 순간, 조성기가 코에서 왈칵 피를 쏟았다. 그 순간, 용준도 머리가 아픈 듯 질끈 눈을 감았다. 조성기의 몸에 힘이 빠지더니 소파에서 스르르 미끄러졌다. 찬섭이 얼른 용준에게 다가갔다.

"괜찮아요?"

"이따가 더 하죠. 우선 CCTV 확보합시다."

용준이 물러나자, 찬섭과 명구가 뒷정리를 했다. 그때, 용준의 핸드폰으로 전화가 걸려 왔다. 밀라였다.

"밀라."

수화기 너머로 청량한 목소리가 들렸다.

"이쪽도 정리 완료했어요."

용준과 블랭크가 영상으로 폭로할 타겟들을 습격하는 동안, 밀라는 조용하고 은밀하게 타겟들을 정리했다. 알게 된 지는 얼마 되지 않았지만, 용준은 밀라의 능력을 누구보다 신뢰했다.

찬섭이 지문과 발자국 등 남아있는 것이 없는지를 확인하며 씨익 웃었다.

"형님 돌아온 것만으로도 살 것 같았는데, 밀라 누님까지 오시니까 이거 뭐……. 일이 너무 쉽네요."

"그만 떠들고 일이나 해."

명구가 부루퉁한 말투로 찬섭의 말을 막았다. 용준이 명구를 돌아보았다.

"명구 형."

분명히 들렸을 터였는데, 명구는 돌아보지 않았다. 용준이 돌아온 후, 그리고 뱀파이어가 되었음을 알렸을 때부터 명구는 티 나게 용준을 껄끄러워했다.

 용준이 돌아온 날은 늦은 장마로 앞이 보이지 않을 만큼 비가 내리꽂히던 밤이었다.

*

 밀라의 아지트이기도 한 폐교는 시골답게 총 2층 건물이었다. 뜀박질을 마친 용준이 학교 내의 1학년 7반에 들어갔다. 밀라는 창가 책상에 걸터앉아 용준을 기다리고 있었다. 을씨년스러운 겉모습과 달리, 폐교 안에는 전기도 통하고 물도 나왔다. 밀라의 조치 덕분이었다.

"생각 정리는 됐나요?"

 용준이 말없이 밀라에게 다가가 오른손을 내밀었다. 밀라가 입술을 씰룩이며 용준의 손을 잡았다. 기대감이 충족된 표정이었다. 역시나, 밀라는 용준이 자신과 손을 잡으리라는 것을 알고 있었다. 그러니 본거지에도 쉽게 들여보내준 게 분명했다.

 용준이 조용히 입을 열었다.

"당신 말대로 시간이 없어요. 하지만 적은 강대하고, 우리는 소수죠."

"그러니 쓸 수 있는 패는 모두 사용해야 해요."

밀라가 책상에서 뛰어내려 교탁으로 향했다. 그리고 다 부러진 분필을 잡더니 칠판에 글씨를 끄적였다. 용준은 간만에 학생이 된 기분으로 밀라가 앉았던 책상에 앉았다.

"제일 먼저 할 일은 용준씨가 자기 몸에 적응하는 거에요. 그러려면 힘과 속도의 최대치,

재생력의 최대치, 흡혈 주기 등을 알아야 하겠죠. 통상적일 수도 있지만, 용준씨의 심장이

특별하니까 변수가 있을 수 있어요."

밀라의 글씨는 생각보다 악필이었다. 처음으로 밀라에게 인간미를 느끼며 용준이 고개를 끄덕였다.

"두 번째는 훈련입니다. 제가 도울 거에요. 힘의 통제와 제어, 전투 방식. 그 외에도

뱀파이어만의 능력까지. 가르칠 게 많아요."

이번에는 용준도 미소를 지었다. 훈련이라, 자기 단련만큼은 한 번도 소홀히 한 적 없는 용준이었다.

용준이 문득 의심스러운 눈으로 밀라를 바라보았다.

"밀라. 당신은 언제부터 날 알고 있던 겁니까?"

밀라가 덤덤하게 말했다.

"꽤 오래 전부터요. 그쪽이 뱀파이어가 되기 훨씬 전부터."

밀라가 분필을 놓더니 용준과 눈을 마주쳤다.

"끔찍한 실험실에서 탈출하고, 난 당신을 찾아 헤맸어요. 그 교회. 생각보다 아주 깨끗하게 정리가 되어있더군요. 살아있는지, 죽었는지도 알 수 없을 만큼."

성태의 솜씨였다. 용준은 새삼 성태에게 감사함을 느꼈다.

"그렇지만 결국 내가 당신을 찾았으니, 총령이 못 찾을 정도는 아니었어요. 내게도 의문이었죠. 성준의 한계를 알았으니, 그들이 일찍이 당신을 건들 법도 했을텐데, 어째서 찾지 않았을까? 내 생각엔 최근까지 당신에게 심장이 없다고 여긴 게 분명해요."

용준이 고개를 끄덕였다. 성준과 아버지가 사라진 이후, 용준은 이런 존재들을 만나본 적이 없었다.

"나만이 당신에게 심장이 있다는 걸 알았죠. 당신이 뱀파이어가 되기 전부터요."

"그간 저는 저도 모르게 당신들이 짠 판에서 발버둥거리고 있었던 거였군요."

용준이 자조적으로 중얼거리자 밀라가 잠시 말이 없었다.

용준이 한걸음 밀라의 앞으로 다가섰다.

"그래서 말인데, 이제 내가 상황을 좀 알았으니 내 방식대로 좀 해봐도 되겠어요?"

*

 용준이 사라진 이후, 성태는 혼란스러워하는 블랭크 인원들을 다독인 후 자신이 해야 할 일을 묵묵히 했다. 그날도 섬에서 나온 작업물을 거래처에 넘기고 대금을 받아 도매 상품점으로 갔던 날이었다. 섬에 필요한 생필품을 사기 위해 한 달에 한번 들르는 곳이었다. 물과 전기가 없는 곳이기 때문에 작은 폭포에 부착한 소형 수력 발전기의 부품 하나를 교체해야 했고, 먹는 물을 위한 정수 필터를 사야했다.

 '저는 아저씨가 그 새끼들 수발드는 것 같아서 딱 싫어요!'

 찬섭이가 자주 이렇게 말했다. 범죄자들을 이렇게 보살피는 게 맞는가. 성태 역시 이런 생각이 안드는 것은 아니었지만 사적 처벌을 하겠다고 나선 어린아이들 손에 사람 피를 묻히게 하고 싶지 않았다. 사람 피는, 그 생명의 붉은 빛은 수십 년이 지나도, 수천 번 씻어도 흐려지지 않는다는 걸 누구보다 잘 알기 때문이었다.

 그래서 이 번거로운 일을 묵묵히 해주는 것이 아들처럼 되어버린 용준에게 아버지로서 해줄 수 있는 일이라 생각했다. 용준의 생사가 확인되지 않는 지금, 성태는 이 반성 없는 범죄자들을 어떻게 해야 할까, 앞으로 범죄자들이 더 늘어나면 어떻게 해야 하는 걸까 생각이 복잡해져 마음이 산란했다.

 보트가 섬에 닿았을 때, 성태는 오래된 감각으로 섬에 이상이 발생했다는 것을 느꼈다. 공기가 달랐다. 바다 내음에 피 냄새가 섞여 있었다.

 보트에 숨겨 두었던 두 자로 단검을 꺼내 허리와 발목에 하나씩 숨겼다. 섬에 갇혀있는 놈들에게 성태를 공격할 능력은 없었다. 이 섬에 누군가 들어오는 것도 불가능했다. 여러 가지로 이상했지만, 성태는 달라진 공기가 무시할 수 없는 수준인 것을 확신했다.

 섬 가장 깊숙한 곳에 자리 잡은, 숙소라고 부르기 민망한 판자집으로 조심스럽게 다가갔다.

 "저예요."

 어떤 인기척도 느끼지 못했는데, 익숙한 목소리가 뒤에서 들렸다. 성태는 본능적으로 돌아서며 뒤로 한껏 물러났다. 동시에 허리에 숨겼던 단검을 뽑았다. 그만큼 서늘한 기운이 강했다. 목소리는 용준이었지만 용준의 기척이 아니라고 생각했던 것. 하지만 서있는 것은 용준이었다. 성태의 반응을 본 용준이 슬프게 웃었다.

 "아저씨."

 용준은 사라졌던 두 달 동안 자신이 어떻게 되었고, 어떻게 적응했고, 어떤 마음으로 돌아왔는지 담담히 설명했다.

성태는 용준의 이야기를 따라가기 벅찼다.

"그러니까 네가 사람 피를 마셔야 살 수 있게 되었다는 뜻이냐?"

용준은 끄덕거렸다.

"그냥 사는 게 아니라 괴물 같은 능력을 갖게 됐고, 몇백 년을 살지도 모르고, 제 피는 꽤 많은 능력을 갖고 있는 것 같구요."

"말도 안 돼……."

성태는 반사적으로 고개를 가로저었다. 믿을 수 없었다. 그런 것은 영화나 만화책에 나오는 것이었다. 그런 일이 현실에서 일어날 수는 없었다.

"안 믿어지시죠?"

용준이 성태의 마음을 안다는 듯 웃으며 물었다. 성태는 신음소리와 함께 고개를 끄덕였다. 용준이 말없이 일어나 판자로 향했다. 성태가 뒤를 따랐다. 판자 안에 꽤 많은 인원이 있을텐데 어떤 인기척도 느껴지지 않았다. 용준은 판자 안으로 들어가지 않고 판자 뒤편으로 돌았다.

판자 뒤편에 본 적 없던 깊은 구덩이가 파여 있었다. 용준이 들여다보라는 듯 한발 옆으로 물러나며 성태를 보았다. 사람시체가 있을 것 같은 느낌에 성태는 각오하고 다가섰다. 여기 있던 놈들을 용준이 죽였다기엔 용준의 차림새가 너무 깔끔했다. 아니, 이 섬에 들어오면서 저렇게 긴 코트에 구김 하나 없다는 것부터 말이 안 되기는 했다. 성태는 자신이 무엇엔가 홀린 게 아닐까 싶은 심정으로 구덩이 안을 들여다보았다.

익숙한 놈들의 얼굴 다섯이 보였다. 이 섬에 있는 놈 중에서도 전혀 갱생의 가능성이 없어 보이는 대표적인 놈들이었다. 그러다 성태는 이질감을 느꼈다. 시체인데 놈들의 몸이 너무 멀쩡했다. 어디 한 곳 부러진 데도 없었고, 눈에 띄는 상처도 없었다. 게다가 놈들의 얼굴은 백지장 같았다. 그저 시체의 창백함이 아니었다. 뭐랄까, 마치 온몸의 피가 빠져나간 듯한…….

성태는 거기까지 생각하다가 용준을 돌아보았다. 용준이 방금 전처럼 다시 말했다.

"피를 마셔야 살아갈 수 있는 존재가 된 거예요"

용준은 놀라 돌아보는 성태를 향해 웃었다. 아니 입으로는 웃음을 담으려 애쓰고 있었고, 눈에는 눈물이 그렁하게 차올랐다. 아버지를 만나고, 성준을 만나고, 뱀파이어가 되고, 밀라를 통해 상황을 알고, 어떻게 해나갈 것인지 계획을 세우며 새로운 몸에 적응할 동안 용준은 울지 않았다. 그 어떤 판단에도 감정이 섞이지 않도록 왜 이런 일이 생겼는지, 왜 성준과 자신은 이렇게 태어날 때부터 불행해야 할 운명이어야 했는지, 그런 생각에 끌려들어가지 않기 위해 몸부림치며 이성을 붙잡았다.

그러나 어떤 것도 묻지 않고, 그저 한없는 걱정과 염려만 담고 자신을 바라보는 성태의 눈빛 앞에서 비로소 긴장의 끈이 풀어졌다. 성태는 용준의 어깨를 툭툭 두드리며 말했다.

"괜찮아. 괜찮을 거다."

용준의 고여있던 눈물이 후두둑 떨어졌다.

용준은 밀라가 제공하던 조제 혈액으로 한 달을 버텼다. 그리고 그런 상태로 자신이 외할아버지와 텐타이온 중독자들을 상대할 수 없다고 판단했다. 짐승의 피로는 소용이 없었다. 사람의 피. 안정적으로 사람의 혈액을 공급받아야 했고, 그러려면 블랭크와 공조가 필요했다.

용준은 돌아오기로 결정한 뒤 가장 먼저 섬을 찾았다. 이 섬에 갇힌 놈들의 혈액부터 취하기로 했다. 더 이상 일을 벌이기 전에 성태를 설득해야 했다. 성태의 이해를 돕기 위해 뱀파이어의 힘을 보여주는 것은 쉬웠다.

한참을 보고 듣던 성태가 고개를 끄덕였다.

"그놈들이 어린애들 잡아다가 그 짓거리를 하고 있다……. 막아야지. 막으려면 너도 힘이 필요하고, 힘을 쓰려면 피가 필요하고……. 마침 우리한텐 저놈들이 있고."

성태는 용준이 들려준 이야기를 간략하게 정리해 가며

스스로도 생각을 정리했다. 한동안 말이 없던 성태가 끄덕였다.

"남은 놈들한테서 내가 뽑아 냉동팩 만들어다 주면 되겠냐? 정기적으로 일정하게 뽑으면 죽이지 않고 안정적으로 공급받을 수 있잖아."

용준이 부탁하고 싶었던 것을 성태가 먼저 이야기했다. 용준은 차마 고맙다는 말도 하지 못했다. 성태는 용준에게 블랭크 팀에게 어떻게 말하고 어떻게 관계를 정리해 나갈지도 말해주었다.

"그냥 있었던 일, 앞으로 해야 할 일, 하고 싶은 일, 할 수 없는 일을 정리해서 말해. 같이 가겠다고 하면 함께 하는 거고. 그 친구도 같이 가자."

성태는 밀라의 존재도 자연스럽게 받아들였다. 용준이 살아온 어린 시절부터 전체를 알고 있던 성태였다. 몸속에 한 방울의 피도 남기지 못한 시체를 보았으니, 뱀파이어의 존재를 인정할 수밖에 없었다. 그러니 밀라의 존재, 밀라의 능력도 있는 그대로 받아들인 것이었다.

용준은 성태의 손에 끌려 블랭크 팀을 다시 만났다.

찬섭은 용준의 상태가 안타깝지만, 블랭크 활동을 해나가는 데는 엄청 도움이 될 것 같다며 환영하는 쪽이었고, 해리는 딱 한 마디를 보탰다.

"개멋져"

힘들어한 것은 명구였다. 사람 피를 먹는 존재와 동료가 되는 것에 대한 본능적인 거부감이 있는 것같았다. 용준은 편안하게 하고 싶은 대로 하라고 권했다. 명구는 용준과 눈을 마주치지 않으려 했다.

"명구 형."

용준이 명구를 불렀다.

"천천히 하자. 천천히. 일단 하던 일은 하고."

명구는 그 후로도 가능하면 용준에게 직접 말 거는 것을 피했다. 용준이 자신의 피 한 방울로 나쁜 놈들을 완벽하게 자백시키는 방법을 반대하지 않았지만 그렇게 용준의 피를 맛본 사람들이 그 중독성을 이기지 못하고 목이 타들어 가도록 고통스러워하다가 식물인간이 되는 것을 보며 어떻게 판단해야 하는지 망설였다. 온도 차이가 있었지만, 블랭크는 용준과 밀라와 함께 활동하기로 했다.

"우리는 텐타이온에 집중합니다."

텐타이온을 파는 놈들부터 치고 올라가 텐타이온을 만드는 수괴, 즉 용준의 할아버지까지 찾아 올라가 간다는 뜻이었다.

"텐타이온으로 돈을 벌고, 고위직을 중독시켜서 자기 멋대로 휘두르면서 하고 싶은 대로 하는 놈들입니다. 물론 어린 애들을 인신매매로 사들이기도 하구요. 우선 텐타이온 공급처부터 하나씩 털고, 세상 사람들이 이 일에 관심을 가지도록 할 겁니다."

용준이 계획을 설명하자, 해리는 텔레그램과 다크웹 등에 접속해 필요한 정보를 찾아냈다. 그곳에서 해리는 텐타이온을 거래하는 자들을 찾아냈다. 그리고 팀에게 유튜브 채널을 하나 개설하자고 건의했다.

"사람들이 관심을 끌게 만드는 건 아주 쉬운 일이거든."

다음은 텐타이온을 구매한 자를 추적해야 했다. 해리가 발 빠르게 주요 구매자를 추적했고, 그중 서양사학과 교수 최명수가 특정되었다. 밀라는 최명수의 뒤를 은밀히 쫓았다. 그리고 그의 체내에서 미량이지만 뱀파이어의 것이 분명한 물질이 돌고 있다고 못 박았다.

확인이 끝나자, 밀라는 최명수와 부딪히는 척하며 핸드폰을 훔쳐냈다. 해리는 밀라의 솜씨에 놀라워하며 엄지 두 개를 치켜세웠다.

"이 언니 대박이잖아? 왜 경찰 안 해?"

넉살 좋은 칭찬에 밀라의 얼굴이 살짝 발그레해졌다.

해리는 최명수의 핸드폰으로 그가 어디를 쏘다녔는지 위치 로그를 파악했다. 이윽고, 대학교수와는 어울리지 않게 클럽 '매드 맨'의 좌표가 지속적으로 확인됐다. 이번엔 찬섭과 명구의 차례였다. 명구가 주변에서 잠복하고 있는 동안, 찬섭이 손님인 것처럼 들어가 부착형 몰래카메라를 곳곳에 설치했다. 해리가 비싼 거라고 손톱을 물어뜯었지만, 어쩔 수 없었다.

결국, 블랭크는 매드 맨에서 최명수가 텐타이온을 거래하는 것을 포착해냈다. 그리고 사람들이 매드 맨을 특정할 수 있게끔 영상을 편집하여 유튜브 채널에 업로드했다. 그리고 대중의 관심이 집중되었을 때, 매드 맨의 대표 조성기를 습격한 것이다.

대표 본인이 자신의 클럽이 텐타이온의 매매처라는 것을 증언하면, 경찰도 더는 무시할 수 없을 게 분명하리란 판단이었다.

*

조성기로부터 필요한 정보를 담은 영상을 촬영한 뒤 블랭크는 빠르게 현장을 정리했다. 이 영상 또한 편집없이 업로드될 예정이었다. 곧이어 밀라가 현장에 도착했다. 현장 인원들이 자리를 뜨려고 하는데 밀라가 한 벽을 뚫어지게 보았다.

"저기 뭐 있어요, 누나?"

찬섭이 친근하게 물었다. 밀라가 고개를 끄덕이자, 용준이 툭툭 벽을 두드려 보았다. 공간이 느껴지는 울림을 확인한 용준이 주먹에 힘을 주고 벽을 쳤다. 용준의 괴력이 닿은 벽엔 우수수 금이 가고 시멘트 가루가 떨어졌다. 다시 두어번 쿵쿵 벽을 치자 한쪽 벽이 완전히 무너지면서 벽면 삼 분의 일 크기의 대형 금고가 나타났다.

 용준이 조성기를 보며 말했다.

 "열어."

 용준의 말에 잠들어 있던 조성기가 눈을 번쩍 떴다. 비척거리며 금고로 다가간 조성기는 천천히 금고를 열었다. 찬섭은 테이블에 있던 카메라를 들어 조성기가 금고를 여는 장면을 촬영했다.

 금고 내부는 성인 남자 네 명은 들어갈 수 있는 규모였다. 안에는 업소용 냉장고가 있었고, 그 안에는 검은 비닐로 싼 직사각형 물체가 빼곡하게 들어있었다. 용준은 말없이 비닐을 뜯어 보았다. 몇 겹에 비닐을 뜯어내자, 영롱한 붉은 가루가 드러났다. 찬섭이 저도 모르게 중얼거렸다.

 "텐타이온……."

 한쪽 선반에는 금괴와 채권 등도 있었고, 손으로 작성한 장부가 보였다. 명구가 장부를 잡아 조성기가 그것을 뺏으려 달려들었다. 본능적으로 위험을 감지한 것처럼 짐승같은 몸놀림을 보였다. 뒤에서 용준이 말했다.

명구가 금고 안을 자세히 살폈다. 한쪽 선반에는 지폐 다발과 채권 등이 쌓여있었고, 가장 높은 곳에 일기장 같은 게 놓여있었다. 명구가 까치발을 하고 일기장을 꺼냈다. 수기로 작성한 장부였다.

그 순간, 멍하니 앉아있던 조성기가 명구에게 달려들었다. 정확히는 장부를 빼앗으려고 한 움직임이었다. 용준이 나지막하게 말했다.

"멈춰."

조성기가 달려들던 자세로 쿵 하고 쓰러졌다. 콧구멍에서는 피가 콸콸 흐르고 있었다. 어떻게든 지배에서 견뎌내려는 듯, 조성기의 얼굴은 잔뜩 일그러져 있었다.

명구가 장부를 들추자, 찬섭이 그 내용을 클로즈업하여 촬영했다. 해리는 아지트 지하에서 찬섭이 찍는 영상을 실시간으로 받고 있었다. 편집 소스를 정리하며, 해리는 옆에 누가 있다면 슬슬 피할 것처럼 혼잣말을 중얼거렸다.

"대박, 대박! 오! 와, 이 언니도 고객이였어? 어쩌냐. 이제 정치 못 하시겠네……. 흐에엑? 와 이 새끼는 진짜! 세상 선량한 척 다 하더. 세상에 믿을 놈 하나 없구나."

장부에 적힌 이름을 비출 때마다 해리는 감탄을 금치 못했다.

용준은 열린 금고 앞에 조성기가 앉아있도록 했다. 그리고 금괴며 채권 등은 하나도 건드리지 않은 채 장부만 챙겼다.

"경찰이건 유튜버건 먼저 오는 사람이 처리하라고 둡시다."

해리가 편집해서 영상을 올리기 전에 클럽을 빠져나가야 했다. 블랭크 일동은 조성기가 가르쳐준 비밀 통로를 통해 누구의 눈에도 띄지 않고 클럽을 빠져나왔다.

· 3장 ·
심연

"똑바로 하란 말이야!"

청장실에서는 일 분에 한 번씩 큰 소리가 터져 나왔다.

강수대 강력4팀 팀장 이두호는 청장실 앞 복도에 앉아 대기 중이었다. 긴장감에 허리가 아플 지경이었지만, 왜인지 비실비실 웃음이 새어 나왔다. 그토록 원하던 본청에 왔기 때문은 아니었다.

지난 이틀 동안 SNS는 온통 난리가 났다. 빼도 박도 못하게 얼굴이 버젓이 나온, 조작 불가능한 영상이 온 세상에 퍼져 버렸으니까. 클럽 매드 맨 대표의 비밀 금고 공개 장면은 돌이킬 수 없는 파문을 일으켰다.

게다가 영상으로 노출된 '장부'가 문제였다. 블랭크는 장부에 적힌 이름들을 하나도 모자이크하지 않고 내보냈다. 사람들은 블랭크의 가차 없는 폭로가 그들이 마약 거래자들과 타협할 생각이 전혀 없는 증거라며 칭송했다. 이름이 공개된 사람들은 전부 유명인들이었고, 순식간에 특정되어 여론에 시달렸다. 그마저도 일부일 뿐, 사람들은 장부에 실린 나머지 이름들이 세상에 드러나길 바랐다. 곧 장부는 '텐타이온 리스트'라고 불렸다.

게다가 블랭크의 영상과는 별개로, 한 강력팀 형사가 텐타이온을 추적하다가 실종 당했다는 이야기가 찌라시처럼 돌았다. 주류 언론보다 다섯 배는 빠르게 퍼지는 SNS 특성상, 상당히 그럴듯했던 가설이 이제 정설처럼 굳어졌다.

[텐타이온이라는 신종 마약이 강남 클럽을 중심으로 퍼지고 있었다. 형사가 그 꼬리를 잡았는데 갑자기 마수대로 넘기라더니 수사가 흐지부지됐다. 그 마약 실체는 대학교수도 클럽에서 거래할 정도고, 밝혀진 장부에는 국회의원, 대기업 임원, 연예인 등 고위층, 유명인이 다수 연루되어 있다. 이래서 경찰은 수사를 덮으려 했던 것인가?]

한 유명 사이버 렉카는 최근 불타고 있는 '블랭크' 이슈를 정리해 영상으로 올렸다. 영상에는 순식간에 댓글 수백 개가 달렸다.

'수사하던 젊은 경찰 실종이라는데?'

'팀에서 실종 사건 접수하고 수사하겠다는 거 위에서 막았다더라'

'드럼통 간 거 아님?'

'텐타이온…… 나는 처음 들어보는 거 보면 서민 맞구나.'

'알약임, 주사임?'

'대량 유통이 아닌가?'

'나 유학 다녀온 지인이 저거 하는 거 본 적 있음.'

청장은 마수대장을 비롯한 관계 책임자를 즉시 소집했다. 조금이라도 관련이 있는 간부 열댓 명을 모조리 호출한 걸 보면, 경찰청장이 사방에서 압박받고 있는 게 분명했다.

잠시 후, 청장실 문이 열리고 고위직들이 우르르 몰려나왔다. 하나같이 용준의 팀장인 두호를 쏘아보며 지나갔다.

"들어와."

청장은 곧바로 두호를 불렀다. 간부들이 다 빠져나가기도 전이었다. 두호가 경례하려고 했지만, 경찰청장이 손을 휙휙 내저으며 자리에 앉으라고 눈짓했다.

"한용준 경위하고 얼마나 가까웠나?"

두호가 채 자리에 앉기도 전에 청장이 물었다. 두호는 청장이 용준의 이름을 정확히 알고 있다는 것도 놀라웠다.

"얼굴 안 지 오 년 정도 되었습니다."

두호가 덤덤하게 대답했다.

"실종……아니 자취를 감춘 이후에 개인적인 연락은 전혀 없었나?"

"예."

청장이 깊은 한숨을 내뱉었다.

"그 영상이 아무래도 조작 연출된 것 같다는 의견이 있어서 조사 중이니까. 인터뷰 같은 거 절대 하지 마."

"예?"

평소 상관에게 반문하지 않는 두호였지만, 너무 성의 없는 개소리였다. 청장이 알아챈 만큼의 반응이었으나 청장은 별다른 눈치를 주지 않았다.

"한용준, 장기 병가 처리해. 관련 서류도 정리하고. 팀원들도 입 뻥긋 못하게 해."

팀장은 8년 정도 남아있는 주택 대출과 내년에 대학에 진학할 아들을 생각하라고 스스로를 눌렀다. 용준에 대한 염려와 용준에 대한 미안함으로 겨우 용기를 내어 질문했다.

"청장님, 저도 한용준 형사의 행방을 모릅니다. 저희라도 조사를 하면서……."

"돌아올 거야."

청장은 확신에 차서 내뱉었다.

"네?"

두호는 오늘만 두 번째 반문을 내뱉었다. 지난 일 년 동안 했던 반문보다 많은 횟수였다. 청장은 더 대꾸할 생각이 없는 듯 손을 내저었다. 나가라는 뜻이었다. 두호는 더 질문하지 못하고 청장실을 나왔다.

두호는 복도를 걸으며 생각했다. 용준이 돌아온다니. 어디서, 어떻게? 청장의 말투는 과장되지도, 분노에 차 있지도 않았다. 마치 그것이 사실인 양 담담한 말투였다. 이제껏 소리를 지르던 사람과 다른 사람처럼 보일 정도였다.

'그래. 그놈이 어디서 죽임당할 놈이겠어?'

두호는 그 답지않게 긍정적인 생각을 하며 강수대로 복귀했다.

*

블랭크 채널은 순식간에 구독자 백만을 넘겼다. 사이버 수사대는 채널에 대한 공개적인 수사를 시작했다. 어디선가 나타난 전문가들이 블랭크는 조작 영상을 이용한 선동 채널이라고 주장했고, 유튜브 측으로 계정 신고가 쇄도했다.

그러나 계정은 폐쇄되지 않았다. 블랭크는 계속해서 텐타이온 구매자들과 판매자들을 찾아내 증거 영상을 업로드했고, 심하면 무력 활용도 불사했다.

얼마 후, 눈썰미가 좋은 사람들은 텐타이온 중독자들의 손목이나 목덜미에 붉은 흔적을 찾아냈다. 문신이라기엔 그 색깔이 너무 선명했고, 나타나는 모양도 조금씩 달랐다. 마치 핏줄이나 신경 일부가 꽃 모양으로 튀어나온 것 같았다.

또 공개된 장부의 한 귀퉁이에 '스티그마'라고 하는 단어가 반복 사용된 것을 파악하기도 했다. 곧이어 블랭크 팀과 대중들은 텐타이온에 관계된 사람들을 일컬어 '스티그마'라고 부르기 시작했다.

하나, 둘 사회고위층에 숨어있는 스티그마가 드러나고 있을 때, 홀연히 용준이 경찰서로 돌아왔다.

*

총령, 마수길은 사케를 즐겨 마셨다. 그 취향 하나로 그의 여름 별장은 일본식 주택으로 만들어졌다. 별장의 서재는 좌식이었다. 넓은 다다미에 일본식 병풍이 한쪽 벽을 가득 메웠고, 한·중·일 삼국에서 모은 오래된 검과 도가 일본 현지에 온 것 같은 분위기를 만들었다. 총령의 자리 맞은편에는 우아한 실내 식물 사이과 대형 모니터가 분위기를 해치지 않게 설치되어 있었다.

서재는 은은한 어둠이 내려앉아 있었다. 총령은 사케를 홀짝이며 대형 모니터에서 재생되는 영상을 보고 있었다. 총령은 영상을 보며 가끔 낮게 웃거나 감탄하는 반응을 보였다. 그 앞에 무릎 꿇고 앉은 제이는 총령의 이런 반응을 이해할 수 없었다. 지금 총령이 보고 있는 영상은 클럽 매드 맨이 한용준에게 완전히 털려버렸던 당일의 영상이었기 때문이다.

그날, 한용준 패거리 때문에 모든 CCTV 기록이 삭제됐지만 딱 하나. 클럽의 대표 조성기도 모르게 제이가 설치한 카메라가 있었다. 외부 해킹이 불가능하게 인터넷 연결이 되어 있지 않은 소형 아날로그 카메라였다. 카메라는 제이와 카메라를 관리하기 위해 심어둔 청소부만이 알고 있었다.

클럽 매드 맨이 털리자마자, 제이는 조성기 밑에서 텐타이온을 취급하던 매드 맨 직원들을 발 빠르게 정리했다. 거기에는 카메라를 가져온 청소부도 포함되었다. 보통 제이가 직접 나서는 경우는 거의 없었다. 하지만 매드 맨은 텐타이온을 판매하는 곳 중에서도 최대 규모였고, 거래하는 고객도 몹시 많았다. 맘 같아선 고객들도 전부 정리하고 싶었지만, 그러면 파장이 손 쓸 수 없이 커질 게 분명했다. 고객들은 하나같이 쟁쟁한 사회고위층이었으니까.

그것은 총령의 계획이기도 했다. 사회고위층부터 은밀하게 텐타이온의 노예로 만들기. 이 나라는 윗물이 더러워지면 아랫물도 더러워지는 곳이기 때문에.

"몇 놈만 손에 쥐면 돼, 몇 놈만. 우린 고놈들을 텐타이온에 절여서 여차하면 나라라도 바치게 만들면 돼."

그러나 그런 총령의 계획은 그의 큰 손주, 한용준 때문에 점점 망가지고 있었다.

제이는 보고를 올리기 전, 필름을 돌려보고 경악했다. 그가 놓친 바로 그 한용준 때문이었다. 단순히 강함 때문이라면 놀라지 않았을 터였다. 그러나 한용준이 조성기에게 무언가를 먹이자, 조성기는 말 그대로 조종당하는 모습을 보였다. 지구상에 그런 물질은 없었다. 고농축으로 정제한 텐타이온으로도 불가능한 일이었다. 결론은 하나였다.

한용준의 피. 총령이 예상한 대로, 한용준은 그들이 그렇게 추구하던 원형 뱀파이어의 특성을 이어받은 것이 분명했다.

이 모든 사태는 처음에 용준을 확보하지 못한 제이에게, 또한 제이를 막은 성준의 책임이었다. 총령이 영상을 본 후 어떤 처벌을 내릴지 제이는 상상하는 것조차 두려웠다. 그래서 약간의 자비라도 얻을 수 있을까 하는 마음을 다하여 총령의 책상 앞에 납작 엎드려 있었다. 그런데 총령의 웃음소리가 들려 슬쩍 고개를 들어보니 총령은 사케를 홀짝이며 은은한 웃음까지 짓고 있는 것이 아닌가.

한쪽 편에 앉아있는 성준 또한 음료를 마시며 평온한 상태였다, 마치 총령의 이런 반응을 예상한 듯한 태도였다.

영상이 끝났다. 내리 세 번을 반복해서 본 후에 총령은 박수까지 치며 흡족함을 표시했다.

"핫하! 스고이!"

총령은 아주 기분이 좋을 때 일본어를 외치곤 했다. 제이는 어떻게 반응해야 할지 몰라 더욱 머리를 조아렸다.

"그놈 들여보네!"

총령이 웃음기를 거두고 말했다. 문이 열리고 창백해진 조성기가 들어와 엎드렸다.

"가, 감사합니다."

조성기의 자백 영상이 유튜브에 업로드되자, 대중들의 반응은 뜨거웠다. 경찰은 조성기를 즉각 체포했다. 그러나 총령은 즉각 10여명의 변호인단을 꾸려 영상에 드러나지 않은 누군가에게 약물을 주입받아 자신의 행위에 대한 기억을 하지 못하는 상태이며, 밀실 역시 조성기 본인이 전혀 알지 못하던 것이라고 주장하여 불기소 처분을 받아내게 하였다.

그렇게 구치소에서 빼돌려진 조성기는 제이의 부하들에게 이끌려 총령을 만나게 되었다.

조성기는 땀을 삐질삐질 흘렸다. 눈앞의 노인은 경찰과 법무부 따위는 우습게 주무르는 절대적인 권력이었다. 그리고 자신에게 텐타이온을 공급하는 윗선이 이 정도 존재라고는 전혀 생각하지 못했다. 총령이 사케를 홀짝이더니 입을 열었다.

"아무것도 기억나지 않는다고?"

"그, 그것이……."

"기억은 날 겁니다. 마치 머리에 안개가 낀 것처럼 들려오는 목소리에만 반응해야 한다는 생각이 들었을 거고, 자기가 무슨 일을 하는지 마치 몸 밖의 내가 움직이는 나를 지켜보는 느낌이었겠죠."

"마, 맞습니다! 정말 그렇습니다! 지금도 제가 왜 그자의 말을 따랐는지는……."

성준의 설명에 조성기는 놀라며 열성적으로 반응하였다. 성준이 설명한 것은 원시 뱀파이어가 갖고 있는 능력에 관한 오래된 책에 실린 내용이었다.

"아하하하!"

총령은 다시 한번 크게 웃었다.

"그렇다면 만약 그 녀석이 나를 찔러라, 그러면 어떻게 할 것 같은가?"

"네? 그게 무슨 말씀……."

"자네가 마셨던 그걸 또 주면서 말이야."

순간 성준은 성기의 목젖이 크게 움직이는 것을 보았다. 성준도 용준의 영상을 보았다, 오직 한방울이었다. 한 방울을 흘려 넣었을 뿐인데 공들인 최면보다 훨씬 강력하게, 자기를 죽일 수 있는 정보를 팔고, 제 손으로 갖다 바쳤다. 용준의 피는 그것을 가능하게 만드는 힘이 있었다. 조성기는 그 한 방울을 잊지 못해 지그 갈망하고 있었다. 용준의 피 한방울을 다시 마신다면 눈앞의 총령을 물어뜯어 죽일 수도 있을 것 같은 반응이었다.

"저, 저는……."

"됐어, 됐어. 네놈이 약한 게 아니다. 그 녀석이 강한 거지. 일은 잘 처리될 테니까 걱정말고 돌아가. 차분하게 주변 정리 잘 해 놓고"

"가, 감사합니다."

조성기가 벅찬 표정을 지으며 큰절했다. 총령이 턱을 까딱하자, 제이가 조성기를 끌고 나갔다. 성준은 쓴웃음을 지었다. 몇 분 뒤, 조성기는 이 세상 사람이 아니게 될 터였다.

총령이 슬쩍 성준을 바라보았다.

"자, 이제 원하던 것이 열매를 맺었구나. 이제 따오기만 하면 될 텐데……."

성준은 총령을 날카롭게 쏘아보았다. 총령은 피식 웃었다. 항상 순종적이었던 녀석이 제 형 얘기만 나오면 발작하는 모양새라니.

"네 형은 이제 무엇과도 바꿀 수 없는 보물이 되었다. 내가 용준이에게 해 되는 일을 하겠느냐?"

"총령님이 원하시는 게 형이 바라는 일은 아니겠죠."

"허허. 부모의 말이 언제나 옳진 않지만, 대개 맞아떨어지지. 왜 어렸던 자식들이 나이를 먹고 그제야 부모 조언을 떠올리겠느냐? 걱정하지 말거라."

'부모'라는 말에 성준은 인상을 찌푸렸다. 그러거나 말거나, 총령이 은밀한 말을 전하려는 듯 성준에게 몸을 기울였다.

"만약 재생력의 비밀을 알아낸다면, 네 망가진 몸을 고치는 것도 일이 아닐 거다. 이 할애

비가 장수하는 걸 보렴."

성준은 아무런 표정도 짓지 않았다. 그때, 노크가 들렸다. 제이였다. 정장은 깨끗했지만, 몸에서 풍기는 피 냄새까지는 지우지 못했다.

총령이 웃으며 제이를 돌아보았다.

"하지만 더 날뛰면 일이 복잡해지니 조치는 취해야지. 그래……. 저 공개된 장부에 몇 명이 적혀 있다고?"

제이는 지시를 하나라도 놓칠까 바짝 긴장하며 총령의 말에 집중했다.

*

유튜브는 블랭크로 도배되었다. 소셜 미디어도 마찬가

지였다. 동아시아는 물론 미국, 유럽 등에서는 한국판 로빈 후드라며 블랭크를 소개하기 시작했다.

불법 마약 유통의 본거지 운영자이고 유명인들을 대상으로 마약을 판매하던 조성기가 불구속 기소로 풀려나자 여론은 미친 듯이 들끓었다. 더불어 이 신종 마약 텐타이온에 대한 관심도 급증했다. 체내에 남지 않는 성분, 강력한 환각 작용, 믿을 수 없는 근력의 증가, 평범한 사람은 접근하기 어려운 고가의 제품. 마치 줄을 서서라도, 24개월 할부로라도 구입하고 싶은 럭셔리 백에 대한 선망처럼 텐타이온은 호기심의 상징이고, 부와 네트워크의 과시 상품이 되어버렸다.

총령은 예상한 대로라며 만족해했다.

"금지된 것, 가지지 못할 것만큼 갖고 싶어지는 것이 없지. 그놈들 덕분에 텐타이온은 최고의 상품이 되었어."

성준은 더 많은 피를 마셔야 했고, 더 많은 피를 뽑아내야 했다. 총령은 최소 25밀리리터의 피가 있어야 제품 하나가 되는 성준의 피를 아쉬워했다.

"네 피는 이렇게 뽑아대야 겨우 상품 몇 개 만드는 거고 용준이 피는 한 방울이면 충분한 걸 보고 나니……. 그러니까 용준이를 얼른 데리고 와야지. 용준이 피만 있으면 이 세상을 발아래 두는 게 너무 쉬운 일 아니겠냐."

성준이를 보며 총령은 끌끌거렸다.

"형을 통제하실 수 있겠습니까?"

성준은 특수하게 개발된 장치를 몸에서 떼어내며 담담한 목소리로 말했다.

총령이 싱긋 웃었다.

"할애비가 어떻게 일하는 사람인 줄 아직도 모르는 게야?"

*

분노하던 대중이 텐타이온에 대해서 무수한 소문을 만들며 흥미를 보이자 블랭크는 당황했다. 제일 크게 분노한 것은 찬섭이었다.

"아니, 이게 말이 되는 거예요?! 호기심을 가질 게 따로 있지!"

"대마초를 피우면 더할 수 없이 행복해지고, 음악 하는 애들이 코카인을 흡입하면 팔 분의 일 음까지 구분해서 들을 수 있고, 뭐를 마시면 기억력이 엄청나 지고, 뭐를 먹으면 일주일 동안 잠 안 자고 공부할 수 있고……예전부터 마약류에 대해서 그런 소문을 만들고 호기심을 자극해서 새로운 고객을 만들고 그래 왔어."

명구가 한숨과 함께 설명했다. 금단의 열매에 대한 인간의 호기심은 오랜 역사를 가진 것이고 총령은 그것을 정확하게 알고 있었다.

 온라인의 심상찮은 반응을 채집하고 분석하던 해리는 끙 앓는 소리를 냈다.

 "블랭크 채널에 대해서는 아직 긍정적이긴 해. 그래도 경찰에서 본격적으로 수사를 하고 발표를 해야 이 불이 이어질 텐데……. 얘들이 움직일 생각을 안하네."

 용준이 경찰 내부에 없으니 수사에 대한 경찰의 온도가 어떤지 정확히 알 수 없었다. 용준은 이렇게까지 증거가 드러난 사건을 경찰이 뭉갤 수 있을 거라고 생각하지는 않았다. 하지만 이런 핑계, 저런 핑계로 늦추고 있는 것은 분명했다. 그 사이 유명 가수의 음주 운전 사고, 유명 배우 커플의 별거설, 유명 래퍼 커플 탄생 같이 대중의 시선을 끌 만한 큰 가십거리가 마구잡이로 튀어나왔다. 공작이 펼쳐지고 있었다.

 조성기의 금고에서 나온 장부 속 인물들에 대해 추가적인 자료 수집을 해서 블랭크 영상으로 관심과 압박을 이어나가야 했다.

Part 4
페인킬러

·1장·
고객들

 해리는 장부에 적힌 고객들, 그중에서도 영상에 이름이 노출된 자들의 정보를 공유했다. 명구가 택시를 끌고 그들의 주요 동선을 감시했다. 가장 중요한 것은 밀라의 역할이었다. 텐타이온도 결국 뱀파이어의 일부, 일반인 체내에 들어가면 밀라의 왼쪽 눈이 그 기운을 감지할 수 있었다. 무엇보다 기척을 숨기고 감시하는 일은 뱀파이어인 밀라에게 너무나도 쉬웠다.

 명구와 찬섭이 들러붙어 이 주는 걸릴 일을 밀라는 단 사흘 만에 끝냈다. 그 능력이 너무 뛰어나 찬섭은 살짝 볼멘소리했다.

 "실직당한 느낌이야."

 밀라의 능력을 아는 용준 또한 놀라워하면서도, 추가적인 주문을 했다.

"그중 가장 텐타이온 농도가 짙은 사람을 찾아야 해요. 부탁합니다."

"아예 깨끗한 사람은 어떤가요?"

"그게 무슨 말이죠?"

느닷없는 말에 용준이 갸우뚱했다. 수화기 너머로 밀라가 역겹다는 듯 말했다.

"구매한 텐타이온을 자신에게 쓰지 않고, 주변인들에게 악용하는 자가 있어요."

때마침 해리가 경악한 표정으로 용준에게 달려왔다.

"안주호!"

안주호는 독특한 이력을 가진 남자였다. 직업 군인 출신인데 자기 계발 강사로 유명해졌다.

잘생긴 외모와 훌륭한 입담으로 인기를 모았다. TV 출연과 저술 활동으로 팬클럽을 가질 정도가 되어 정점에 섰을 때, 그는 갑자기 자취를 감췄다. 2년 만에 나타나 그 사이 자신이 신내림을 받았다며 놀라운 예지 능력을 자랑하기 시작했다.

안주호를 따르는 군중의 80%가 여성이었다. 그는 자신을 교주처럼 모시고 따르기를 명령했고, 안주호는 텐타이온 중계를 통해 여성들을 중독시키고 자기가 시키는 대로 행동하도록 가스라이팅했다. 당연히 사회로부터 격리되어야 할 인물이었지만 안주호의 고객층은 두터웠다. 경찰 서장 부인, 시장 부인, 국회의원 부인 등…. 안주호를 '선생님'이라 부르는 권력자의 아내들이 그를 완벽하게 보호하고 있었다.

앞날이 불안해 찾아오는 젊은 여성들은 안주호에게 가장 좋은 먹잇감이었다. 그녀들은 몇 년간 알뜰히 모아온 결혼자금 통장을 안주호에게 기꺼이 헌납했고, 말도 안 되는 이유로 안주호의 침대로 끌려 들어갔다. 그녀들은 텐타이온의 환각 효과를 알아차리지 못하고 자신들이 진심으로 안주호를 존경하고 사랑하고 있다고 확신했고, 안주호는 교주의 자리에 올랐다.

"이 새끼 곱게 죽이면 너 안 본다, 오빠."

해리는 용준에게 '오빠'라는 호칭까지 써가며 안주호를 제대로 처단해 줄 것을 요구했다.

블랭크가 자신의 왕국 안에서 안전한 불법을 저지르고 있는 안주호를 끄집어내면 경찰도 더 이상 조성기의 클럽에서 나온 텐타이온 고객 리스트를 무시할 수 없을 것이 분명했다.

안주호에 대한 조사를 시작하고 그가 고객들과 함께 텐타이온을 즐기며 난교파티를 여는 별장까지 파악한 블랭크는 작전 계획을 짜기 시작했다.

뉴스를 들은 것은 마지막 계획 점검을 위해 블랭크 전원과 밀라까지 모였을 때였다. 핸드폰을 뒤적이던 찬섭이 갑자기 볼륨을 키워 뉴스 앵커의 목소리를 모두가 듣게 했다.

― 사회사업가, 자기 계발 강사 출신으로 무속인의 길을 걷건 안주호씨가 공개 유언 영상을 남긴 후 별장에서 죽은 채 발견되어 경찰이 수사에 나섰습니다.

안주호가 남겼다는 유언 영상으로 이어졌다.
안주호는 몹시 창백한 얼굴로 카메라를 바라보며 앉아있었다. 단정한 양복 차림이었다.
"안주호입니다. 저는 신의 부름을 받은 사람으로 고통당하는 영혼들을 위해 제가 할 수 있는 일을 최선을 다해 해왔습니다. 그런데 최근 저는 가본 적도 없는 클럽에서 제 이름이 거론된 장부가 나와서……."
안주호는 갑자기 눈물을 글썽이며 말을 잇지 못했다. 정말 억울한 듯 고개를 숙이고 어깨를 들썩이며 울음을 삼켰다. 이내 다시 카메라를 응시한 안주호가 간곡한 목소리로 말했다.
"블랭크! 당신들이 하는 일이 정말 사회 정의를 위한 일 맞습니까? 아무런 검증도 하지 않고, 그 장부 당신들이 조작한 거 아니야?! 그렇게 무책임하게 사람을 몰아가고도 하늘이 무섭지 않습니까?!"

뉴스에서 여자 앵커의 목소리가 흘러나왔다.

- ······개인 유튜브 채널에 영상을 올리고 잠적한 안주호 씨가 네 시간 만에 주차장에서 숨진 채 발견되었습니다. 경찰 당국은 현재······

해리가 듣기 싫다는 듯 TV를 껐다. 분위기는 침통했다.

용준이 턱을 괴며 말했다.

"협박당한 거야."

영상을 살펴본 밀라도 동의했다. 안주호의 눈동자 안에 카메라 렌즈와 그 뒤에 서 있는 사람 세 명이 보였다. 밀라는 그 세 명은 용준을 잡으러 왔던 뱀파이어들이라는 것까지 확인했다. 해리가 밀라의 말을 듣고 정지 화면을 확대시키고, 할 수 있는 한 당겨 보았지만 희미한 그림자만 보일 뿐 신원을 확인할 만한 모습을 찾는 데는 실패했다.

"와 이 언니 진짜······."

해리는 기술을 넘어서는 밀라의 능력에 감탄했다.

하지만 그것은 거꾸로 안주호의 죽음이 누군가의 협박에 의한 것임을, 총령이 조작한 일임을 증명할 방법이 없다는 의미이기도 했다. 총령의 의도가 파악되는 데는 5분도 채 걸리지 않았다. 안주호의 죽음과 동시에 댓글 알바들이 대대적 공격을 시작했다.

블랭크에게 누가 그런 권위를 주었냐는 것. 온라인에서는 갑론을박이 이어졌다. 그러다 논쟁의 추를 한쪽으로 확 밀어버린 사건이 이어지며 블랭크는 순식간에 공공의 적이 되었다.

블랭크 채널에서 처음으로 폭로 당했던 대학교수 최명수가 병원에서 자살한 것이다. 딥페이크 영상인 것을 확인도 하지 않고 자신들을 중범죄자로 몰아간 블랭크를 원망하고 저주하며 죽는다고 말했다. 그들이 자살한 장소를 찾아가 문을 부수고 시신을 끌어 내리는 경찰의 모습이 드물게도 깨끗한 유튜브 영상으로 중계됐다. 이후에도 매드 맨 대표 조성기를 포함해 영상에서 이름이 노출된 네 명이 스스로 목숨을 끊었다. 각각 중견 배우, 유명 래퍼, 청년 정치인이었다.

곧이어 블랭크가 공개한 영상이 딥페이크 영상임을 증명하는 전문가의 해설 영상이 올라왔다. 미국, 일본, 독일의 전문가들은 블랭크의 영상이 100% 조작된 영상이라고 증언했다.

"미친 건가……? 아니 어떻게 저런 전문가들이 자기 이름을 걸고, 조작이라고?"

해리가 욕설을 내뱉었다. 갑갑한 상황을 별개로 시간이

갈수록 잇따른 자살은 대중들에게 큰 충격을 줬다.

허겁지겁 경찰의 공식적인 발표가 이어졌다. 소위 블랭크 리스트는 고도의 기술에 의해 조작된 것으로 판명되었으니 경찰은 수사하지 않겠다는 공식적인 선언이었다. 리스트에 이름이 오르내린 유명인들에게 섣불리 극단적인 선택을 하지 말라는 간곡한 당부가 눈물겹게 이어졌다.

유명 연예인들의 팬클럽이 이에 동조했다.

"믿고 있어요! 관종 정신병자 같은 블랭크한테 희생당할 필요 없어요!"

"언니 아닌 거 우리 다 알아요."

"경찰 뭐하냐! 블랭크 같은 놈들 잡으라고 세금 주는 거잖아!"

이제 팀 블랭크는 무고한 사람들을 죽음으로 모는, 대한민국 최악의 집단이 되었다.

·2장·
반격

  건물 옥상으로 오후를 품은 바람이 선선히 불어왔다. 성태는 대형 스토브를 설치하고 커다란 솥을 올려 한가득 육개장을 끓였다. 고추기름이 빨갛게 떠 있고, 실한 고기와 대파, 고사리, 당면까지 모든 재료가 아낌없이 들어있어 한 그릇만 먹어도 배가 든든할 것 같았다. 성태는 하나둘 모여드는 블랭크 팀원들에게 육개장을 한 그릇씩 안겼다.
  급격하게 추락한 블랭크에 대한 여론으로 불안한 마음에 다급하게 아지트를 찾아온 명구는 성태의 마음을 알겠다는 듯 별말 없이 육개장을 먹었다.
  "에? 웬 육개장? 냄새 죽이네."
  찬섭은 어리둥절하면서도 받아먹었고, 육개장 같은 거 한 번도 먹어본 적 없다며 손사레를 치던 해리는 찬섭이 강권하는 바람에 한 입 먹었다가 그릇 바닥까지 긁었다.

용준과 밀라는 사람들이 먹는 음식을 소화하는 것이 힘겨워 모두가 먹는 것을 지켜보기만 했다. 그래도 용준은 성태의 육개장이 얼마나 근사한 맛인지 기억을 떠올리며 마음이 따뜻해지는 느낌을 받았다.

"속이 든든해야 쫄리지 않는 거야"

성태가 사람을 위로하는 방식이었다. 투박하고 무뚝뚝하지만, 식사가 끝날 즈음엔 어느새 힘을 차리게 만드는 인정머리 넘치는 방법이었다.

꺼억- 육개장에 뜨악하던 해리가 거하게 트림을 내뱉으며 모두가 어이없다는 듯 웃었다. 해리는 헤헤 웃으며 비교적 가벼운 웃음을 지으며 모니터로 의자를 밀어 갔다.

"자, 다들 알다시피 여론이 아주 안 좋아. 교수랑 조성기, 안주호 외에 리스트에 있던 인물 하나 더 죽으면서 총 사망 4명, 자살 미수 2인. 둘다 의식 불명이고, 아마...손을 쓰겠지. 깨어나면 곤란할 테니까. 암튼 그래서 놈들한테 자살 당한 인원은 총 6명."

해리는 모니터에 여러 개의 뉴스 화면을 차례로 띄우며 설명을 이어갔다.

"각자 디테일은 다르지만 죽은 사람들 모두 신종 마약하고는 아무 상관 없고, 영상은 딥페이크로 만들어졌는데 블랭크라는 채널에서 이 사람들을 몰아가서 스트레스를 받고 사회적 지위에 심각한 위협을 받아 자살했다……. 이런 논조야. 블랭크를 밝힌다! 블랭크의 실체! 이런 걸로 어그로 끄는 십만 명 이상 구독자 가진 채널이 대략 서른 개."

해리는 빠른 속도로 키보드와 마우스를 조작했다.

"이 채널 주인놈들 통장을 좀 봤거든. 열일곱 개 채널 운영자한테 동일한 계좌로부터 천만원씩 돈이 들어왔더라고."

누군가 여론조작을 위해 유튜브 채널을 이용했다는 의미였다.

"와……. 용준이 형 말이 맞는 거네. 스티그만지 뭔지 개네들이 엄청 다급해져서 일단 우리 입을 막겠다는 거잖아."

찬섭의 말에 용준이 답했다.

"우리가 맥을 제대로 짚고 있다는 뜻이기도 하지."

"개네가 우리한테 긁히고 우리가 잘하고 있는 게 맞으면 뭐 해? 더 이상 블랭크 채널을 못 돌릴텐데. 보는 사람 없고 노란 딱지 붙고."

해리가 현실적인 이야기를 하자 별다른 얘기 없던 명구가 이야기를 시작했다.

"예전처럼 우리가 하던 일을 하면 되는 거 아닌가?"

명구는 용준이 돌아왔을 때, 뱀파이어가 되었다며 일을 더 크게 벌리게 되었을 때도 별다른 의견을 개진하지는 않았다. 하지만 떠들썩하게 일을 처리하는 이즈음의 방식이 불안했다. 이전에 용준은 최대한 자신과 블랭크의 관계를 감추고 경찰로 살아가며, 법망을 빠져나가는 나쁜 놈들을 벌했다.

하지만 뱀파이어가 된 용준은 열정적으로 세상의 주목을 끌고 싶어했다. 그동안 블랭크는 벌 받을 놈들을 세상에서 격리하는 방식으로 처리해 왔었는데, 뱀파이어가 된 용준은 나쁜 놈들을 세상 한복판에 던져놓으려 했다.

"저 위에서 진짜 나쁜 일을 벌이는 놈들이 꼬리 자르고 숨어버리지 못하게 하려면 이 방법밖에 없어서요."

명구의 불안과 불만을 눈치챈 용준이 짧게 지나가듯 말했다.

"그런다고 해서 세상의 악이 없어지지는 않잖아. 나쁜 놈들을 그렇게 드러낸다는 건 우리 존재도 드러날 위험이 커진다는 뜻이야."

명구가 이의를 제기하자 용준은 뭔가 생각하듯 잠시 답이 없었다. 그러다 고개를 끄덕이며 말했다.

"맞아, 형님. 그런데 세상의 모든 악은 아니더라도 우리가 이해할 수 없었던 상당히 많은 일들이 왜 그랬던 건지를 알게는 될 거야."

"무슨 뜻이야?"

"살아가는 데 나 같은 괴물들이 끼어들면 너무 불공정한 게임이잖아. 사람끼리 경쟁하고 싸워도 살기 쉽지 않은데."

명구는 무엇인가를 더 묻고 싶어 했지만 용준은 씁쓸하게 웃으며 자리를 떴다.

용준이 뭔가 결심하고 거침없이 일을 추진해 나가는 기세에 별다른 반대를 하지 않고 묵묵히 협조해 왔지만, 세상이 블랭크를 비난하기 시작한 이상, 이런 식으로 계속 드러나게 일할 필요는 없었다. 명구는 이전으로 돌아가자 했다.

세상과 격리해야 할 놈들을 하나씩 조용히 처리하며 어둠 속에서 살아가기로.

그러나 용준은 그럴 생각이 없는 듯했다.

"경찰로 복귀할게요."

용준의 말에 모두가 동작이 정지됐다. 모든 일을 장난하듯 틱틱 하고픈 말을 모두 하는 해리조차 아무 말도 없이 용준을 봤다. 모두 뭐라 답할지 몰라 눈만 끔벅거리며 용준을 보고 있는데 밀라가 입을 열었다.

"너무 위험해요"

그러자 찬섭, 해리가 정신을 차리며 소리치듯 말했다.

"오빠 미쳤어?!"

"말도 안 되는 얘기에요! 지금 경찰이 우리 잡겠다고 눈에 불을 켜고 있는데!"

용준이 고개를 끄덕였다.

"그 말이 맞아요. 위험하죠."

해리가 제발 취소해달라는 눈으로 용준을 바라보았다. 그러나 용준의 눈은 확신으로 빛나고 있었다.

"내가 경찰에 들어가야 블랭크가 활동을 다시 시작할 수 있어."

"…그게 무슨 말이에요?"

"공권력이 방송을 통해 공식적으로 발표한 것을 단번에 뒤집으려면 이 방법뿐이야. 가장 신뢰할만한 기관이, 사실은 전혀 신뢰할 수 없었다는 것을 증명해내야 해. 그동안 발표된 자살 사건이 사실 자살이 아니라 협박에 의한 자살, 위장 살해였다는 증거와 증언은 경찰 내부로부터 나와야 해."

해리는 여전히 알 수 없다는 표정이었다.

"그걸 왜 직접 몸으로 들어가서 해야 하는데?"

"온라인 해킹으로 수사를 덮은 증거 못 찾았지?"

해리의 질문에 용준이 질문으로 답했다.

해리가 뭔가 말하려다 입을 다물었다. 최초의 자살 사건부터 이 잡듯 경찰청 내부 자료를 뒤져보았지만 클럽 리스트 실명 거론자 자살 사건에 대한 자료는 이상하리만치 적었다. 아주 기초적인 수사 보고, 정보 외에는 회의록 하나 남아있지 않았다.

"기획 수사, 덮어야 하는 수사, 뭔가 감춰야 할 것이 있는 사건에 대해서는 공식적인 서류를 남기지 않아. 관련된 사람들이 각자 보험용으로 수기 작성한 자료를 꽁꽁 감춰 놓지. 그거를 찾아내려면 경찰 내부로 들어가는 수밖에 없어."

누구도 쉽사리 반론할 수 없는 명확한 논리였다. 성태는 잔뜩 잠긴 목소리로 말했다.

"밀라씨. 용준이가 어지간한 사람들한테 당할 몸은 아닌 것 같고, 뭐가 얼만큼 위험한 거요?"

"맞아요. 저를 위험하게 만드는 게 훨씬 어려운 일이에요."

밀라에게 물었지만 용준이 앞서 대답했다. 하지만 성태는 집요하게 밀라를 보며 답을 구했다.

밀라가 용준을 한 번 힐끗 보고 말했다.

"스티그마를 움직이는 세력이 텐타이온을 만들고 있고……. 상처가 순식간에 아무는 뱀파이어에게서 피를 뽑아서 사람을 중독시키고 비정상적인 힘을 주는 물질인 텐타이온까지 만들었다는 건 뱀파이어를 통제할 방법을 다양하게 알고 있다는 의미예요. 이길 방법은 없어요. 조심스럽게 숨어서, 그들에게 들키지 않고 갇혀있는 사람들을 구해내는 것하고 자기 위치를 다 드러내고, 언제라도 공격받을 수 있는 경찰로 돌아간다는 것하고는 완전히 다른 의미입니다."

성태가 이런데도 갈 거냐는 의미를 담아 용준을 보았다.

용준이 어깨를 으쓱하며 말했다.

"몇 명의 희생자를 구해내고 그 다음은? 내가 뱀파이어로 얼마나 살길 원할 거 같아요?"

용준의 질문에 밀라를 비롯한 모두가 입을 다물었다.

피식 웃으며 용준이 일어섰다.

"온라인 여론 뒤집을 수 있게 경찰 안에서 움직일 테니까 블랭크 작업 개시할 수 있도록 준비 시작합시다. 리스트 안에 있던 인물들 조사 계속하고, 텐타이온 공급처 관련 조사도 계속하고"

*

성준은 살짝 잠이 들었던 듯했다. 눈을 뜨며 익숙한 통증을 양쪽 팔에서 느끼며 내려다보았다. 성준의 팔뚝에는 뱀파이어를 제압할 수 있는 은사가 묶여 있었다. 상처가 저절로 낫는 뱀파이어의 특성 때문에 일반적으로 성준의 피를 뽑기는 불가능했다. 총령은 성준의 피가 기대했던만큼의 효능이 있다는 것을 확인한 후, 안정적으로 성준의 피를 뽑을 수 있는 장치들을 개발했다. 뱀파이어들의 힘을 빼앗고 피부를 파고들어 가며 태울 수 있는 은사를 활용한 방법이었다. 주삿바늘이 들어가도 바로 아물지 못하도록 은사를 묶는 것이었다. 긴 시간 은사를 묶고 있어야 하는 통증을 맨정신으로 견디는 것이 불가능해 총령은 특별 조제한 약초를 사용해 성준을 잠재웠다. 그러나 뱀파이어의 신경을 긴 시간 잠재우는 것은 어려운 일이고, 은사가 주는 통증은 극렬한 것이었기에 성준은 1시간 정도 피를 뽑아낸 후 깨어나곤 했다.

"으윽……."

혈액팩을 정리하던 제이가 성준의 기척을 느끼며 돌아보았다.

"이번엔 너무 빨리 깨셨네요"

성준이 신음하며 몸을 일으켰는데도 제이는 다가올 생각을 하지 않고 느릿하게 움직였다.

"잘 주무셨습니까?"

대놓고 능글거리는 투였다. 성준이 얼마나 고통스러울지 알면서도 제이는 간호할 생각이 없는 것처럼 여유로웠다.

성준이 억지로 웃었다.

"덕분에 잘 잤네."

제이의 유치한 도발에 넘어가 줄 생각이 없다는 듯 성준은 스스로 몸을 일으켜 호흡을 가다듬었다.

그때였다.

"뭐해?"

문이 벌컥 열렸다. 갑작스럽게 쏟아진 빛에 성준은 눈을 찌푸렸다. 머리를 짧게 깎은, 잘생긴 이목구비가 도드라지는 청년이 문 앞에 서 있었다. 성준의 개인 경호원, 윤태일이었다.

태일은 총령이 성준을 데려온 직후 붙여준 가디언이었다. 성준보다 열 살쯤 많은 청년이었던 태일은 이제 조직 내에서 어엿한 중견 간부였다. 성준이 유일하게 마음을 열고 속생각을 털어놓을 수 있는 존재이기도 했다.

제이를 노려보는 태일의 눈에는 분노가 넘실거리고 있었다.

"저게 어떤 통증인지 몰라?! 의식 회복하셨으면 당장 떼어드려야 할 것 아냐!"

제이는 태일이 소리 지르는 것을 듣고서야 특수 장갑을 끼고 성준에게 다가와 은사와 장치들을 떼어줬다. 태일이 당장이라도 제이를 칠 것처럼 그를 몰아붙였다.

제이는 그런 태일을 슬쩍 밀면서 대답했다.

"예, 잘 알고 있지요. 도련님 덕분에 최근에 이런 상처를 입었으니까요"

제이가 자신의 얼굴을 쓰다듬었다. 그의 한쪽 뺨에는 세로로 긴 상처가 남아있었다. 총령의 반지에 긁혔을 때 남는 상처였다. 긴 시간이 흐르면 옅어질 수 있겠으나 완전히 사라지기 불가능한 상처였다. 뱀파이어에게는 상당히 치욕스러운 상처였다.

"작은 도련님께서 이렇게 피를 뽑아대도 큰 도련님 피 한 방울만도 못한데도, 이미 뱀파이어가 되신 큰 도련님을 놔주셔서 우리는 세상에 드러나 위험해지고. 그럼에도 총령님께서는 저를 벌하시네요. 왜 제가 이런 취급을 받아야 하나 고민이 들어서요. 제 생각에 작은 도련님은 그저……."

제이가 힐긋 성준의 팔을 바라보았다. 장치를 떼어냈는데도 피가 멎지 않아 연구원이 둘이나 들러붙어 지혈제를 바르고 있었다.

"불량품이신데."

듣다 못 한 태일이 으르렁거렸다.

"감히 어디서. 그래서 의도적으로 의식이 돌아온 도련님을 방치했다는 거냐?"

"아니요. 제 상처가 너무 아파서요. 동작이 좀 굼뜨네요"

"이 새끼가."

태일이 다시 달려들려는 순간, 성준이 외쳤다.

"됐어. 내버려 둬."

"하지만!"

"우선 나 부축 좀 해줄래?"

성준의 말에 태일이 급하게 침대로 다가갔다. 그 모습을 바라보던 제이가 이해가 안 간다는 듯 고개를 갸웃거렸다.

"큰 도련님이 오면 이런 고생 그만하셔도 되는 것 아닙니까? 그분 피 한두 방울로 원하는 걸 다 이루실 수 있는데. 그럼 작은 도련님도 좀 편하실 수 있겠고."

태일이 제이를 다시 공격하려고 하자 성준이 태일을 잡았다. 성준이 제이를 향해 말했다.

"너라면 이 고통을 겪으라고 형제를 끌어들이겠나?"

"어차피 빨리 오느냐 늦게 오느냐의 차이일 뿐입니다. 그냥 빨리 모시고 와서 우리가 이룰 일을 앞당기는 게 모두에게 좋은 것 아닙니까?"

"형이 오면, 너는 감당할 능력은 되나?"

제이는 용준이 조직안으로 들어왔을 때, 만약 용준이 자신을 고깝게 여긴다면 그 압도적인 힘으로 간단히 제거할 수도 있다는 데까지 생각이 미치자, 성준을 향해 이죽거리던 것을 멈췄다.

성준은 입을 닫은 제이를 노려봐주고는 태일의 부축을 받아 채혈실을 나섰다. 복도를 지나 성준의 방으로 들어온 태일은 성준을 침대에 편하게 앉을 수 있게 세팅해 주었다.

성준이 조용히 물었다.

"형은 어때?"

태일은 조심스러운 눈빛이었다.

"……기대 이상이셨습니다. 제이 정도는 큰 도련님의 상대가 되지 않을 겁니다."

"들키진 않았지?"

"네. 지난번 미행을 알아채신 듯했으나, 제 얼굴을 들키진 않았습니다."

성준은 블랭크 활동으로 모습을 드러낸 용준의 위치를 파악했다. 용준의 전력을 알아내기 위해 태일을 보내 용준의 상태를 점검했다. 혹시라도 뱀파이어들이 용준을 습격하여 잡아낼 수 있는 상황인지를 알기 위한 조치였다.

그러나 역시 자신의 힘을 각성하기 시작한 용준의 능력은 성준의 예상을 훨씬 상회하고 있었다. 총령이 제대로 각오를 하지 않고서야, 용준을 생포할 수 없을 정도로 용준은 강해져 있었다.

성태가 끄덕이며 손을 내밀었다. 그러자 태일이 발 빠르게 태블릿을 건넸다. 성준은 태블릿으로 태일이 정리한 자료들을 하나하나 읽어나갔다. '블랭크'의 활동으로 '텐타이온 리스트'가 드러났으며, 최근 관련자들의 잇따른 자살로 블랭크 채널이 엄청난 비난을 받고 있다는 내용이었다.

"이건 오늘 자 기사입니다."

태일이 성준에게 핸드폰을 내밀었다. 뉴스 영상에서 경찰청장이 단호한 얼굴로 외치고 있었다.

- 조사 결과, 텐타이온 리스트는 실체하지 않습니다. 모두 블랭크라는 채널의 이슈 몰이 때문에 일어난 참극입니다. 경찰은 블랭크 체포를 위해 총력을 다할 것이며, 블랭크 특별수사팀을 개설하여……

경찰청장의 기자회견에 나선다는 건 굉장히 이례적인 일이었다. 성준이 짧게 웃었다.

"영감님, 조치가 과하시군."
"어떻게 할까요?"
성준이 핸드폰을 돌려준 뒤 잠시 생각하다가 입을 열었다.
"형한테 연락 가능하지?"
"메모는 전달할 수 있습니다."
"형한테 연락해서 사흘 후, 나와 만나게 해줘. 다른 짓은 벌이지 말고."
"네, 알겠습니다."

사흘 후 자정. 채혈 시간이 지난 후에 성준은 태일이 운전하는 차 뒷자리에 앉았다. 깊은 채혈을 한 날은 성준에 대한 감시도 상당히 느슨해져서 외출이 자유로웠다. 채혈

후 심야에 드라이브를 즐기러 나서는 것이 성준의 오랜 습관이기도 했다.

차는 한강으로 향했다. 매서운 바람이 들이쳤지만, 성준은 창문을 올리지 않았다.

이윽고 차는 성수대교 부근에 도착했다. 태일은 교각 아래로 차를 몰아 서울숲으로 향했다. 갓길에 차를 대기도 전전, 어둠 속에서 용준이 튀어나왔다. 성준이 눈짓하자, 태일이 고개를 끄덕이며 차를 세웠다. 용준이 곧바로 차 뒷문을 열었다.

"형."

성준은 차에 타는 용준을 보며 밝게 웃었다. 용준은 말없이 동생을 꽉 끌어안았다.

"아야야. 형 살살. 내가 지금 좀 아파서."

성준의 말에 용준은 포옹을 풀었다. 그리고 말없이 성준의 소매를 걷어 올렸다. 성준의 양팔은 온통 주사 자국으로 난자되어 있었다.

"너 괜찮아? 견딜 수 있는거야?"

용준은 밀라를 통해 성준의 채혈과 그 후 성준의 상태에 대해 들었기 때문에 지금 자신의 동생이 어떤 컨디션인지를 단번에 알아차렸다. 용준은 제어할 수 없는 분노로 핏줄이 곤두서는 것을 느꼈다.

성준이 용준의 팔을 툭툭 두드리며 다독였다.

"괜찮아, 형. 금방 회복돼. 사람들이랑 달라."

성준은 용준을 안심시키려는 듯 미소까지 지어보였다. 용준은 한숨을 내쉬며 뒷자리에 기댔다.

"조금만 기다려. 형이 알아서……."

"안 돼."

성준은 용준의 말이 끝나기도 전에 말을 자르며 단호하게 말했다.

"형도 알잖아. 지금 외할아버지는 형이 마음대로 하도록 놔두고 있는 거야."

정적이 흘렀다. 형제 상봉을 룸미러로 지켜보던 태일이 다시 차의 시동을 걸었다. 차는 빠르게 성수대교로 향했다.

"지금과 같은 방식으로 윗선을 건드려서 외할아버지의 세력을 드러낸다고 해도, 그리고 형이 아무리 힘을 완전히 각성한다고 해도, 혼자서는 절대 외할아버지, 아니 총령을 못 이겨."

"조금만 더 있으면, 나 혼자서도 할 수 있어."

"총령은 형을 견제하려고 무고한 사람들을 뱀파이어로 만들 거고, 형은 그 사람들을 계속 죽여야 해. 그래도 총령 머리카락 하나 다치게 못 해.

"붙어보지 않으면 몰라."

"형이 다치지는 않을 거야. 총령이 형을 필요로 하니까. 하지만 다른 사람들……. 형 주변에 있는 사람들 모두 다 위험해져. 총령이 자기 원하는 걸 위해서 어디까지 할 수 있는 사람인지 형은 몰라."

성준의 말은 객관적으로 맞는 말이었다. 용준이 입을 다물자 성준이 다시 다독였다.

"멀리 가, 형. 멀리 떠나서 숨어서 살아. 형은 나보다 훨씬 오래 길게 살아야 하니까 좀 외롭겠지만……."

성준의 힘없는 목소리에 용준은 이를 갈았다.

"그 사이에 총령이 네 피를 뽑아서 사람들을 중독시키고, 사람들을 제멋대로 주무르고, 돈과 권력을 휘두르면서 몇백 년을 사는 걸 지켜보라고?"

성준은 용준의 눈을 보았다. 자신을 바라보는 까만 눈동자에는 조금의 흔들림도 없었다. 이윽고, 성준이 품에서 서류 봉투를 꺼내 용준에게 건넸다.

"뜯어봐."

용준은 봉투를 열어 내용물을 꺼내보다가 멈칫했다. 그리고 성준을 보았다. 성준이 말했다.

"형이 총령 본진에 바로 들어오는 것은 절대 안 돼. 하지만 그걸로 형이 지금 필요로 하는 건 얻을 수 있을 거야."

성준이 준 서류는 공장에 대한 자료였다. 대원제약의 의

약품 원료 제조공장으로 위장했지만, 실상은 텐타이온 생산공장이었다. 성준의 피를 원료로 하여 희석하고 산화 부패 방지 물질을 첨가하고 밀봉하고 냉장 유통 시스템에 태우는 공장이었다.

"최적의 희석 비율을 찾는 거 중독 테스트, 동물 실험까지 다 이 공장에서 이뤄졌어. 지금은 생산, 보안까지 자동화 시스템을 갖췄기 때문에 뱀파이더든 사람이든 최소 인원만 있을 거야. 원료부터 제품까지 평범하지 않기 때문에 이 시스템을 다시 갖추려면 최소한 1년은 걸릴 테니까."

"그러면 너도 최소한 1년은 피를 안 뽑히겠네"

"……그렇겠다."

성준은 자기 자신에 대한 생각은 미처 하지 못했다는 듯 한참 후에 대답했다. 그리고 이내 싱긋 웃었다.

"그동안은……편하게 지낼 수 있겠네."

용준은 성준의 체념한 말투에 울컥했다. 용준은 그 서류 안에 들어있던 두 번째 자료를 들어보였다.

"이건 뭔데?"

"형 친구들이 무사하려면 경찰이 공식 발표를 뒤집어야 하잖아."

서류엔 현재 경찰청장에 관한 프로필이 정리되어 있었다. '탑시크릿' 각인 찍힌 문서들이었고, 경찰청장에 관해 용준이 몰랐던 내용들이 쓰여져 있었다.

"형이 블랭크라는 팀을 모아서 나쁜 놈들을 잡고 있었다는 거 말이야."

용준이 감정이 벅차오른 눈으로 성준을 바라보았다. 성준은 그런 용준을 보며 싱긋 웃었다.

"멋있어, 형. 진짜 히어로 같아."

어린 시절, 히어로가 되어 사람들을 지켜주자고 했던 약속. 성준 역시 잊지 않고 있었다. 그렇게 고통스러운 환경 속에서 버텼으면서 본 적도 없는 블랭크 멤버들을 응원해 주는 마음이 기특했다.

"……경찰청장은 소장 사람이야. 텐타이온 중독자고, 소장한테도 대면보고 할 수 있는 위치야. 그 안에 그 사람에 대한 모든 정보가 있어. 이거면 훨씬 수월할 거야."

용준은 경찰청장이 잘못된 보고와 압력에 굴해 블랭크에 대한 발표를 서둘러 하게 됐을 거라 생각했었다. 그런데 경찰청장이 총령의 사람, 스티그마의 핵심 인력이라면, 얘기가 더 간단했다.

청장 한 사람을 굴복시키면 블랭크에 대한 수사 발표를 뒤집을 수 있었다. 용준이 흡족한 표정으로 봉투를 챙기는데 성준이 용준의 손목을 잡았다.

"형. 지금이라도 그냥 밀라랑 같이 먼 데로 가서……."

성준이 말을 끝내기 전, 용준이 성준의 손을 잡았다. 그리고 성준을 보며 미소했다.

"아니. 이렇게 물러날 거였다면 돌아오지도 않았어."

성준은 쓸쓸한 웃음을 지으며 고개를 끄덕였다.

"총령이 끝나거나 형이 총령에게 붙잡혀 나처럼 되거나 둘 중 하나네. 결론은."

"그렇겠지."

용준은 대답 후에 와락 성준을 끌어안았다.

"미안하다. 형이 너무 늦게 왔다."

성준은, 용준을 마주 안고 괜찮다는 듯 용준의 등을 두드렸다.

두 사람이 대화를 하는 동안 성준의 평소 드라이브 코스를 따라 차를 몰던 태일은 역시나 cctv 사각지대의 공터 나무 그늘 아래를 지나며 차의 속도를 늦췄다. 차는 정차하지 않았으나 용준은 가볍게 내렸다.

차는 성준을 태우고 멀어졌다. 이윽고 용준이 작은 점으로도 보이지 않게 되자, 성준은 좌석에 등을 기댔다.

"정말 형이 총령을 이길 수 있을까?"

성준은 혼잣말처럼 중얼거렸다. 그러다가 이내 웃음 지었다. 용준과 만났을 때도 짓지 않았던 환한 웃음이었다.

"그럴거야, 그래야 내 형이지. 큭, 하하하!"

그때 성준의 전화벨이 울렸다. 성준이 핸드폰을 바라보았다.

[총령 - 마수길]

성준은 발신인을 확인하고는 피식 웃음을 지었다. 그 웃음은 자조적이거나 슬픈 미소가 아니었다. 그저 귀찮고 하찮은 것을 상대해야 할 때 지을 만한 웃음이었다.

·3장·
기자회견

"대체 뭐가 어떻게 정리되고 있는거야!"

특별수사팀 회의실에서 고성이 튀어나왔다. 특수팀은 엘리트와 브레인들이 모여 고효율의 의견을 취합하는 곳이었다. 본래라면은 고성이 문밖을 넘을 일이 없었지만, '블랭크 특별수사팀'의 회의는 매번 이런 식이었다.

경찰청장의 특별 지시로 팀장부터 팀원 지급까지, 각 부서에서 엘리트들이 차출되었다. 여론을 등에 업었을 때, 블랭크의 실체를 밝혀내야 했다. 청장은 강남경찰서 서장을 지내고, 본청 수사국 부장으로 근무 중인 박경철을 특별수사팀 팀장으로 임명했다. 박경철은 경찰청 비서실장으로 내정되었다는 소문이 돌 정도로 엘리트 코스를 밟은 인물이었다.

팀원들은 각 자살 사건이 사실인지 아닌지를 재점검하여

블랭크의 주장을 뒤엎을 근거를 찾으려고 했다. 경찰청장의 공식 발표를 강화하는 수사가 정석이었기 때문이다. 그러나 경철은 애초에 그런 사실확인에 관심을 두지 않았다.

그는 죽은 이들이 자살할 이유가 충분했다는 증거만 찾으려고 했다. 이미 망자가 된 이들이었고, 죽음만큼 명백한 사실도 없었다. 죽음의 동기 따위는 경철에게 중요하지 않았다.

"정말 좋은 교수님이셨대요. 제 친구 동생이 그 교수님께 논문지도 받았는데, 마약 그런 거 생각도 할 수 없는 분이라고 그러더라고요"

이 정도 인터뷰면 충분했다. 직접 피해자의 주변인을 불러 조사하는 것도 아닌, 언론에 공개된 글귀 몇 줄이면 충분했다. 당연히 팀원들의 반발이 이어졌다. 청장이 얼굴 내세우고 기자 회견까지 했는데, 이런 날로 먹는 수사는 말이 안 됐다고 여겼기 때문이다.

그때마다 경철은 고압적인 자세로 팀원들의 반발을 힘으로 눌렀다. 경철이 원하는 증거는 피해자의 죽음에 세세한 확인 절차가 아니었다. 당연히 큰소리가 회의실 밖으로 터져 나올 수밖에 없었다.

회의실을 나온 두호는 자신이 왜 이런 일을 하고 있는지 이해하지 못했다. 용준이 사라진 강력4팀은 청장 특별 지시로 팀 전체가 특수팀에 합류해야만 했다.

윤재를 비롯한 팀원들은 진행 중이던 수사를 멈추고 본청 대회의실에서 임시 사무실을 배정받아 온종일 온라인을 뒤졌다. 현장을 뛰는 게 익숙한 그들에게 하루 종일 유튜브와 커뮤니티를 뒤지는 일은 사실상 징계나 마찬가지였다.

하지만 그들은 두호에게 불평 한마디 하지 않았다. 팀원들은 가출청소년 실종과 텐타이온 추적 선두에 용준이 있었다는 걸 잊지 않았다. 용준 이후 텐타이온을 제대로 거론한 자들이 블랭크였다. 그들을 조사한다면, 실종된 용준에 대한 실마리를 조금이나마 찾을 수 있을지도 몰랐다.

무엇보다 경철은 유독 두호를 괴롭혔다. 용준이 텐타이온과 가장 근접한 형사였기 때문에 그런 게 분명했다. 하지만 본청행 티켓을 진작에 내버린 두호에게는 타격이 없었다. 두호는 자신을 걱정하는 팀원들에게 예전과 다르게 웃어 보였다.

"걱정마라. 작은 애 대학비만 벌고 강력계 떠날라니까."

팀원들의 자괴감은 별개로 박경철은 수사 과정을 궁금해하는 기자들을 상대로 매일 아무말 대잔치를 해대고 있었다. 언론은 경철의 아무 말을 그럴듯한 전문적 수사 보고처럼 써서 실어 날랐다.

"채널 블랭크에 대한 프로파일링 중간보고를 드리겠습니다. 주 구독자는 평소 기득권층에 대한 불만을 가진 이삼

십대의 젊은 층으로, 젠더 갈등, 양극화 문제에 노출되어 지속적인 갈등 영상을 시청하는 경향이…….″

 개인 방송을 하는 유튜버들은 이것이 경찰청의 조직적인 대응이고, 죽은 사람들은 자살을 당한 것이라고 떠들었지만 이미 여론은 경찰이 진실을 밝혀가고 있고 블랭크는 범죄 영화와 만화를 보고 자란 루저들의 일탈행위로 규정되고 있었다.

 두호는 용준이 너무나 보고 싶었다. 모든 것이 혼란스러울 때, 용준은 항상 침착한 통찰력으로 상황을 꿰뚫어 보는 능력을 보여주었다. 생사도 알 수 없는 부하를 이럴 때 떠올리는 자신에게 자괴감이 들었다. 그러나 부하 이전에 의지하는 동료였다는 사실을 더욱 인정하게 되었다.

 두호가 담배를 힘껏 들이켜고 입을 열었다. 한숨과 함께 연기가 허공으로 흩어졌다.

 "하아, 용준아. 어디 있는 거냐."
 "그렇게까지 그리워하실 줄 몰랐는데요."

 두호가 얼어붙은 목을 애써 뒤로 돌렸다. 언제부터 있었는지, 용준이 흡연 부스 안에 조용히 앉아있었다.

 두호는 몇 초간 그대로 눈을 끔뻑였다. 그 어떤 인기척도 느끼지 못했는데, 마침 용준의 목소리가 들리니 환청이라고 생각했다. 그런데 도대체 언제부터? 아니, 지금 보고 있는 게 실재인지조차 헷갈렸다.

용준은 그런 팀장의 반응을 예측한 듯 빙긋 웃었다. 자리에서 일어난 용준이 경례를 했다.

"경위 한용준. 강력4팀으로 복귀하였습니다."

"아니, 네가… 너!"

다리에 힘이 풀린 두호가 휘청거렸다. 강건한 체질이라 여태껏 버틴 것이지, 현재 두호의 심신은 그렇게 좋은 상태가 아니었다. 그때, 용준이 재빠르게 달려 나왔다. 용준은 두호가 반응하기도 전에 팔을 붙잡았다.

두호는 용준의 손아귀 힘이 몹시 세졌다는 것을 느꼈다. 가볍게 쥔 것이었지만, 안마를 받는 듯 압력이 세게 느껴졌다. 게다가 팔십 킬로가 넘는 자신을 한 손으로 붙잡다니. 호리호리한 용준의 체격으로 쉬운 일이 아니었다.

"너, 한용준…… 맞아?"

"아니면 뭐겠어요?"

목소리, 얼굴, 태도……. 모두 용준이었다. 하지만 눈빛과 분위기는 완전히 다른 사람이었다. 과거 예의와 침착함을 겸비한 눈에선 독기가 번뜩였고, 온몸에서 흘러나오는 분위기도 일반 사람과는 거리가 멀었다.

"대체 어떻게 된 거야?"

두호가 애써 심호흡을 하고 묻자, 용준이 멋쩍게 웃었다.

"아팠습니다."

"어디가? 네가? 얼마나?"

'보고도 안 하고?' 같은 형식적인 말 따위는 없었다. 두호는 불신의 뜻을 한가득 담아 물었다. 용준은 그런 두호를 보자 마음이 푸근해지는 느낌이 들었다. 당연하게도 자신의 대답을 전혀 안 믿는 눈치였으나 얼굴과 말투엔 걱정이 한가득했다. 용준은 뱀파이어가 된 후 처음으로 크게 소리 내서 웃었다.

"왜 웃어, 임마!"

"그 모텔에서 사고가 좀 있었습니다. 많이 다쳤구요"

두호는 용준의 몸에 상처가 있나 눈을 가늘게 뜨고 살폈다. 별다른 흉터가 보이지 않자, 그제야 목소리를 높였다.

"그럼 당장 날 불렀어야지. 팀 됐다가 국 끓여 먹을거야?!"

"의식이 없었대요."

"뭐?! 삼 개월이 넘을 동안?"

"네."

용준은 천연덕스럽게 거짓말했다. 증거가 필요하다면 성태가 섭외한 의사와 위조 의료 기록으로 충분했다. 그렇다고 진실을 말할 수는 없는 상황이니, 두호가 적당히 속아 넘어가 줄 만한 태도로 거짓말을 풀기로 했다. 두호는 한참을 물어보며 의심했지만, 용준이 뻔뻔한 태도를 바꾸지 않자 더는 묻지 않았다.

그 순간, 멀리서 인기척 여럿이 들렸다. 용준은 진작에 감지했지만, 굳이 자리를 피하지 않았다.

"이 경감, 지금 뭐하나? 자네 팀원들은……."

두호가 돌아보기도 전에 뒤에서 시비조 목소리가 들렸다. 박경철과 블랭크 특별수사본부 팀원들이었다. 경철은 말을 멈추고 용준을 의아하게 보았다. 용준도 경철의 불쾌한 시선을 피하지 않았다.

이윽고, 경철은 얼굴을 알아본 듯 크게 외쳤다. 삿대질은 덤이었다.

"한용준!"

직위조차 생략한 외침이었다. 용준은 대꾸도 하지 않고 경철의 얼굴을 뜯어보았다. 그러자 두호가 용준의 옆구리를 찌르며 조용히 속삭였다.

"블랭크 특별수사본부 팀장님."

용준은 경철의 깔끔한 제복을 훑었다. 가슴께에서 태극 무궁화 배지가 빛나고 있었다. 용준은 한쪽 입꼬리만 올려서 웃었다. 완벽한 조소였다.

경철은 용준의 웃음에 금세 얼굴이 붉으락푸르락해졌다.

"하… 이 새끼. 상급자한테 경례 안 하나?"

"저를 알고 계시는 것 같아서."

두호를 포함한 주변이 얼어붙었다. 경철은 당장 씹어먹을 듯한 기세로 용준을 보다가 이내 크게 웃음을 터뜨렸다.

"너 실종됐다고 떠들어대는 통에 청장님 이하 경찰청이 온갖 불법을 저지르는 범죄집단처럼 조리돌림 당했어. 이제야 나타난 주제에 뭐가 그렇게 당당하냐?"

"말은 바로 하시죠. 청장님 이하 경찰청이 아닙니다."

용준이 말을 이어갈 때마다 두호의 눈은 빠져나갈 기세로 커졌다. 용준은 그런 두호를 힐끔 보고도 멈추지 않고 말을 이었다.

"경찰청 안에 청장님이 계신 거죠."

"야, 한용준!"

두호가 경악하며 매달렸다. 용준은 괜찮다는 듯 웃으며 두호를 툭 쳤다. 별것 아닌 손짓이었는데, 두호는 저항 없이 몸이 밀려 나가는 것을 느꼈다.

경철은 이를 갈며 입을 열었다. 구두를 까딱거리는 게 당장이라도 정강이를 걷어찰 기세였다. 하지만 용준은 쳐보라면 쳐보라는 듯 여유 만만한 태도 그 자체였다.

"너 이 새끼. 상급자에게 아주 개긴다 이거지?"

경철이 날 선 기세로 앞으로 나섰다.

"용준아, 그만!"

그때 두호의 가라앉은 목소리가 들려왔다.

"경무관님께 이 무슨 무례야!"

용준은 경철을 바라볼 때와는 사뭇 다른 눈빛으로 두호를 바라보았다. 그리고 이내 고개를 숙였다.

"알겠습니다, 팀장님."

경철이 눈을 부라렸다. 본청 간부를 내버려 두고 자기 팀 팀장을 예우하다니. 평소라면 코웃음을 쳤을 도발이었지만, 새파란 애송이의 페이스에 제대로 말려 들어가 버렸다.

두호가 용준을 엄하게 쳐다보며 입을 열었다.

"우선 올라가서 강수대장님께…."

"아니! 그 전에!"

경철이 무언가를 떠올린 듯 카랑카랑하게 외쳤다. 두호가 미간을 찌푸리며 경철을 돌아보았다.

"다른 시키실 일이 있으십니까?"

"……한 시간 후, 복장 단정히 하고 청장실로 올라가."

두호의 눈이 다시 한번 커졌다. 청장이 용준을 보려고 한다고? 아니, 그럴 수 있었다. 용준은 텐타이온 수사에 선두에 있던 형사였고, 실종만으로도 큰 이슈였다. 무엇보다 청장은 용준의 귀환을 확신하고 있지 않았던가?

그런데 뒤이은 용준의 반응은 정말 경악스러웠다.

"청장님이 부릅니까, 나를?"

"야 이 미친놈아!"

두호는 평정을 잃고 결국 고함쳤다.

"너 머리라도 다친 거야, 응?!"

그러나 경철의 대답이 더 가관이었다.

"특수팀 합류 전 자질 확인차 부르시는 거니까 경거망동하지 말고 복장 단정히 하고 올라가!"

청장이 일개 형사의 특수팀 합류를 위해 면담을 한다는 건가? 이 말도 안 되는 상황을 경철 정도 되는 간부가 직접 전달하는 것도 이상한 일이었다. 가장 이상한 것은 마치 이럴 것을 알고 있었다는 듯한 용준의 태도였다.

"다녀와서 다시 말씀드릴게요."

용준은 두호에게 꾸벅 인사를 한 뒤 자리를 벗어났다.

*

경찰청장의 비서가 청장의 방으로 용준을 안내했다. 용준은 깍듯이 경례를 올리며 청장을 바라보았다. 깔끔하게 올린 머리와 잘생긴 이마, 근엄한 눈까지. 이자가 현 경찰의 수장이었다.

청장이 자리에서 일어나며 낮은 목소리로 비서에게 말했다.

"차는 됐네. 나가 있어."

비서가 묵례하고 청장실을 나갔다. 청장이 경례를 받자, 용준이 천천히 경례를 내렸다. 청장은 빙긋 웃으며 입을 열었다.

"자네, 날 본적이 있나?"

"강수대 찾아오셨을 때, 먼발치에서만 뵀습니다."

"앉게나."

청장이 상석에 앉아 방 전체를 굽어보듯 두 손을 모았다. 용준도 청장을 따라 소파에 앉았다.

"그간 어디에 있었나?"

"병원에 있었……."

용준이 대답하려는 순간, 청장이 말허리를 자르며 손을 획획 내저었다.

"그런 말을 말게. 난 그렇게 바보가 아니야."

용준이 알겠다는 듯 고개를 끄덕였다. 청장은 매서운 눈으로 용준을 살폈다.

"……내가 이 나라에서 모르는 건 거의 없지. 자네가 그동안 뭘 해왔는지, 어디에 있었는지

다 알고 있어."

용준이 피식 웃었다. 청장의 목덜미에 텐타이온 투약의 증거인 '혈화'가 피어올라 있었다.

"그렇다면 내가 존대해야 하나요?"

갑작스레 위압적인 용준의 말투에 청장의 얼굴이 굳었다. 청장은 잠깐 사태를 파악하려는 듯 멈칫하다가 이내 빠른 걸음으로 다가와 머리를 숙였다.

"아닙니다, 큰 도련님."

용준은 그가 총령에게 직접 보고를 할 만큼의 측근이라면 이미 용준의 정체를 알고 있을 것이라 확신했다. 용준을 콕 짚어 직접 보자고 방으로 불러올린 것이 그 증거이기도 했다. 그렇다면 총령이 그토록 총애하고 자기 사람을 만들고 싶어하는 그들의 '큰 도련님'을 경찰청장 정도가 함부로 대할 수 없을 것이라는 판단이었다.

용준은 '큰 도련님'이라는 말이 끔찍하게도 싫었다. 하지만 지금은 그게 중요한 것이 아니었다.

청장은 만약의 사태를 대비하려는 듯 자기 손으로 급하게 문을 잠가 걸었다. 그 사이 용준은 자연스럽게 상석에 가서 앉았다. 청장은 냉장고에서 음료수를 꺼내 공손하게 용준 앞에 놓았다.

"총령께 어떤 지시를 받았나?"

용준은 자연스럽게 말을 놓으며 물었다.

"아……. 언젠가 혹시 복귀하시면 잘 모시라고 하셨습니다."

"즉시 보고하라고?"

"예."

"보고는?"

"아, 아직."

용준은 끄덕이며 만족한 미소를 지었다.

"텐타이온에 그만큼 중독된 상태라면, 내 피가 많이 궁금할 테지?"

"아, 아닙니다."

용준의 피 한 방울로 완벽한 복종상태가 되는 장면을 본 이상 함부로 용준의 피를 받아들일 수는 없었다. 하지만 청장은 총령에게 바로 보고하지 않았다. 용준에게 개인적인 용무가 있다는 의미였다. 텐타이온 중독으로 경험한 그 황홀한 느낌보다 더 뛰어난 경험을 해보고 싶은 욕망. 위험하기 때문에 더 끌리는 이율배반적 감정. 텐타이온으로 이미 많은 부분이 망가져 버린 청장은 그 모순적인 심리 상태를 고스란히 드러내고 있었다.

용준은 품에서 작은 함을 꺼내 내주었다.

청장은 조심스럽게 함을 열어보았다. 함에는 손가락 크기의 투명 실린더에 선명한 진홍색의 피가 담겨 있었다. 청장의 눈에 광기가 스쳤다.

"한 방울이면 충분하니 그 정도면 서른 번은 족히 마실 수 있을 거야."

"이, 이걸 어째서 저한테……."

용준이 피식 웃으면서 고개를 끄덕이며 덧붙였다

"어차피 다 내 사람 될 운명들인데 뭘 망설이나?"

"그 말씀은, 총령님께 가서서 후계로 가신다는?"

"그럴 게 아니라면 내가 왜 이렇게 나타났을까? 자질구레하게."

청장은 활짝 웃었다. 총령에게 용준을 데리고 간다면 조직 안에서 자신의 입지는 더 높아질 것이고, 차기 총령이 될 용준에게 자신이 최측근이 될 수도 있었다. 그렇다면 누구보다 먼저 용준의 사람이 되는 게 좋았다.

용준이 슬쩍 손을 들어 한 번 마셔보라는 제스쳐를 취했다. 청장은 상기된 표정으로 실린더 봉인을 풀고 한 방울을 입에 털어 넣었다.

"이제 내 사람이 되어라. 그간 실수를 만회할 기회를 주지."

청장의 표정이 묘하게 변했다. 깊은 한숨을 들이쉬더니 이내 용준을 바라보고 명랑하게 대답했다.

"네, 알겠습니다."

*

한 시간이 흐르고, 용준이 청장실을 나왔다. 그러자 복도를 서성이던 경철이 다급하게 다가왔다.

"뭐라고 하셨어?"

용준은 입만 비틀어 웃어 보였다.

"두 시간 후에 긴급 기자회견 하신다고 합니다. 팀장님을 꼭 배석하라고 하셨습니다."

"나? 날 콕 집어서 말씀하셨어?"

경철이 헤벌쭉 웃었다.

"네, 팀장님은 꼭 오셔야 한다고. 기자회견 준비하실 동안 아무도 들어오지 말라고 하셨습니다."

"그래그래, 알았어."

경철은 청장이 자신을 지목했다는 것에 신이 나서 무슨 일이 벌어지고 있는지 알지 못했다.

용준은 강력4팀이 임시 사무실로 쓰고 있다는 회의실로 향했다. 그러나 발을 들이기도 전, 엘리베이터 앞에서 기다리고 있는 대건과 딱 마주치고 말았다. 대건은 거의 울 것 같은 표정으로 용준에게 달려들었다.

"선배님!"

대건의 얼굴은 놀라울 정도로 수척해져 있었다.

대건은 이전에 용준을 어려워하던 마음은 모두 잊은 듯 와락 끌어안았다. 용준도 어색하게 대건의 등을 두드렸다.

"흑, 흐윽. 돌아가신 줄 알았습니다!"

용준은 두어 번 대건의 등을 두드려 반가움을 표시했다.

"선배님 그동안……."

"그래그래, 나 아직 팀장님하고 얘기 못 끝냈어. 나중에."

용준은 책상에 앉아있던 두호에게 흡연 사인을 보냈다. 그제야 두호가 용준에게 다가왔다.

"하던 얘기마저 해야지."

"흡연장으로 가시죠."

"담배도 안 태우던 게 무슨 자꾸 흡연장 타령을 해?"

두호의 핀잔에 용준이 웃었다.

"그러게요. 간만에 팀장님 담배 연기가 맡고 싶네요."

두호가 다른 사람이라면 못 알아들을 말로 구시렁거렸다. 하지만 용준의 귀에는 무슨 말인지 똑똑히 들렸다.

"에휴, 개자식. 누구는 지 때문에 은퇴도 못 했는데 원."

흡연 부스에 도착한 용준이 두호에게 무언가를 건넸다. 준비해 온 사직서였다.

"너…."

두호는 더 말을 잇지 못했다. 용준이 조용히 입을 열었다.

"저한테 무슨 일이 있었는지, 앞으로 무슨 일이 벌어질지 전부 설명 드리기는 어려워요.

하지만 우리가 마지막으로 수사하던 사건은 팀장님 손으로 마무리 지으실 수 있을 겁니다."

"마지막 사건?"

용준이 고개를 끄덕였다. 두호가 답답하다는 듯 한숨을 내쉬었다.

"도무지 와서 종잡을 수 없는 말만 하고."

"그리고 팀장님 긁던 놈은 잘릴 거에요."

"무슨 소리를 하는 거야? 너……."

"두시간... 아니, 한 시간 사십오분 뒤, 청장님 기자회견 하신다니까 꼭 보시고요"

"기자회견?"

두호는 이미 용준이 예상 범주를 뛰어넘는 거대한 상황에 휩쓸렸다고 판단했다. 청장이 용준의 실종과 관련이 있다고 생각이 들었을 때부터, 블랭크 사건이 벌어지고 텐타이온에 대한 수사가 본격화되었을 때부터 일이 꼬인 것이라는 생각이 들었다.

잠시 용준을 바라보던 두호가 입을 열었다.

"용준아."

"예"

"무슨 일이건, 어떤 상황이건 난 너 믿어"

용준은 아무런 표정도 짓지 않았다. 정확히는 어떠한 표정을 지어야 할지 감을 잡지 못했다. 자신의 실종 기간 동안 엄청난 고초를 겪고, 꿈에 그리던 승진은 물 건너간 팀장이었다. 한 걸음만 떨어지면 그저 남일 뿐인데, 무한한 신뢰를 실은 두호의 손이 무겁게 용준의 어깨를 짓눌렀다.

"감사합니다.

"너는 나 믿냐?"

"네."

용준은 울컥하는 감정을 애써 삼켰다. 자신이 선택한 길이 틀리지 않았다는 확신이 드는 순간이었다.

*

"그간 블랭크 관련 경찰 수사 발표는 경찰 내외부에서 작용한 큰 압력에 의해 왜곡, 변질된 발표였음을 알려드립니다."

오후 여섯 시에 시작된 경찰청장의 기자회견은 다짜고짜 폭탄을 던지듯이 시작됐다. 의례있던 인사말조차 없었다. 경찰청장 뒤에서 한껏 어깨를 으쓱하고 있던 경철과 간부들은 상황 파악이 안 되어 눈알만 굴리고 있었다.

"소위 '텐타이온 리스트'라는 장부가 공개되고, 사망한 피해자들은 자살이 아니라 살해당했습니다. 오늘 기자님들께 배포한 자료에 그 증거가 담겨 있습니다."

카메라 불빛이 번뜩이고, 기자들이 쉴 새 없이 노트북 타자를 쳤다. 청장 역시 빠르게 말을 이었다.

"이 텐타이온이라는 마약을 생산하는 세력은, 국민 여러분이 상상할 수 없었던 존재입니다. 이들은 권력과 유착했으며, 방대한 네트워크로 마약 팔이에 힘썼습니다. 국민의 피해와 혼란은 전혀 개의치 않는……."

"청장님!"

경철은 기자회견이 생방송으로 중계된다는 사실을 잠시 잊고 청장의 입을 틀어막았다. 그러나 청장은 경철의 팔을 손쉽게 비틀었다. '우두둑' 하며 뼈가 부러지는 소리가 선명하게 송출됐다.

"아아악!"

경철의 비명을 뒤로하고 청장이 큰소리로 외쳤다.

"이자를 비롯한 경찰 고위 간부 대다수는 자각하든, 자각하지 않았든! 텐타이온의 판매를 방조하고 생산 세력을 비호해 왔습니다. 저 또한 마찬가지입니다!"

청장이 대뜸 소매를 걷었다. 팔뚝은 아무런 상처 없이 매끈했지만, 청장은 목소리를 그치지 않았다.

"붉은 꽃! 주사를 맞은 곳에 붉은 혈관이 도드라짐, 쿨럭……. 쿨럭!"

말을 이으려던 청장이 괴로운 듯 머리를 감싸 쥐었다. 연이어 밭은기침을 하더니 피를 왈칵 쏟아내었다. 장내가 삽

시간에 혼란스러워졌다. 급기야 청장의 눈이 한껏 충혈되더니, 흰자를 까뒤집고 발작 증상을 보였다. 그럼에도 청장은 억지로 단상을 붙잡아 일어나서는 힘겹게 말을 이었다.

"총리 김……재경, 법무부 장관 이수길, 감사, 감사원……쿨럭!"

결국, 청장이 바닥에 고꾸라지는 것과 동시에 기자회견장에 정장 차림의 사내들이 들이닥쳤다. 그리고 그 순간 생방송 화면은 정지되었다.

청장으로부터 텐타이온 정보가 발설된 순간, 용준은 경찰서를 빠져나왔다. 용준은 핸드폰으로 온라인의 여론이 순식간에 뒤집히는 것을 확인했다. 생방송 채팅방은 쉴 새 없이 올라가고 있었다. 이 충격적인 기자회견으로 여론은 삽시간에 다시 블랭크의 편이 되었다.

기자들은 총장이 뿌린 자료를 받아 속보를 쏟아냈고, 온라인에선 방금 전 있었던 기자회견의 하이라이트가 무수히 복제되어 업로드되기 시작했다.

이제 돌이키기엔 불가능한 일이었다. 용준은 시계를 보았다. 이 시간이면 밀라가 이끄는 블랭크의 작전도 시작되었을 것이었다.

·4장·
격돌

 용준은 차를 몰며 여러 채널과 속보를 빠르게 검색했다. 동시에 송출되는 수많은 정보가 명확하게 구분되어 용준의 뇌에 인지되었다.

 온라인은 말 그대로 난리가 났다. 김환용 청장의 기자회견으로 여론을 돌이킬 수 없이 불타오르고 있었다.

 청장이 쓰러지면서 기자회견은 중단되었지만, 이미 주요한 정보는 전부 공개됐다. 텐타이온 리스트를 묵살하기 위한 경찰청과 정부 주요 부처의 조직적인 협력이 드러났고, 청장은 그들이 마약 중독자라는 사실을 폭로했다.

 기자들은 청장이 사전에 배포한 보도자료를 통해 텐타이온 리스트와 연관된 고위공직자 명단을 기자단에 뿌렸다. 경찰 측이 뒤늦게 자료를 회수하려고 했지만, 이미 자료는 사방팔방으로 뿌려진 후였다.

사건·사고를 다루는 유튜버들이 이런 난리를 그냥 두고 볼 리 없었다. 기자회견과 청장의 실신은 큰 화젯거리가 되었고, 충격적인 폭로 내용에 외신 또한 주목하고 있었다. 무엇보다 텐타이온 리스트를 처음으로 제시했던 블랭크의 행적에 여론은 다시 우호적인 반응을 보였다.

"후……."

 용준은 한숨을 쉬었다. 몸이 힘든 것은 없었다. 사람이었을 때의 습관이 튀어나온 것일지도 몰랐다. 하지만 정신적 피로는 상당했다. 싸움이 계속되는 동안 지금껏 제대로 쉴 틈이 없었다. 큰일을 일단락지었다는 안도감이 찾아왔다. 이제 텐타이온 생산공장만 없애버리면…….

 그 순간, 핸드폰 진동이 울렸다. 찬섭이었다. 공장 정리를 마치고 보고하는 내용이리라 생각했으나 전화기에서는 다급한 목소리가 터져 나왔다.

"형! 큰일 났어요! 여기…… 형! 빨리!"

 비명과 함께 무엇인가 부딪치고 터지는 소리가 들려왔다.

 뭔가 부서지는 소리와 함께 전화가 끊겼다. 용준이 일그러진 표정으로 엑셀을 밟았다.

*

두 시간 전. 용준이 경찰청장에게 기자회견을 준비시키기 시작할 즈음 밀라는 자기들도 준비를 마쳤다고 연락해 왔다. 짤막한 문자 한 통이었다.

[전부 모였어요. 준비 끝.]

텐타이온 리스트의 진실을 밝히고, 유착된 네트워크를 폭로하는 것만큼이나 텐타이온의 생산을 중단시키는 것이 효과적인 조치였다. 성준이 건네준 서류에는 텐타이온 생산공장의 내부 설계도, 감시 시스템과 경비 인원수, 특이사항, 최근 동향 등이 상세하게 적혀있었다.

밀라는 서류를 보고 고개를 끄덕였다.

"이대로라면 블랭크 분들과 함께 공략할 수 있겠어요."

서류에 따르면 배치된 뱀파이어는 다섯뿐, 나머지는 스무 명은 모두 인간이었다. 본래 블랭크였으면 상대하기 어려운 인원이었지만, 이번에는 밀라가 있었다. 게다가 성준의 몸 상태가 악화되어 이 주간 가동을 중지한다고 하니, 이것도 최소한의 인원 배치였을 터였다.

"서류 작성일이 닷새 전이니, 남은 시간은 보름. 서둘러야 해요."

"해볼게요. 이 자료가 사실이라면 문제없어요."

밀라는 담담히 말했다. 용준에게 그보다 믿음직스러울 수 없었다. 용준이 싱긋 웃으며 말했다.

"다들 다치지 않게 잘 부탁해요."

용준이 경찰로 복귀한 후, 밀라는 모인 멤버들에게 성준에게서 받은 자료 사본을 나눠주었다. 그리고 본론부터 빠르게 전했다.

"우리는 텐타이온 생산공장을 기습할 거에요. 위치는 강원도 원주."

밀라에게는 용준과는 다른 카리스마가 있었다. 짧고, 간결하고, 단호했다. 의도한 것은 아니었지만, 냉철하고 우아한 기질에 멤버들은 자연스럽게 압도당했다.

"공장 전체를 파괴할 필요는 없어요. 냉동 제어 시스템과 병입 라인만 망가뜨리면 당분간

복구가 불가능해요."

"이거 진짜… 떨리네요."

찬섭은 긴장한 기색이 역력했다. 찬섭뿐만이 아니었다. 이제껏 활동 중에서도 역대급으로 스케일이 컸다. 명구가 홀로 중얼거렸다.

"냉동 시스템에, 병입 시스템에…… 말이 쉽지. 규모가 엄청날 거 같은데."

밀라가 고개를 끄덕였다.

"맞아요. 삼천 평씩 이 층 구조. 대형 공장이죠."

"삼천 평?! 거의 이마트 아니에요?"

찬섭의 외침에 밀라가 대답했다.

"큰 규모에 비해 상주 인력이 최소만 배치되어 있어요. 앞으로 보름이 골든타임이에요."

"그… 뱀파이어는요?"

찬섭이 뱀파이어를 조심스럽게 거론했다. 아무래도 용준과 밀라가 뱀파이어다보니 함부로 말하기가 어려웠다.

"다섯. 그 정도는 제 선에서 상대 가능해요. 당신들은 인간들을 맡아주세요."

찬섭은 두려움을 떨치기 어려운 표정이었다. 명구 또한 부담스러운 건 마찬가지였다. 그러나 반드시 해내야 할 일이라는 것을 모두가 알고 있었다. 공장을 망가뜨려야 무고한 사람들이 마약 재료로 희생당하지 않을 터였다.

밀라는 해리를 돌아보며 말했다.

"공장 CCTV를 장악해야 해요."

밀라의 말에 해리가 서류를 받아넘겼다. 그리고 보안 관련 부분을 꼼꼼히 정독했다.

"폐쇄망이잖아! 이거 되게 해킹하기 되게 힘들어!"

"해리씨가 제일 중요해요. 출입 기록이 외부에 노출되어서 뱀파이어들이 움직이는 순간 감당할 수 없어져요. 해리씨는 이곳에 남아서 그 일을 담당해주세요. 우리가 안쪽에서 자유롭게 움직일 수 있도록."

"하아, 해볼게. 살다살다 뱀파이어 상대로 해킹은 처음이네."

조용히 상황을 지켜보던 명구가 손을 들며 입을 열었다.

"나머지가 할 일은 뭡니까?"

밀라가 명구를 보며 고개를 끄덕였다.

"내부 설계도 보면서 이야기 나누죠."

멤버들이 내부 설계도를 꺼내자, 밀라가 차분히 설명을 이었다.

첫째. 밀라와 블랭크 멤버들은 우선 공장 관리 인력으로 위장한다. 둘째. 내부 진입 후 2층 CCTV 제어실을 장악, 해리가 외부에서 CCTV 관리 장비에 악성 코드를 심는다. 셋째. 작업이 끝나면, 멤버들은 뭉쳐 다니며 차례차례로 병입 라인과 냉동 제어 시스템에 폭탄을 설치한다.

"폭탄은 내 몫인가?"

잠자코 작전을 듣던 성태가 입을 열었다. 밀라가 고개를 끄덕였다.

"공장 관리 인력이 방문을 주기는 앞으로 나흘 후. 그때까지 준비 가능하신가요?"

성태는 진지한 표정으로 고개를 끄덕였다. 성준을 구해내는 일이라면, 성태 또한 팔을 걷어붙이고 제대로 나설 생각이었다.

 밀라는 공장 내부와 주요 장치 사진을 보며 멤버들에게 예상 동선을 설명했다. 모두가 그 어느 때보다 긴장한 얼굴로 자료에 집중했다.

 준비는 딱 나흘이 걸렸다. 밀라와 블랭크 멤버들은 강원도 원주로 향했다. 공장은 산에 처박혀 있어서 그리 늦은 시간이 아님에도 캄캄했다. 초입에서 커다란 무인 검문소가 나타나자 해리가 노트북을 만지는 손이 빨라졌다. 잠시 후 해리의 경쾌한 타이핑을 끝으로 문이 열리자 멤버들은 한숨을 내쉬었다.
"와, 이거 진짜 긴장돼."
 찬섭이 호들갑을 떨자 명구가 정면을 보며 조용히 말했다.
"떨지 좀 마라. 차 흔들리잖아."
"그 정도는 아니었거든요?!"
 차로 오 분 정도 더 들어가자, 거대한 2층 공장이 나타났다. 일반 공장과 달리 외벽이 하얗게 정돈되어 있었고, 건물 상단에는 'DAEWON'이라는 글자가 크게 박혀있었다. 잘 다듬어진 잔디와 정돈된 화단 때문에 공장보다는 연구소에 가까운 분위기였다. 아무리 봐도 마약 공장이라고는 생각하기 힘든 외관이었다.

밀라가 조용히 말했다.

"내릴 준비 해요."

모두가 호흡을 크게 들이쉬고 표정을 바꿨다. 멤버들은 조끼에 붙여놨던 소형 바디캠의 전원을 켰다. 그리고는 챙 있는 모자로 얼굴을 가렸다.

찬섭은 트렁크에서 커다란 공구상자를 챙겼다. 안에 든 공구들이 덜그럭거리는 소리와 함께, 묵직한 무게감이 손끝에 닿았다. 찬섭은 손바닥에 땀이 흥건히 흐르는 것을 느꼈다.

"어우, 무겁네……."

명구가 낮고 단호한 목소리로 말했다.

"조심해. 실수하면 끝장이야."

명구의 경고에 찬섭이 상자를 얼싸 안 듯 끌어안았다. 소매를 올린 팔뚝에 힘줄이 솟아올랐다. 상자 안에는 성태가 구해온 C-4 폭탄이 숨겨져 있었다. 원격 폭파 장치는 명구가 가지고 있었다.

곳곳에 CCTV가 설치되어 있었지만, 차에서 내리는 네 사람을 보고도 별다른 반응이 없었다. 해리가 사전에 그것들이 아무것도 보지 못하도록 하나씩 조작해둔 덕분이었다.

공장 안으로 들어가자 제대로 된 내부가 나타났다. 탈의

실과 휴게실을 거치자, 자동화된 공장 설비가 나타났다. 벽을 따라 늘어선 컨베이어 벨트가 끝도 없이 늘어서 있고, 병입라인이 한쪽 끝에서 또 다른 끝으로 이어졌다. 또, 분말화된 텐타이온을 포장하기 위한 포장라인이 별도로 분리되어 있었다. 사진으로 전달받았을 때보다 훨씬 규모가 컸다.

명구가 홀로 중얼거렸다.

"사람이 따로 필요 없는 구조네."

- 밀라 언니, 지금 있는 방향에서 서쪽으로 가야 해요. 불이 없을 테니 조심해요.

밀라는 해리의 무전을 받으면서 복잡한 공장 구조임에도 빠르게 길을 찾아 안내했다. 이상한 것은 단 하나의 뱀파이어도 보이지 않았다.

"해리, 여기에 이렇게 비어있어? 경비가 있을지도 모른다고 하지 않았나?"

- 지금으로선 아무것도 보이지 않아요. 빨리 폭탄만 설치하고 나와요.

이렇게까지 아무 인기척이 없는 게 이상했다. 덕분에 병입 라인에 폭탄을 장착한 명구까지 쉽게 합류하여 지하 냉동시스템으로 다 같이 내려갔다.

지하로 내려가는 길에는 몇 개의 철문이 있었다. 시스템을 셧다운 시켰기 때문에 밀라가 힘으로 열어야 했다. 밀라에게는 그다지 어려운 일이 아니었다. 마침내 네 사람은 어렵지 않게 냉동 시스템이 갖춰진 핵심 시설의 입구에 섰다.

그 입구는 전체 제어 시스템과 독립된 별도의 자가발전 설비로 가동되고 있었기 때문에 여전히 보안 시스템이 작동하고 있었다. 밀라는 성준에게 건네받은 자료를 다시 한 번 확인했다. 숫자로 된 비밀번호를 입력하면 알파벳으로 된 비밀번호가 뜨고, 그것을 입력하면 아주 복잡한 패턴을 빠르게 입력하게 되어있었다. 그 속도가 엄청나서 뱀파이어가 아니면 입력할 수 없는 패턴이었다. 밀라는 성준이 적어준 내용대로 모든 비밀번호를 입력했다. 밀라가 손으로 그리는 패턴은 다른 세 사람의 눈으로도 쫓아가지 못했다. 애초에 뱀파이어가 아니면 뚫을 수 없는 보안이었다. 그것까지 성태는 착실하게 촬영했다.

그리고 드디어 거대한 문이 육중하게 열렸다. 거대한 문 안쪽에는 짙은 어둠이 넘실거리며 일행들을 쳐다보고 있었다. 앞으로 움직이려던 밀라의 발걸음이 짐짓 멈췄다.

해리의 무전이 들렸다.

- 이상해요. 저 안에는 CCTV 통제가 안 돼요. 보이지 않아요.

밀라의 왼쪽 눈이 푸른 빛을 뿜었다. 뭔가를 보려는 듯 미간을 찌푸린 순간, 어둠 속에서 붉은 눈동자 수십 개가 번뜩 빛을 발했다.

그와 동시에 밀라가 모두에게 소리쳤다.

"도망쳐!"

그러나 그들이 밀라의 말을 이해하는 것보다 빠르게 무언가가 내부에서 날아왔고, 그들은 삽시간에 어둠 속으로 삼켜졌다.

*

라디오에선 다급한 앵커의 목소리가 흘러나왔다. 한 시간이 넘게 똑같은 내용이 반복되고 있었다.

"……금일 기자회견 중 쓰러진 김환용 경찰청장이 결국 사망했다는 소식이 전해졌습니다. 경찰은 김환용 경찰청장의 이상증세를 인정하면서, 암살과 협박 등에 초점을 두고 부검을 진행하기로……."

용준은 자신이 총령과 그 세력을 과소평가했다고 인정했다. 용준이 충분히 청장을 통제했음에도 이미 청장을 지배하고 있던 텐타이온 성분이 용준을 끝까지 방해했고 결국 청장을 죽였다. 무엇보다 그들의 세력은 생각보다 질기고 강했다. 얼마나 오랜 세월, 얼마나 다양한 방식으로 대한민국을, 세상을 지배해 왔을까. 고작 대중적 폭로 방식으로 그들을 멈출 수 있다고 생각한 것이 잘못된 것일 수 있었다. 그들은 오랜 세월 필요에 따라 사람들을 죽이고 대체재를 세우고, 언론을 길들이고, 돈으로 입을 막았다. 하지만 용준은 그들이 알지 못하는 것이 있음을 확신했다.

이윽고 용준의 차가 공장의 앞에 급히 정차했다. 용준은 머릿속에 든 지도를 따라 일행들이 움직였을 동선을 뒤쫓아 달렸다.

달릴수록 짙은 피 냄새가 났다. 마치 용준을 유인이라도 하는 듯 노골적인 피 냄새였다.

- 그 길 이후에 CCTV를 통제할 수가 없어. 조심해.

용준은 해리가 예고해주는 정보를 기반으로 속도를 조절했다. 원거리에서 모든 것들을 지켜보고 있었을 해리 또한 잔뜩 긴장한 상태였다. 어둠으로 들어가는 순간, 일행들의 비명소리와 함께 모든 소통이 끊겼다. 해리로서는 용준에게 연락을 취하는 것 말고는 할 수 있는 일이 없었다. 예상보다 훨씬 위험한 일이라는 것을 직감했을 때 해리는 한 가지 단어를 떠올렸다.

'함정.'

애초부터 무리인 것을 알았다면 이런 방식에 대해 시도하는 것조차 망설였을 것이었다. 하지만 용준이 구해온 정보는 공장의 모든 시설과 기능들을 상세히 설명하고 있었고, 가장 정확한 작업 수행 일정까지 지시해주고 있었다. 그럼에도 이 정도로 오차가 발생했다는 것은 해당 정보가 잘못된 것이었을 확률이 컸다.

- 조심해, 보스.

말없이 현장을 헤집고 다니는 용준을 보면서 해리는 반복해서 조심하라는 경고만을 할 뿐이었다.

잠시 후 밀라가 열었을 철문 앞에 섰을 때, 용준은 눈을 감고 철문 너머에 있는 존재들을 파악했다.

하나, 둘, 셋……. 밀라보다 조금 못한 능력을 지닌 뱀파이어가 최소 열.

블랭크 셋이 한쪽에 잡혀있었고, 밀라가 움직이지 못하는 것을 보니 한쪽에 은줄로 묶여 구속된 듯했다.

그리고 그들 모두 뒤에 뱀 같은 기운의 그가 있었다. 총령.

"해리야, 도착한 것 같다."

- 알겠어. 이쪽도 준비할게.

용준은 주머니에서 안경 하나를 꺼냈다. 이 안경이 모든 것들을 해결해주리라 믿으면서 용준은 안경을 썼다. 그리고 잠시 심호흡을 했다. 사실 긴장으로 심박수가 빨라졌을 때, 심호흡 하는 건 용준에게는 더는 필요하지 않았다. 그저 인간 시절의 습관이었을 뿐이었다.

"들어간다."

해리에게 짤막한 무전을 남긴 뒤에 용준은 철문 손잡이를 잡아쥐었다. 그리고 그것을 비틀어 문을 열자 깊은 동굴에서 날 법한 울림 소리가 들리며 양옆으로 문이 갈라졌다.

그때였다. 뭔가가 날아들어 용준을 덮쳤다.

용준은 손잡이째로 철문을 뜯어내어 방패처럼 가볍게 잡고 수평으로 휘둘러 날아드는 뱀파이어 둘의 목을 날렸다. 한순간에 목이 사라진 뱀파이어의 몸통들이 균형을 잃고 쓰러졌다.

용준은 철문을 집어 던지고 망설임 없이 어둠 속으로 몸을 날렸다. 용준은 뱀파이어가 된 이후로 매번 다짐했다. 악이 악하다면 더 악하게 파괴해줄 것을. 짙은 어둠이라면 더 짙은 어둠으로 뒤덮어줄 것을. 주먹을 세게 쥐자 용준은 몸 안에서 아드레날린이 폭발하는 것을 느꼈다. 온몸의 피가 빠르게 돌며 요동치고 있었다.

사방에서 뱀파이어들이 날아들었다. 해리의 추측대로 어쩌면 이것은 누군가가 만들어놓은 함정일지도 몰랐다. 용준은 정신없이 몸을 움직이면서 뱀파이어들의 공격을 피했다. 손을 뻗어 날아드는 주먹을 잡고 그대로 상대의 팔을 꺾어 어깨를 끊었다. 뜨거운 피가 용준의 얼굴에 튀었다. 용준은 입안으로 흘러내리는 피를 마시면서 쉬지 않고 주먹을 휘둘렀다. 이상하게도 몸속에서 힘이 솟구쳤다.

언젠가 밀라가 말한 것이 기억이 났다.

'뱀파이어는 절대 뱀파이어의 피를 먹어선 안 돼요.'

그것은 종족 개체 보존을 위한 자연적 불문율이자, 뱀파이어의 피 자체가 같은 종족에게는 치명적인 독이기 때문에 그렇다고 했다.

이제 놈들의 움직임이 또렷하게 보이기 시작했다. 이미 열 구의 뱀파이어 시체가 바닥에 나뒹굴렀다. 지금이라면 그 누구라도, 몇 명의 뱀파이어들이 덮쳐도 상대할 자신이 있었다. 이제 용준의 앞에서 불로불사처럼 여겨지던 뱀파이어들의 몸이 다양한 방법으로 썰려 나가는 것은 시간문제일 뿐이었다.

이윽고 용준에게 달려드는 뱀파이어가 없었다. 용준의 옷과 피부는 진득한 뱀파이어의 피로 흥건히 젖은 채였다. 용준은 안경에 묻은 피를 털어냈다.

여전히 앞엔 기다랗고 넓은 복도가 있었다. 멀지 않은 곳에 인간들의 냄새가 느껴졌다. 아마 먼저 잡힌 찬섭과 명구, 성태일 것이었다. 밀라의 냄새도 진했다. 밀라 또한 완벽하게 포박된 듯 아무런 움직임도 없었다.

용준이 걸음을 옮기자 별안간 용준이 서 있는 곳의 조명이 밝아졌다. 너무 갑작스러워서 순간적으로 용준의 시야마저 가릴만큼 환한 빛이었다. 그리고 빛이 조금 거둬지자 멀리 허공에 매달려 있는 성태, 명구, 찬섭이 보였다. 다행히 모두 기절한 상태였다. 그리고 각 사람 옆에 하나씩 뱀파이어가 붙어있었다. 조금 더 움직이며 그들을 죽이겠다는 의미 인 듯 했다.

용준은 천천히 어둠 속으로 시선을 옮겼다. 극명하게 환한 빛이 용준의 시야를 가리고 있었으나 용준의 눈에는 멀리 빛의 가림막 뒤, 의자에 앉아있는 노인의 실루엣이 보였다. 노인은 환하게 웃고 있었다.

"정말 아름답구나."

노인의 목소리는 진심 어린 만족감으로 가득했다. 피식 용준이 웃었다.

"여기 만나뵐 줄은 몰랐습니다. 외할아버지."

용준은 한눈에 그가 누구인지 알아보았다. 어릴 적 어렴풋이 보았던 기억, 그리고 밀라와 성준이 묘사해준 총령에 대한 정보가 있었다. 무엇보다 온몸에서 느껴지는 이 기분 나쁜 감각은 용준에게서 계속해서 경각심을 울리고 있었다.

"표정이 좋구나. 그 정도 오만함은 가져 줘야지. 네가 가진 능력, 그 영원함은 모든 것을 발 아래 둘 수 있으니까. 아! 그동안 우리를 압박해 왔던 솜씨도 나쁘지 않았다."

"우리? 스티그마 말입니까?"

용준이 물었다.

총령은 즉답을 피했다.

"나를 끌어들이려고 이런 함정을 판 것 아닙니까?"

"초대장이라고 해야지."

"어느 쪽이든."

용준을 말하다 말고 어둠 속과 매달린 블랭크들, 그리고 그 옆에 서 있는 뱀파이어들까지 쭉 훑어보았다.

"나를 도련님이라고 부르던데요."

"그래야지. 너는 우리 모두가 간절히 기다려온 단 하나의 완벽한 후계잔데."

"성준이로는 만족이 안되시던가요?"

"성준이는 불완전해."

"당신은 성준이의 피로 텐타이온을 만들었죠. 바로 여기서요"

용준은 연극처럼 과장된 몸짓과 목소리로 말하며 공장을 둘러보았다. 최첨단의 설비가 보였다.

"그래. 그랬지. 하지만 성준이 피는 너무 많이 필요하고, 네 것처럼 중독시킨 상대를 수족으로 부리는 것도 불가능해. 안타깝지만 그 아이의 한계다."

용준의 입가에 비릿한 미소가 피어올랐다.

"그래서 이제 나를 잡아다가 피를 뽑아서 사람들을 완벽하게 중독시킬 작정입니까?"

총령은 용준과의 대화가 즐겁기 시작했는지 만면에 미소를 띄었다.

"네 피는 뽑기까지 안 해도 된다. 한두 방울이면 충분하지. 세상 어떤 지도자라도 다 네 말을 듣고 따르게 될 거다."

"그거 멋진 일이네요."

용준은 가볍게 휘파람을 불며 대단하다는 투로 물었다.

"이 조직, 스티그마는 도대체 언제부터 만드신 겁니까?"

"만들어? 내가?"

총령은 반문하고는 하하하하— 큰 웃음을 터트렸다.

"뱀파이어가 언제부터 사람 사이에 살아왔을 것 같으냐?"

총령은 용준의 호기심을 좋은 쪽으로 해석했는지 그의 질문에 차근차근 답하기 시작했다.

"뱀파이어는 인간의 변종이 아니야. 원래 인간들과 함께 있었다. 토끼가 풀을 먹고 사자는 토끼를 먹어야 하는 것처럼 뱀파이어는 피를 먹어야 할 뿐이지. 개는 15년을 살고 거북이는 수백 년을 살고 사람은 80년을 살 듯이 뱀파이어는 500년 이상을 사는 존재인 거야. 단지 뱀파이어는 자가 번식을 못한다. 2세를 갖는다는 건 제 피와 살을 나누어 주는 것인데 뱀파이어는 애초에 피를 나눠주는 매커니즘이 없었던 게지."

"그래서 물어서 개체를 늘려간 것입니까?"

"개체를 늘리기 위해서라기보다 피를 먹으려는 방법이었겠지."

"그러면 순식간에 전부 뱀파이어가 됐을 텐데."

총령은 고개를 가로저었다.

"인간이었다가 흡혈을 당해 뱀파이어가 된 것들은 약했다. 봤잖느냐. 네 앞에서 꼼짝도 못하고 쓰러지는 것. 그 사이에 인간들은 뱀파이어를 잡고 죽이는 방법들을 찾아냈고."

용준은 밀라를 묶고 있는 은줄을 보았다. 발명품이라는 건 아마도 저런 것들을 말하는 것일 터였다. 용준은 지난번 자신의 배를 꿰뚫은 은빛 너클을 기억했다. 그런 것이라면 뱀파이어들에게 치명적인 총알이라는 것이 있다는 것도 사실이겠구나 짐작했다.

총령이 말을 이었다.

"그래서 원형의 뱀파이어 마지막 개체가 남았을 때 모험을 걸었던 거지."

용준은 흥미롭다는 듯 물었다.

"뱀파이어의 피로 사람들을 중독시키고 원하는 대로 움직이게 만들어서 뭘 하고 싶은 겁니까, 스티그마는?"

총령이 짐짓 의심스럽다는 눈빛으로 용준을 쳐다봤다.

"답을 몰라서 묻는 것이냐 내 입에서 듣고 싶은 답이 있는 것이냐?"

"내게 뭐를 자꾸 준다고 하시니까 뭘 받을지는 알아야 손을 잡든가 말든가 하겠죠."

그러자 총령은 다시 한번 호탕하게 웃었다.

"너는 확실히 성준이랑 다르구나. 오만하고 거침없고 당당해. 아주 마음에 든다. 그래, 나한테 말해봐라. 뭘 갖고 싶으냐?"

"글쎄요, 전 지금도 충분합니다. 외할아버지."

용준이 쓰고 있는 안경의 옆에서 끔뻑 붉은빛이 밝혀졌다가 사라졌다. 귓가에서 해리의 목소리가 들렸다.

- 지금 시청자수 10만 명. 모두 지켜보고 있어.

용준은 주머니에서 핸드폰을 꺼내 방송 중인 영상을 확인했다. 그 안엔 새하얀 조명 너머로 흐릿하게 총령의 실루엣과 뱀파이어들의 형체들이 보였다. 지금 용준이 총령과 대화를 나누는 바로 지금 이곳이 온라인에서 생중계되고 있었다.

그의 뒤에 서 있던 제이가 얼른 다가와 총령에게 귓속말로 뭔가를 속삭였다. 총령의 얼굴이 일그러졌다.

"네 이놈!"

제이가 블랭크의 옆으로 빠르게 달려갔다. 동시에 불이 꺼졌다. 적어도 중계 화면이 더 이상 송출되는 것은 막겠다는 의미였다. 제이가 외쳤다.

"허튼 짓 하지 마십시오!"

용준이 움직이면 블랭크 멤버들을 죽이겠다는 뜻이었다. 용준은 천천히 안경을 벗었다. 지금껏 해리에게 영상을 송출하던 안경이었다. 그리고 바닥에 툭 떨어트렸다. 안경 렌즈는 이제 제이와 블랭크 멤버들을 향해있었다.

"할 수 있겠어?"

용준이 말하며 몸을 움직였다. 육안으로 포착하기 힘든 속도로 용준은 제이를 향해 달려갔다. 그와 동시에 달려드는 뱀파이어들의 얼굴을 한 손으로 잡아 짓이겼다. 우두둑- 그들의 목이 순식간에 비틀어지며 피를 뿜어댔다.

제이가 직접 움직여 용준을 막아섰다. 다른 뱀파이어들보다 훨씬 묵직한 주먹이 용준에게 날아들었다. 용준이 팔을 들어막자 제이는 그대로 용준의 팔뚝을 물었다.

용준은 자신도 모르게 신음을 냈다. 제법 깊숙하게 박힌 이빨이었고, 욱신거리는 느낌도 있었다. 용준은 재빨리 팔을 털어 제이를 쳐냈다. 살점이 뜯겨 나가며 제이의 입가에 용준의 피가 묻었다. 제이는 그것을 먹지 않고 퉤, 뱉은 뒤 용준을 보며 웃었다.

"너……."

다른 뱀파이어들보다 머리 하나는 크고 덩치도 마명구에 비견될 정도로 탄탄했다. 움직임과 전투 센스 또한 다른 뱀파이어들보다 뛰어났다. 하지만 거기까지였다. 용준은 곧장 제이에게 달려들어 그의 머리를 한 손으로 잡아쥐었다. 제이가 주먹으로 용준의 복부를 쳤지만, 용준은 꿈쩍도 하지않았다. 용준의 손가락이 망설임 없이 제이의 한쪽 눈을 파고들었다.

"크아아아!"

제이가 비명을 질렀다. 손가락이 피부를 뚫고 안구를 파고들어 갔다. 뚫린 안구 안쪽에서 격렬하게 회복하려는 핏줄의 움직임이 느껴졌다. 용준은 더 강하게 손가락을 찔러 넣었다. 마침내 용준의 손이 제이의 눈을 관통해서 뒤통수 밖으로 나왔다. 사람이라면 즉사였겠지만 이런 상태임에도 제이는 용준의 팔을 쥐고 버둥거렸다.

끔찍한 광경이었다. 용준은 조명이 꺼진 게 다행이다 싶었다. 생중계로는 오직 소리만 나가고 있을 테니까. 하지만 소리만으론 부족했다. 사람들에게 뱀파이어가 실재한다는 것을 보여줘야 했다.

용준은 꿈틀대는 제이를 던져버리고 밀라 쪽으로 향했다. 밀라 쪽을 지키고 있던 뱀파이어들은 용준이 달려들자 사방으로 흩어졌다. 용준은 밀라를 묶고 있던 은사를 잡아 가볍게 뜯어냈다. 은사의 특성 때문에 용준의 손바닥 피부가 잠깐 타들어 가는 듯했지만 이내 아물었다.

"밀라!"

자유로워진 밀라가 여전히 묶여있는 블랭크들에게 달려갔다. 밀라가 얼른 그들의 포박을 끊어내는 것을 확인한 용준이 소리쳤다.

"불 켜!"

밀라는 곧장 몸을 날려 전원 스위치를 찾았다. 그사이에 남은 잔당들이 총령을 끌고 도망치고 있었다. 하지만 용준은 그들을 쫓지 않았다.

이제 이 싸움은 총령과 용준의 것이 아니었다. 세상이 알아야 했고, 무의미한 희생자를 만들고 권력을 움켜잡아 수많은 범죄를 만들고 덮어왔던 놈들을 끝내야 했다.

텅- 소리와 함께 불이 들어왔다. 용준은 어느새 뱀파이어 하나를 한 손에 잡아 쥐고 서 있었다. 그가 벗어놓은 카메라 안경을 향해 섰다. 붙잡힌 놈은 자신이 무슨 꼴을 당할지 아는 듯 겁에 질린 모양새였다.

용준은 카메라를 향해 말했다.

"여러분들이 들으신 대로 이 세상엔 인간이 아닌 것들이 있습니다. 이들은 사람들과 손을 잡고 이 사회에서 범죄 행동을 이어왔습니다. 나는 사람이었지만 그놈들에게 실험을 당했고 뱀파이어가 됐습니다. 아직도 이 상황을 믿지 못하는 여러분에게 보여주겠습니다."

용준은 즉시 뱀파이어의 목에 이빨을 깊이 박았다. 처음에는 저항하던 뱀파이어가 곧 힘을 잃고 축 늘어지더니, 용준의 입가로 피가 번져 흘렀다. 그 순간, 시간이 멈춘 듯 주변이 정적에 휩싸였다. 몇 분이 지났는지조차 알 수 없을 만큼 끔찍한 침묵 속에서, 용준의 꿀떡거리는 소리만 공간을 메웠다. 마침내 뱀파이어의 몸은 그의 모든 피를 빼앗긴 채 창백한 껍데기처럼 쭈그러져 갔다.

용준은 그제야 입을 떼고는 힘없이 늘어진 그 몸을 바닥에 무심히 내던졌다. 용준의 시선은 마치 영혼을 잃은 것처럼 허탈하게 카메라를 향했다. 붉은 피로 물든 그의 몸은 격렬한 전투를 마친 전사처럼 무겁고 느릿하게 호흡하고 있었고 그 모습은 말 그대로 지옥에서 온 악마 같았다.

그리고 사람들은 온라인에 중계되는 화면을 통해 이 광경을 동시에 지켜보았다.

Part 5
악의 근원들

·1장·
사제들

 천주교는 역사상 가장 오래된 종교인 만큼 그 안엔 비밀 조직이 있었다. 그들은 여전히 과학으로 증명할 수 없는 신비를 관리하고 견제했다. 그중 구마(Exorcism)가 가장 유명했지만, '가톨릭의 사냥개'를 모르는 뱀파이어는 없었다.

 교황청의 아홉 심의회 중 가장 오래된 기구, 신앙교리성. 기독교 교리를 감독하는 그들은 중세 때부터 전해져 내려온 이름인 이단 심문소로 더 유명했다. 신앙교리성은 극비로 취급되는 정예 무장 조직이 있었다. 청록 수도회라고 불리던 그들은 뱀파이어가 인간의 피를 더럽혀 신을 모독한다고 여겼다. 칠백여 년의 역사 동안, 청록 수도회는 뱀파이어를 악으로 규정하고 퇴치해왔다.

 근대 초반만 해도 청록 수도회는 뱀파이어의 위협이 되지 못했다. 머스킷 탄환도 뱀파이어의 속도를 따라가지 못했고, 육안으로 뱀파이어를 구분하는 것은 불가능에 가까웠다. 그러나 과학 기술의 발전으로 청록 수도회는 걷잡을 수 없게 성장했다. 그들은 뱀파이어의 세포를 파괴하는 무기를 개발했고, 극한까지 단련한 단원들에게 약물을 투여했다. 약물을 주사한 사제들은 뱀파이어와 육탄전이 성립할 정도로 강해졌다. 그렇게 몇백 년간의 우위가 뒤바뀌었다. 청록 수도회는 몇십 년의 세월 동안 뱀파이어를 학살했다. 뱀파이어 중 일부는 국가 고위층과 결탁하여 살아남았고, 나머지는 몸을 숨겼다.

하지만 시대의 흐름이 바뀌어 천주교는 세상에 간섭하는 것을 피했고, 청록 수도회의 사냥도 축소되었다. 그러나 감염 전파를 경계한 교황청은 주요 국가에 청록 수도회 교구를 설치했다. 한국에는 서울과 강원도, 부산에 교구가 위치했다. 국내 청록 수도회는 교황청의 지시대로 뱀파이어 협회와 협약을 맺고 살얼음판 위의 평화를 추구했다. 뱀파이어를 즉각 처단하지는 않았지만, 유사시 소동이 발생하면 적극적으로 나서 뱀파이어를 퇴치했다.

즉, 뱀파이어의 동향을 언제나 감시하는 청록 수도회가 블랭크 채널의 라이브를 본 것은 우연이 아니었다.

서울 교구장인 지윤석 안드레아는 미군 네이비 씰 출신이었다. 남다른 체력과 투철한 정의감, 공포를 느끼지 않는 성격까지 청록 수도회의 적격인 인물이었다. 추기경의 보고로 서품을 받은 날부터 그는 청록 수도회 소속으로 뱀파이어를 추적했다. 그러나 안드레아의 가장 큰 원동력은 증오였다. 이라크 전쟁 파병 시절, 전란을 틈타 뱀파이어가 동료들을 살육한 이후 안드레아는 '흡혈귀'를 용서하지 않았다. 얼굴에 깊이 팬 상처들이 그가 어떤 인생을 살아왔는지 대변했다.

안드레아는 블랭크의 라이브 방송을 보자마자 교구장 화상 회의를 소집했다. 피투성이 남자와 검은 양복들의 힘과 움직임은 뱀파이어가 아니면 보여줄 수 없었다. 영상을 전달받은 지부장들은 하나같이 침통한 표정이었다. 평소 주고받던 덕담은 생략되었다.

강원도 교구장, 최두식 이그나티우스가 입을 열었다. 대머리인 그의 이마에서는 땀이 번들거렸다. 가장 연장자인 그의 입에선 자연스럽게 반말이 튀어나왔다.

"위치 파악은 됐나?"

"지금 영상 분석 중입니다."

안드레아가 짧게 대답했다. 부산 교구장 김기정 도미니코가 입을 열었다.

"비상사태입니다. 가장 가까운 교구에서 형제들을 파견하는 걸로 합시다."

안드레아가 고개를 끄덕였다. 이그나티우스는 도무지 이해가 안 간다는 듯 외쳤다.

"아이, 근데! 흡혈귀 놈들 저들끼리 피 마시면 죽는 거 아냐? 이거 말이 안 되잖아!"

도미니코 또한 비슷한 표정이었다. 안드레아가 눈을 지그시 감았다.

스무 해 동안 여러 나라 뱀파이어를 맞닥뜨렸다. 중동 전쟁에 파견돼 뱀파이어를 대거 소탕했고, 유럽 연합과 연대하여 인신매매를 일삼던 뱀파이어 카르텔을 박살 낸 적도 있었다. 그러나 영상 속 남자는 그런 뱀파이어들과는 차원이 달랐다. 뱀파이어의 피를 마시는 뱀파이어라면, 안드레아의 추측으로는 단 한 가지였다.

"상구니스 오리고(Sanguinis Orig)."

느닷없는 라틴어가 안드레아의 입에서 흘러나왔다. 이그나티우스가 멍한 표정으로 눈을 끔뻑였다.

"뭐라고?"

"오리진, 원형 흡혈귀입니다."

이그나티우스는 처음 듣는다는 표정이었다. 도미니코 또한 의아한 표정으로 안드레아를 쳐다보았다. 안드레아가 딱딱한 표정으로 설명을 이었다.

"현대의 흡혈귀는 전부 원형 흡혈귀의 권속들입니다. 놈들이 피를 섭취하고 내다 버린 찌꺼기가 증식한 결과죠. 그래서 변혈 병과 폭주에 시달리는 겁니다. 그런 더러운 피를 서로가 마시면 죽을 수밖에 없고요. 하지만……."

안드레아는 자신이 내뱉는 추측이 사실에 가깝다는 확신에 주먹을 불끈 쥐었다.

"현대 흡혈귀보다 상위 존재인, 원형 흡혈귀라면… 권속들의 피를 먹고도 아무렇지 않을 수 있습니다."

"영상 속에선 오히려 힘이 넘치던 기라."

이그나티우스가 큰일이라는 표정으로 볼을 긁었다. 뱀파이어를 잡아먹는 뱀파이어라. 장구벌레를 잡아먹는 장구벌레처럼 긍정적인 효과만 주면 좋으련만…. 상대는 인간의 지능을 가진 뱀파이어였다. 뱀파이어끼리의 균형을 부수는 뱀파이어가 인간에게 어떤 영향을 줄지는 아무도 몰랐다.

안드레아가 힘있게 말했다.

"반드시 죽여야 합니다. 반드시."

그때, 교구장실을 누군가 노크했다. 안드레아가 돌아보지도 않고 말했다.

"들어와."

교구장이라고 해도 일반 사제에게 존대하는 게 원칙이었지만, 안드레아의 말투는 명백한 하대였다. 뱀파이어와 생사를 건 싸움을 해왔던 탓인지, 안드레아는 효율을 중시하

되 쓸데없는 허례를 경시했다.

서울 교구 소속 사제, 루카가 교구장 실로 들어왔다. 그는 한국인이 아니라 독일인이었다. 교구장의 성격을 잘 아는 루카는 곧장 본론부터 말했다.

"소요 위치 파악 완료했습니다."

"어딘가?"

"강원도 원주, 대원제약이라는 제약사의 공장입니다."

루카의 목소리를 전해 들은 이그나티우스가 벌떡 일어났다. 당장이라도 출동할 기세였다. 다만, 도미니코는 다소 조심스러운 태도였다.

"본부에 보고를 해야 할 텐데요."

안드레아 또한 자리에서 일어나 있었다.

"시간이 촉박합니다. 당장 출동해 주십시오. 목적은 소요 지역 흡혈귀 전원 축마입니다."

'축마'가 무엇을 뜻하는지 모르는 교구장은 없었다. 이그나티우스가 결연한 표정을 짓더니 화상 채팅을 종료했다. 안드레아 또한 모니터를 끄더니 루카를 돌아보았다.

"수석 사제 전원 호출하라."

"알겠습니다. 주님의 평화가 있기를."

루카가 고개를 숙여 인사하는 사이, 안드레아는 먼저 교구장실을 뛰쳐나갔다.

서울 교구는 강서 외각에 위치했다. 겉보기에는 백여 명의 성도가 모이는 소규모 성당이었지만, 지하에는 이백 평의 청록 수도회 본부가 있었다. 성도들도 동네 주민 서른 명 정도를 제외하고는 전부 사제와 사무직 직원들이었다.

안드레아는 복도 끝에 위치한 고해소 문을 열었다. 교구장이 몸소 사죄경을 들을 참인가 싶겠지만, 고해소의 기능은 따로 있었다. 고해소 탁자 위에는 검은 전화기 하나가 놓여있었다. 안드레아는 수화기를 들고 탁자 밑 버튼을 5초 동안 눌렀다. 발신음 따위는 들리지 않았다.

몇 초 후, 상대방이 전화를 받았다. 유창한 라틴어가 쏟아졌다.

"안드레아 사제. 주의 어깨가 당신의 자리이기를."

교황청 청록 수도회 아시아 교구 담당, 빅터 추기경이었다. 천주교가 이단의 신비와 연관되었다는 눈총을 피하고자, 청록 수도회는 이런 보안 시스템을 거쳐 상부와 연락하곤 했다. 그들은 사적인 안부나 의례적 인사를 생략했다.

"공개적으로 유튜브 올라온 영상 제외, 저희 쪽에서 취합한 정보는 없습니다. 별도 브리핑이 필요하십니까?"

"영상은 나도 봤습니다. 우선 유튜브 쪽에 영상 송출 중단을 요청했습니다."

추기경은 한숨을 쉬며 말했다. 온라인은 이미 난리가 났고, 젊은 세대는 흥분했다. 뱀파이어가 현실 속 존재라는 것이 확인됐을 때, 사회 혼란은 걷잡을 수 없을 정도로 커질 터였다. 하루빨리 화면 속 뱀파이어들과 연관 세력을 정리해야 했다.

안드레아가 열기를 띤 목소리로 말했다.

"저희 쪽에서 보기에 영상 조작은 아닙니다. 제가 수없이 봐온 흡혈귀들의 움직임과 몹시 비슷했습니다."

"교황청의 의견도 같습니다."

"그렇다면 흡혈귀가 흡혈귀 피를 마시는 장면에 대해… 어떻게 생각하십니까?"

안드레아의 질문에 침묵이 흘렀다. 추기경이 목을 가다듬고 입을 열었다.

"원형…… 흡혈귀겠지요. 태어날 때부터 흡혈귀로 지상을 거닌 악마 말입니다."

"하지만 더 큰 일이 있습니다."

안드레아가 딱딱한 목소리로 입을 열었다.

"원형 흡혈귀가 하급 흡혈귀의 피를 먹고 무사하다는 건 이해가 갑니다. 그런데 놈은 하급흡혈귀의 피를 먹고 더 강해졌습니다. 힘도, 속도도요."

두 번째 침묵이 흘렀다. 추기경이 얼어붙은 목소리로 말했다.

"확실한 것은…… 아니지 않습니까."

"제 눈은 확실합니다. 놈들의 힘은 충분한 피를 마셨을 때와 피가 극심히 부족할 때 증폭됩니다."

"압니다."

"예. 어떠한 이유인지는 모르겠지만, 영상 속 놈은 분명히 흡혈귀 피를 마시고 힘과 속도가

달라졌습니다."

추기경은 불편한 헛기침을 했다. 하지만 안드레아는 자신의 의견이 사실이라는 것을 믿어 의심치 않았다. 아시아, 아니 교황청 전체를 둘러봐도 자신만큼 흡혈귀를 사냥하며 오래 살아남은 사람은 없었다.

결국, 추기경이 한숨을 내쉬며 말했다. 수화기 너머의 목소리는 난감한 기색이 역력했다.

"본부에서도 안드레아 사제와 같은 의견을 말하는 이들이 몇 있었습니다. 아무래도…

원형을 넘어선 변종 같다고요."

기다린 대답에 안드레아가 빠르게 대답했다.

"놈이 더한 힘을 위해 사람들을 대거 감염시킨 후 피를 취할 수도 있습니다."

"……충분히 예상되는 문제입니다."

추기경의 목소리가 급격하게 어두워졌다. 뱀파이어가 인간의 피를 마시고자 살인을 벌이는 것도 문제인데, 뱀파이어를 양산시켜 그 피를 취하려고 한다면 범세계적 문제가 될 터였다.

"지금 부수 피해를 막기 위해 강원도 지부에서 출동한 상황입니다."

"예외적 상황을 인정합니다."

"대한민국 청록 수도회 전원이 성전에 나서게 허락해 주십시오."

청록 수도회의 '성전'은 교구 전체가 뱀파이어 말살을 위해 전투에 임하는 것을 뜻했다. 이번에 추기경은 뜸을 들이지 않았다.

"허락합니다. 단, 늘 그랬듯. 이 계명을 명심하십시오."

안드레아가 피식 웃었다.

"알겠습니다. 성전을 허락받았음을 인지합니다."

"기록하였습니다."

전화가 끊겼다. 모든 통화 내용은 기록되어 교황청 측에 비밀리에 보관될 터였다. 안드레아는 수화기를 붙잡고 이 계명을 중얼거렸다.

"무고한 사람들이 다치지 않게. 수도회의 전사들이 노출되지 않게……."

이윽고 안드레아가 고해소를 나왔다. 바깥에는 사제들이 굳은 얼굴로 안드레아를 기다리고 있었다. 열한 명의 수석 사제들이었다. 안드레아가 결연한 얼굴로 입을 열었다.

"성전이다. 순교의 각오로 임하라."

열한 사제가 목에 착용한 은제 십자가를 쥐었다. 루카가 운을 떼자, 사제 전원이 청록 수도회 기도문을 암송했다. 이번에는 안드레아도 순순히 동참했다.

하느님의 나라를 위하여
평강의 왕으로 임하신 예수 그리스도의 영광을 위하여
이 한 몸 드림을 기쁨으로 알지니
옛 뱀 오래된 용의 그림자도
주의 십자가에 드리우지 못하도록
순결한 어린 양께
온전한 나의 몸을 드립니다.
미카엘의 검을 내게 주소서.
미카엘의 검을 내게 주소서.

뱀파이어와의 전투는 언제나 감염의 위험이 도사렸다. 기도문을 외운다는 것은 형제가 감염되었을 때 자비를 베풀고, 자신이 감염되었을 때 마땅히 하느님께 돌아가겠다는 결의가 깃들어 있었다. 인간의 순결한 피를 지키기 위해, 청록 수도회 전원은 죽음을 두려워하지 않았다.

안드레아의 목소리를 마지막으로 기도문은 끝났다. 수없이 성전을 겪어온 안드레아였다. 하지만 이번이 마지막 성전이 될 것 같다는 예감이 지워지지 않았다.

*

용준과 스티그마 간의 충돌 영상은 SNS 전역에 퍼졌다. 그중 가장 고화질인 영상은 2억 뷰를 찍었다. 영상은 여러 추측을 불러일으켰다. 그중 가장 주목받는 음모론은 CCTV에 등장한 모두가 뱀파이어라는 의견이었다.

– 뱀파이어는 우리 가까이에 늘 있었습니다. 내가 눈으로 봤다구요!

– 뱀파이어는 그동안 직접 흡혈을 하지 않았습니다. 자신들의 정체가 들킬까 봐 무서웠던것이죠.

– 천주교에 전담 사제단이 있어요. 우리 모르게 그들이 막아주고 있었던 겁니다.

유튜브로 뱀파이어 음모론자들의 주장이 흘러나왔다. 오른쪽 손목이 부러진 탓에, 찬섭은 왼손으로 핸드폰을 쥐며 중얼거렸다.

"이거 사실인데……. 이 사람도 뱀파이어 아니야?"

해리가 누워있는 찬섭의 배를 찰싹 때렸다.

"살맛 났지, 살맛 났어! 제일 다쳐놓고서는 아주!"

"헤헤……."

찬섭이 멋쩍게 웃었다. 사실, 손목만 부러진 것도 천운이었다.

"누나는 이 영상들 다 봤어?"

"진작에 봤지!"

해리가 자신을 뭘로 보냐는 눈으로 찬섭을 노려보았다. 하지만 내심 기쁜 듯, 미소를 숨기진 않았다.

날이 갈수록 블랭크 채널 운영자에 대한 추측이 무성해지고 있었다. 여론 대다수는 뱀파이어의 존재를 제대로 믿진 않았지만, 적어도 블랭크가 세상 이면에 숨겨진 거악과 맞서려고 한다는 것은 확실히 이해했다. 그동안 보여준 텐타이온 추적과 인간을 벗어난 이들의 살육전까지. 여론은 곧 블랭크가 미지의 악을 알리고 싸우기 위해 고군분투하는 이들로 인식했다.

결국, 블랭크는 과격할지언정 악을 드러내고 정의를 실현하려는 집단으로 인식됐다. 한 외신이 대한민국 여론 반응을 소개했다.

'대한민국 국민들이 악을 공개하고 정면으로 맞서는 유튜

브 채널 블랭크의 행보를 마치 진통제(Painkiller)처럼 받아들인다.'

외신은 다시 국내 뉴스로 재소개되었고, 이후 '페인킬러(Painkilelr) 신드롬'이 퍼졌다. 페인킬러 신드롬은 악인과 부패한 공권력에 맞서 정의를 실현하는 움직임을 뜻했다. 그중 원조라고 칭송받는 건 당연히 블랭크였다.

"우리 진짜 이름 페인킬러로 바꾸는 게 어때?"

찬섭의 말에 해리는 아무 대답도 하지 않았지만, 썩 괜찮다는 표정을 지었다.

둘의 이야기를 듣던 성태가 낮은 소리로 물었다.

"용준이는?"

해리가 고개만 슬쩍 움직여 위를 가리켰다. 영상이 공개되고 아지트로 돌아온 후, 용준과 밀라는 성태의 건물 꼭대기 옥탑에 주로 머물렀다. 용건이 있으면 핸드폰 통화로 대신했다.

"당분간 거기서 지내시겠대요."

이미 용준과 밀라가 뱀파이어인 것을 알았다고는 해도, 어쨌건 사람의 모습을 한 존재의 목을 물어 생명이 끊어질 때까지 피를 빨아먹는 것을 공개적으로 보여준 셈이었다. 인간으로서 넘어서는 안될 선을 훌쩍 넘어버린 용준 쪽에서 잠시 거리를 둔 조치였다.

블랭크 멤버들은 일정 부분 용준의 감정에 동의했다. 그날 그 광경을 목격한 이후 멤버들도 나름대로의 충격을 받았다. 그 때문에 막상 용준을 어떻게 대해야 할지 이전처럼 잘 지낼 수 있을지에 대한 우려가 생긴 것도 사실이었다. 그러면서도 자신들이 느끼는 이 위화감 때문에 용준이 되려 마음의 상처를 받을까 걱정이 되기도 하였다.

[뭐를 어떻게 하든 미리 의논해라.]

성태는 그렇게 용준에게 문자를 보냈다. 용준이 모든 짐을 혼자 지고, 혼자 해결하려 할 것 같았다. 사실상 뱀파이어와의 싸움에서 블랭크가 큰 도움이 되지 못한다는 것은 입증되었다. 도움을 주고자 했지만 인질이 되어 도리어 용준의 발목을 잡을 뻔했으니까. 밀라도 자신들이 없었으면 그렇게 맥없이 잡히지는 않았을테니까. 성태는 용준이 다음 싸움을 어떻게 펼쳐 나가려 하는지 걱정되고 불안한 마음이었다.

"이게 뭐지?"

찬섭이 유튜브를 뒤지다가 새로운 콘텐츠를 발견하고 놀랐다. 뱀파이어로 추정되는 존재가 엄청난 속도로 도망치다 퍽- 하고 쓰러지는 CCTV화면이었다. 그 뒤로는 검은 수도사 옷을 입은 남자들이 와르르 뛰쳐나가고 있었다.

*

 창문을 두드리는 소리가 났다. 용준이 고개를 번쩍 쳐들고 창문을 바라보았다. 은발을 휘날리며 밀라가 창가에 매달려 있었다.

 용준이 뭐냐는 표정을 짓자, 밀라가 입모양으로 말했다.

 '저 떨어지라고요?'

 용준은 피식 웃으며 일어나 창문을 열었다. 그리고 도무지 이해가 안 간다는 듯 말했다.

 "사람들이 보면 어쩌려고…."

 "어차피 뱀파이어네, 뭐네 하면서 난리인데 뭐 어때요?"

 어울리지 않게 유쾌한 톤이었다. 용준은 밀라가 편히 들어올 수 있게 손을 내밀었다.

 "고마워요."

 실내로 들어온 밀라가 싱긋 웃었다.

 방에 침대나 소파 따위는 없었다. 성태가 앉아라도 있으라며 넣어둔 의자 한 개가 다였다. 용준은 밀라에게 의자를 권하고 자신은 바닥에 앉았다.

 용준이 물었다.

 "무슨 일이에요?"

 "사제단들이 움직이기 시작했어요. 청록 수도회."

"청록 수도회?"

용준이 되묻자 밀라가 고개를 끄덕였다.

"지금 우릴 쫓고 있는 사제단들의 이름이에요. 가톨릭의 사냥개라고도 불리죠."

"나 때문인가 보군요."

"당연하죠. 뱀파이어 역사상 그런 짓을 벌인 자는 아무도 없었어요. 앞으로도 앞을 거구요."

용준이 공장에서 보인 모습은 전국, 전 세계로 생중계되었고 그 후엔 수도 없이 재생산되어 퍼져나갔다. 그 때문에 대중들은 뱀파이어라는 존재가 실존했다는 믿기 힘든 역사를 받아들이는 단계에 이르렀고 사회적 혼란은 커져만 갔다.

"대한민국 뱀파이어가 몰살당할 거에요."

밀라의 눈에는 긴장이 실려있었다. 어떠한 상황에도 두려움을 느끼지 않던 밀라였기에 더 낯설게 느껴졌다.

"······무엇보다 현 서울 교구장은 자비가 없어요. 그가 말하는 자비는 뱀파이어의 육신에서 영혼을 해방시키는 것이기에. 만약 사제들이 개입한다면, 나도, 용준씨도, 성준이도, 실험체들도······ 전부 죽을 거예요."

용준이 잠깐 생각하다가 물었다.

"현 교구장이 누구에요?"

"지윤석 안드레아. 인생의 절반 이상을 뱀파이어 사냥에 힘쓴 인간이죠."

"정의롭고 헌신적인 인물이군."

용준의 대답에 밀라는 고개를 들고 그의 얼굴을 바라보았다. 용준은 그 어느 때보다 초연한 표정을 짓고 있었다. 객관적으로 안드레아가 그런 인물일지라도, 지금 용준에게는 가장 큰 위험요소인데 그런 식으로 표현한다는 것이 의외였다.

용준이 물었다.

"그들을 만나는 방법은?"

"무슨 말을 하는 거예요? 안드레아를 만나면 감당할 수 없어요. 무조건 도망쳐야 해요."

용준은 물끄러미 밀라를 바라보았다.

"그럼 당신은 멀리 도망쳐서 조용히 숨어 살면 몇백 년이고, 어쩌면 편히 살 수도 있었는데 왜 나를 구했나요?"

느닷없는 용준의 질문에 밀라는 잠시 당황했다.

"나는……."

밀라는 총령의 집에서 보았던 아이들을 떠올렸다. 짐승처럼 묶여서 죽을 때까지 피를 제공하던 아이들이었다. 매일 밤 그 아이들의 울음소리가 들려왔다. 자신 또한 어릴 적부터 그곳에서 온갖 실험을 당했기에 아이들의 두려움이 몇 배로 강하게 다가왔다. 총령으로부터 도망친 뒤에 밀라는 결심했었다. 그 아이들을 반드시 구해내겠다고.

"그랬죠. 그래서 당신을 구했죠."

"그걸 기억해요. 누군가를 구해야 하는 걸. 당신도 그렇고, 나도 그렇고. 그 목적을 잊지 않아야 해요."

용준은 밀라의 답을 듣지 않아도 안다는 듯 말했다. 그리고 덧붙였다.

"목적이 분명하면, 그 목적이 옳은 일이면 그곳으로 가는 길에 팔다리 좀 긁히고, 다치고 혹시 죽더라도 가야겠죠."

용준은 어린 시절 성준과 함께 아버지에게 죽음에 가까운 훈련을 받던 날들을 생각했다. 그때는 목표가 옳은지 그른지 판단도 하지 않았다. 오직 아버지가 정해준 목표를 달성하기 위해 달려들기만 했다.

지금은 자신이 세운 목표를 향해 달려가는 것이다. 성준을 구하고, 자신과 동생을 이렇게 만든 자들을 응징한다. 망설일 이유는 없었다. 목표는 옳았고 오직 자신에게만 그것을 이룰 수 있는 힘이 주어졌다. 망설일 이유가 없는 것이 아니라 망설여서는 안 되는 것이었다.

밀라는 용준의 평안한 눈빛이 너무도 불안했다. 하지만 차마 물을 수도 없었다.

·2장·
협상

 두호와 강력4팀은 본청 임시 사무실에서 짐을 쌌다. 청장은 죽었고, 블랭크 특별수사팀이 해체되었으니 본청에 머물 이유가 없었다. 팀원 모두가 복귀에 기뻐했지만, 두호는 팀원들을 보며 다독였다.
 "티 내지 마라. 괜히 부딪혀서 좋을 거 없어."
 공교롭게도 복귀일이 특수팀을 이끌던 박경철이 파면당하는 날과 겹쳤다. 경찰청장의 발언과 보도자료로 자살한 줄 알았던 사람들이 살해당했다는 게 드러났고, 진위 확인 없이 모든 죄를 블랭크 채널로 몰고 가던 경철은 제복을 벗어야 했다. 윤재는 마주치길 벼르는 듯했지만, 팀장의 지시에 군말하지 않았다. 블랭크 채널에 CCTV가 송출된 이후, 두호의 살은 5킬로나 빠져있었다.
 청장이 사망한 후, 상부는 말 그대로 정신이 없는 상황이었다. 직무대행을 맡은 차장은 텐타이온 수사에 힘쓰겠다고 밝혔을 뿐, 블랭크 채널에 대한 언급은 일절 없었다. 곧이어 상부는 우선순위를 명확히 경찰 내부에 전달했다. 경찰의 입지가 땅에 떨어진 상황에서, 민감한 블랭크보다 사실 여부가 드러난 텐타이온부터 제대로 수사하자는 방침이었다.

윤재는 우중충한 두호의 표정을 흘긋 보더니 크게 외쳤다.

"아, 배고프다! 당분간 본청 안 올 건데 빨리 보쌈 먹으러 가죠!"

경찰청 맞은편에는 칼국수 간판을 달고 보쌈을 파는 맛집이 있었다. 눈치를 보던 대건이 침을 꿀꺽 삼켰다.

"거기 가오리찜도 맛있대요."

"막내, 가오리찜 먹어 봤어?"

"아뇨. 그래서 말한 거예요."

분위기는 금세 와자지껄해졌다. 주차장으로 내려가는 동안, 두호의 표정 표정도 조금 풀렸다. 각자 차에 타려는 순간, 주차장 끝에서 벼락같은 고함이 터져 나왔다.

"좋냐, 이 새끼들아?! 좋아?"

모두가 놀라 돌아보았다. 경철이었다. 경철은 청장에게 부러진 오른팔에 깁스를 차고, 미친개처럼 으르렁거리며 강력4팀을 노려보고 있었다.

두호는 자신의 눈을 의심했다. 경철은 며칠 사이 몹시 말라 있었다. 아니, 야윈 수준을 넘어 아예 쪼그라들었다는 표현이 걸맞았다. 경철은 두호의 얼굴을 바라보더니 갑자기 비명 같은 고함을 내질렀다.

"으아아아악! 개새끼야!"

"이런 씨……."

눈이 돌아간 윤재가 나서자, 대건이 얼른 말렸다. 두호는 눈살을 찌푸리고 경철을 살폈다. 그 순간, 경철이 자기 가슴을 퍽퍽 치더니 옷을 찢었다. 이쯤 되자 윤재도 당황하여 입을 벌렸다.

금단 증세. 삼십 대 대부분을 마약팀에서 보낸 두호였다. 경철의 이상 행동은 아무리 봐도 약에 취한 모양새였다. 경철은 눈을 번뜩거리며 두호를 향해 소리쳤다.

"이 루저 새끼야! 아무것도 모르는 새끼들이! 네가 뭘 알아! 네가! 뭐가 그리 잘났어!"

이제 경철은 미쳐 날뛰는 수준이었다. 더는 묵과할 수 없었던 강력4팀이 경철을 제압하기 위해 다가갔다. 그 순간, 두호가 외쳤다.

"다 차 타고 가!"

"네? 혼자서는 위험합니다!"

윤재가 외쳤다. 그러나 두호는 엄한 표정을 지었다.

"내 말 들어! 가서 보쌈시켜 놔!"

팀원들이 걱정스러운 표정을 지었다. 그러나 두호의 말을 어길 수도 없는 모양새였다.

"……조심하십쇼."

"잠깐 대화만 하려는 거야."

팀원들의 차가 주차장을 빠져나갔다. 두호는 이를 부득부득 갈고 있는 경철에게 조심스럽게 다가갔다.

"팀장님, 제게 하실 말씀이라도……."

그 순간, 경철이 두호에게 달려들었다. 두호는 반사적으로 비켜서며 경철의 돌진을 피했다. 나이가 들었다고 한들, 베테랑은 베테랑이었다. 경철은 주차된 차에 머리를 세게 부딪혔다.

"괜찮으십니까?!"

"으아!"

경철이 포효하며 뒤를 돌아보았다. 경철의 머리에 받힌 운전석 문은 말 그대로 우그러져 있었다. 두호는 무언가 잘못되었음을 느꼈다.

'우그러져? 차가? 부딪혔다고?'

경철은 다시 두호에게 달려들었다. 이번엔 속도도 빨랐다. 두호는 가까스로 몸을 굴려 경철의 공격을 피했다.

마약 중독자는 일반인보다 몇 배나 강한 힘을 내곤 했다. 대신 금단 증세 때문에 빈틈이 많았다. 두호는 허리춤에서 수갑을 빼냈다. 지금 경철은 오른팔을 쓰지 못하니, 오른쪽에 주먹 한 방을 먹이고 수갑을 채울 생각이었다.

경철은 이제 침을 질질 흘리고 있었다. 증오가 가득하던 눈이 이제 맛있는 음식을 바라볼 때의 표정으로 바뀌어 있었다. 그 순간, 두호는 최근 도는 음모론을 떠올렸다. 용준과 관련된 음모론이었다. 뱀파이어……. 지금 경철의 힘과 행동은 뱀파이어를 연상시키기 딱 좋았다.

두호는 머리를 흔들었다. 합성 카티논이나 플래카 중독자들도 비슷한 증세를 보이곤 했다. 다만, 그 마약들을 이제껏 거론하지 않은 이유는 용준 때문이었다. 이제껏 봐온 용준이 그런 마약을 한다는 사실이 상상도 가지 않았다.

다른 생각에 빠져있는 사이, 경철이 다시 달려들었다. 두호는 경철이 깁스한 팔 쪽으로 몸을 틀었다. 그리고 있는 힘껏 주먹을 날렸다. 두호의 주먹은 경철의 옆구리에 정확히 들어갔다. 그러나 두호는 표정이 굳은 채로 빠르게 물러났다.

"큭!"

내지른 주먹이 덜덜 떨렸다. 돌덩이를 친 기분이었다. 어떤 마약을 복용하든, 사람의 신체 내구도가 바뀔 일은 없었다.

그 사이, 경철은 다시 두호에게 달려들었다. 정신 나간 표정과 달리, 경철은 완벽하게 몸을 비틀어 뒤돌려차기를 날렸다.

"갑자기? 반칙이지."

이번에는 도무지 피할 각이 보이지 않았다. 두호가 멍한 표정으로 자신의 머리로 향하는 발을 바라보았다.

그 순간, 누군가 두호의 뒷덜미를 붙잡았다. 경철의 발끝이 아슬아슬하게 두호의 이마를 스쳤다.

"이거 참. 사람 하나 잡을 뻔했네."

두호가 구세주를 돌아보았다. 동료 경찰인가 싶었는데, 도무지 생김새가 경찰이 아니었다. 중간 키 정도 되는 남자의 얼굴은 칼자국 같은 흉터로 뒤덮여있었고, 시커먼 선글라스를 끼고 있었다. 경철은 이제 남자에게 달려들었다.

"크아악!"

"물러나!"

두호가 다급하게 외쳤다. 그러나 남자는 두호를 쉽게 밀어내더니 경철과 부딪혔다.

퍽, 퍼억!

눈앞의 광경에 두호는 아연한 표정을 지었다. 갑자기 나타난 남자가 경철을 흠씬 두들겨 패고 있었다. 경철은 미친 사람처럼 팔을 마구 휘젓고, 몸을 내던지고, 가끔 제정신이 돌아온 듯 절도 있는 발차기를 날렸다.

그러나 남자는 표정 하나 변하지 않고 경철의 공격을 몸으로 받아냈다. 그리고 한 번씩 묵직한 주먹을 몸통에 꽂아 넣었다. 주먹이 얼마나 매운지, 경철은 고통스러운 표정을 지으며 발버둥 쳤다. 두호는 긴장이 풀리다 못해 어이가 없었다. 이렇게 쉽게 저 미치광이를 제압할 수 있다고?

"끄에……."

"어디서 더러운 이빨을 들이대."

남자가 경철의 멱살을 잡고 철구 같은 주먹을 쳐드는 순간이었다. 그제야 정신이 든 두호가 큰소리로 외쳤다.

"안 돼요! 안 돼! 이미 기절했어요!"

남자는 두호의 말에 주먹을 멈칫했다. 그리고 경철을 흘긋 보았다. 경철은 침을 질질 흘리며 혼절해 있었다. 두호가 말을 더듬으며 말했다.

"당신, 누굽니까? 경찰이에요?"

남자가 멱살을 풀자, 경철은 주차장 바닥에 나뒹굴었다. 두호는 남자의 정체가 도무지 짐작 가지 않았다. 조폭이나 깡패가 연상됐지만, 질적인 분위기가 달랐다. 그보다는 군인에 가까운 모양새였다.

남자는 자켓 안주머니를 뒤지더니 명함 하나를 꺼냈다.

"한용준 형사와 연락되십니까?"

"네? 용준이를 알아요?"

남자는 선글라스 너머로 두호의 얼굴을 잠시 바라보았

다. 그리고는 무미건조한 목소리로 말했다.

"한용준은 아주 위험한 인물입니다. 만나게 되면 즉시 연락하십시오."

"그게 무슨 말입니까! 알아듣게 좀 말해요!"

두호가 답답한 마음에 고함쳤지만, 남자는 조용히 명함을 건넸다.

"받으십시오."

명함은 청록색 바탕에 은색 십자가가 그려져 있었다. 'Andrea'라는 이름과 전화번호, 이메일이 적혀있었다. 소재지를 본 두호가 눈을 끔뻑이며 중얼거렸다.

"강서구? 성당?"

도무지 종교인처럼 보이지는 않는 남자는 고개를 까딱하더니 주차장을 나섰다. 두호는 쓰러진 경철의 손목에 수갑을 채우고는 명함을 한참이나 바라보았다.

"그 새끼, 내 전화도 문자도 안 보던데. 과연 보려나."

혼잣말을 중얼거릴 무렵, 본청 소속 형사들이 급하게 내려왔다. 진술이니 조사니. 귀찮은 일에 시달릴 시간이었다. 두호는 깊게 생각하는 것을 포기하고 명함 사진을 찍어 용준에게 전송했다.

*

"총리랑 재경부, 행안부 장관만 잡으라고! 텐타이온 곧바로 보내겠다고 해!"

총령은 드물게 언성을 높이며 통화를 하고 있었다. 상황은 좋지 못했다. 전부 한용준 때문이었다. 공장 CCTV를 외부로 송출하고 있었을 줄이야. 종족의 모습이 일반인들에게 노출된 건 도무지 돌이킬 수가 없었다.

텐타이온 생산공장은 망가졌고, 가톨릭의 사냥개들이 총령을 발 빠르게 추적했다. 여론 또한 경찰청장의 개짓거리 때문에 장작처럼 불타고 있었다. 아무리 총령이라도 지금은 몸을 사려야 했다.

문제는 텐타이온으로 길들여 놓았던 인간 일부가 금단 증세를 못 이기고 폭주하고 있다는 사실이었다. 총령의 예상보다 훨씬 더 빨랐다. 이미 사제들은 이상증세를 겪는 인간들을 하나하나 쫓기 시작했다. 이대로라면 총령까지 다다르는 것은 시간문제였다.

그래서 더욱이 고위층에게 텐타이온을 보급해야 했는데, 이들은 총령의 전화를 대놓고 무시했다. 금단 증세 때문이라도 이렇게 뻗댈 수가 없을 텐데, 도무지 이해가 되지 않았다. 폭주하더라도 총령과 연을 끊거나, 폭주에 대비할 무언가가 있다는 뜻이었다.

'만약 상품 중 일부가 새고 있었다면······.'

이윽고, 총령이 노발대발하며 외쳤다.

"당장 경영부장이랑 사업부장 데려와!"

총령의 호출에 두 부장은 완벽하게 자료를 준비해와야 했다. 몇 번이나 자료를 정독한 총령은 태블릿을 맨손으로 부숴버리고 말았다. 뭔가 문제가 생겼다고 확신했는데, 아무런 문제도 없었다. 멀쩡해 보이는 돌다리야말로 가장 무서운 법이었다.

경찰청은 더는 총령의 힘이 미치지 못했고, 공들인 국회위원들과 장관들은 총령을 피했다. 용준만, 용준만 손에 넣으면 모든 게 뜻대로 되었을 텐데. 총령은 이를 부득부득 갈았다.

"은행 체크해! 그리고 연구부장 데리고 와!"

총령이 경영부장에게 외쳤다. 경영부장은 허리를 숙이고 자리에서 물러났다. 서재 문이 열리는 순간, 바깥을 본 총령의 얼굴이 붉으락푸르락해졌다.

"너!"

서재 문 앞에는 성준이 잔잔한 미소를 짓고 있었다.

"비자금 미리 빼놨습니다. 연구부장에게도 실험체 손상이 없게 잘 돌보라고 말해뒀고요.

당분간 실험체 수급이 어려울 테니까요."

성준은 유수처럼 말을 쏟아냈다. 총령은 무슨 말을 내뱉고 싶었다. 하지만 도무지 목에 걸려 나오질 않았다.

성준은 그런 총령을 보더니 미소 지었다.

"왜요? 총령님. 제가 무엇을 잘못했나요?"

"너, 너는……왜 그렇게 아무렇지도 않은 것이냐. 이, 이 상황이 즐겁더냐?"

성준이 무언가 대답하려는 듯 입을 열었다. 그때, 총령의 비화폰으로 전화가 걸려 왔다. 번호를 확인한 총령은 저도 모르게 옷을 반듯하게 갖추고 전화를 받았다.

"전화받았습니다. 아닙니다. 수습 중입니다."

언제나 상대보다 우위를 점하던 총령이 과한 예의를 차리는 순간이었다. 미처 서재에서 나가지 못한 사업부장이 충격받은 표정을 지었다.

총령은 당장 물러나라는 눈짓을 했다.

하지만 성준은 전화가 어디에서 걸려 왔는지 알고 있었다. 단지 지금은 그것까지 알은체를 안 하는 게 나으니까, 20년간 세워온 계획까지 오직 한걸음 남았으니까 그저 미소를 지으며 자리를 비켜줄 뿐이었다.

*

새벽 세 시, 용준은 조용히 일어났다. 뱀파이어가 된 후로 제대로 잠을 잔 적이 없었다. 딱히 피로하지 않았고, 굳이 잠을 청해도 악몽만 꿀 뿐이었다. 용준은 차갑게 식은 팔을 매만졌다. 삭막하고, 건조했다.

악몽은 여러 가지였다. 아버지에게 혹독한 훈련을 받을 때로 돌아가기도 했고, 성준이 사라진 날이 생생히 나오기도 했다. 뱀파이어가 된 아버지에게 물렸던 당일이 되기도 했고, 성준을 다시 잃어버린 날이 되기도 했다.

또 이제는 가질 수 없는 것들에 대한 기억도 떠올랐다. 경찰 시절, 여러 달 쫓던 범인을 체포하고 팀원들과 감자탕집에서 회식한 후 집에 돌아와 푹 쓰러져 다음 날 아침까지 푹 잠들었던 시절의 즐거움이 그리웠다. 술을 마셔도 취하지 않고, 눈을 감아도 잠들지 못하는 몸은 몹시 삭막하고, 차가웠다. 좋아하던 냉면을 보고도 식욕을 느끼지 못했고, 오래 달려도 숨차지 않았다. 운동장 열 바퀴를 달리며 땀을 쭉 빼고 차가운 물을 마시며 갈증을 잠재울 때의 희열 같은 건 이제 다시 올 수 없는, 기억 저편의 조각이 되었다.

기척을 숨기는 것도 어려운 일이 아니었다. 자기 몸을 완전히 통제할 수 있었으니까.

용준은 블랭크 아지트에 들어섰다. 조용히 문을 열자, 모니터 앞에서 해리가 코 고는 소리가 들렸다. 찬섭은 거실 소파에서 고른 호흡을 내며 잠들어 있었다. 무슨 꿈을 꾸고 있는지, 찬섭은 웃고 있었다.

용준은 발걸음을 숨기고 자신의 물건을 챙겼다. 제일 큰 천 가방을 가져왔는데 안이 금세 가득 찼다. 옷가지, 칫솔, 자기 전에 읽던 책 몇 권……. 적어도 중간 사이즈 캐리어 하나는 든든히 채울 양이었다. 용준은 조심스럽게 보따리를 짊어지고 나와 뒷좌석에 실었다.

그때, 먼발치에서 발소리가 들렸다. 이 늦은 시간에 근처를 돌아다닐 사람이라니. 고개를 들어보니, 용준의 차를 발견한 성태가 묵묵한 얼굴로 서 있었다. 용준이 바로 시동을 켜지 않자, 성태가 천천히 걸어와 뒷좌석 문을 열었다. 무거운 천 가방을 쓱 밀더니, 성태가 자리에 앉았다.

"이게 경찰이야, 도둑고양이야?"

용준은 대답 대신 피식 웃었다. 성태는 그런 용준을 바라보며 입을 열었다.

"네가 가고 싶은 곳으로 가자."

"좋아요."

용준은 차 시동을 켜고 액셀을 밟았다. 두 사람이 도착한 곳은 성태 명의의 야적장이었다. 명구가 합류하기 전, 용준과 성태는 이 야적장에서 블랭크를 기획했었다. 성태는 말없이 용준의 행동을 지켜보았다.

용준은 큼지막한 드럼통 화로에 불을 붙였다. 그리고 천 가방에 챙겨온 물건들을 하나씩 집어넣었다. 뜨거운 불길이 용준의 물건을 집어삼키며 몸집을 키웠다. 성태는 혼자 중얼거렸다.

"책까지 태울 건 뭐냐?"

용준이 조용한 목소리로 대답했다.

"놔둔다고 읽을 사람도 없을 것 같아서요"

"그렇긴 하네."

성태가 손수 책을 집어 하나하나 불길에 집어넣었다.

"블랭크…. 이제 페인킬러라고 부른다던데. 어떻게 했으면 좋겠냐."

"멈췄으면 좋겠어요"

성태는 의외라는 시선으로 용준을 돌아보았다. 용준은 매캐한 연기를 바라보며 중얼거렸다.

"블랭크도 더는 블랭크로 남지 말아야죠. 김성태, 마명구, 이해리, 정찬섭. 각자의 이름으로 살아가면 좋겠어요."

성태가 씁쓸하게 웃었다.

"글쎄다. 그런 날이 올까?"

"조카들이 바른길로 가게 도와주는 게 삼촌의 역할이죠."

용준은 맑게 웃었다. 성태는 어이가 없다는 듯 헛웃음을 터뜨렸다.

"너 하나 똑바른 길 못 보냈는데 내가 걔네를 어떻게 감당해?"

용준은 차마 대답하지 못했다. 마침내 모든 책이 화로에 들어갔다. 화염이 타닥거리며 만찬을 즐기는 소리만 한동안 이어졌다.

이윽고 성태가 입을 열었다.

"네."

"감당할 수 없으면.."

"제가 감당 못 하면 아무도 못 해요"

성태는 한동안 아무 말도 하지 않았다. 그리고 마침내 입을 열었다.

"차 좀 빌리자."

용준은 성태에게 차 키를 건넸다. 차가 멀어지는 동안, 용준은 멍하니 꿀렁꿀렁 솟구치는 불길을 바라보았다.

성태가 돌아왔을 때는 모든 물건이 타고 불이 잦아들 무렵이었다. 성태는 큼지막한 더플백을 가지고 내렸다.

"이것도 여기 둬봐야 마실 사람 없어"

안에는 혈액팩이 한가득 들어있었다. 용준이 받아서 피식했다.

"그렇네요."

"돌아올 수 있으면, 여기로 오는 거지?"

용준은 차마 대답하지 못했다.

성태는 용준을 처음 만났던 때를 떠올렸다. 세상이 무서워서, 보호라는 것을 받아 본 적 없던 아이의 공포에 젖은 눈동자. 이제 용준의 눈동자는 그 깊을 알 수 없을만큼 깊고 무거웠다. 그래도 성태는 그 깊은 눈동자 속에 숨어있는 두려움이 보이는 것 같았다.

성태가 용준의 손을 잡았다.

"갈 데 없을 때, 기어서라도 돌아오는 곳이 집이야."

누가 먼저랄 것도 없이 성태와 용준이 서로를 안았다. 성태가 용준의 등을 두어 번 두드리자, 용준이 더플백 들고 자리에서 일어났다.

그리고 돌려받은 차키를 다시 성태에게 건네주었다.

"다녀올게요."

그렇게 용준은 더플백을 들고 밖으로 나섰다. 성태가 두 팔로 낑낑거리며 들고 나온 것은 용준은 손가락 두 개로 들고 나갔다.

성태는 용준이 이제 정말 다른 존재가 되었다고 생각했다. 문득 용준은 자신이 죽은 뒤 얼마나 긴 시간을 살아가야 할까 하는 질문이 떠올랐다. 감염된 뱀파이어가 아니라 원형에 가까운 뱀파이어일수록 수명이 인간의 몇 배 이상 된다고 했다. 용준이 느끼는 공포는 어쩌면 죽을지도 모른다는 것이 아니라 죽지 못할 시간에 대한 두려움일지도 몰랐다.

용준은 잠시만 숲길을 걸었다. 저 멀리서 헤드라이트가 번쩍하면서 차가 다가왔다. 차는 용준의 앞에서 멈춰섰다.

"타요."

"내가 어딜 가려는 건 줄 알구요?"

밀라가 웃었다.

"알아요."

"그 사람들 만나면 도망쳐야 할 겁니다."

"난 안 들어가요. 앞에 내려만 줄게요."

용준은 자신이 거절하는 것이 큰 의미가 없다는 것을 깨닫고 피식 웃으며 조수석에 탔다.

"오케이. 갑시다."

*

지하 성당에는 의자가 없었다. 그레고리오 성가만이 높은 천장을 향해 조용히 울려 퍼졌다. 키리에, 아뉴스데이, 베네딕투스……. 울려 퍼지는 성가에는 기묘한 긴장감을 품고 있었다. 소집된 사제들과 부제들은 수도복 차림이 아니었다. 군복을 연상시키지만 검은 전투복에 전투 조끼, 검은 헬멧까지 옆구리에 끼고 있었다. 그들을 사제라고 증명하는 것은 목에 걸린 은세 십자가뿐이었다.

마침내 안드레아가 단 위에 섰다. 모든 성직자가 무릎을 꿇었다. 수통에 넣은 성수와 십 미터 이상의 줄을 만 은사 뭉치, 은빛 탄환을 가득 담은 탄창과 자동소총이 그들 앞에 놓여있었다. 평소 의례를 싫어한다는 안드레아도 이때만큼은 진중한 표정이었다.

하느님의 나라를 위하여
평강의 왕으로 임하신 예수 그리스도의 영광을 위하여
이 한 몸 드림을 기쁨으로 알지니
옛 뱀 오래된 용의 그림자도
주의 십자가에 드리우지 못하도록
순결한 어린 양께
온전한 나의 몸을 드립니다.
미카엘의 검을 내게 주소서.
미카엘의 검을 내게 주소서.

안드레아가 성수를 들고 단을 내려가 청록의 사제들과 그들의 무기에 축성 기도를 올렸다.

사제들은 간절한 마음으로 기도하고 성호를 긋고 아멘으로 화답했다. 어차피 주께 드린 몸, 아내와 자식도 없는 인생, 천국이 약속된 삶, 죽음이 두렵지는 않았다. 혹시라도 전투 중 뱀파이어가 되어 사람들의 피를 마시며 사는 저주받은 존재가 될까 싶은 두려움이 훨씬 컸다. 청록의 사제단이 뱀파이어를 만나 벌이는 전투에서 승률이 높은 이유는 다양한 무기의 힘과 더불어 이런 마음이 크게 작용했다.

마지막 사제까지 충성을 마쳤을 때, 성당의 문이 열리고 습한 바람이 밀려들어왔다. 안드레아가 굳은 표정으로 뒤를 돌아보았다.

그는 조용히 한숨을 내쉬었다. 들어선 자는 그들이 그토록 대비하던 뱀파이어, 한용준이었다.

"형제님들."

안드레아가 긴장한 목소리로 말하는 순간 사제들은 그 사인을 알아챘다. 열두 명이지만 한 몸처럼 활동해 온 것이 10년 이상이었다. 사제들은 각자의 무기를 들고 순식간에 용준을 에워쌌다.

"당신들을 다치게 하고 싶지 않습니다."

용준이 말하자 안드레아가 끄덕였다.

"그러면 순순히 잡혀주면 되겠군"

"그렇게 하겠습니다. 제가 해야 할 일을 마친 후에요"

"해야 할 일이라. 죄인에게 책임을 묻는 것은 법의 몫이고 악인에게 구원의 방법을 알려주는 것은 우리의 몫인데"

"뱀파이어는 죽이고요."

"알고있군."

"근데 나 없이 다 죽일 수 있습니까? 아니, 나를 내 의지와 상관없이 제압할 힘이 당신들에게 있습니까?"

"길고 짧은 건……."

순간 용준은 바람처럼 움직여 가장 가까이에 있던 수사의 뒤로 돌아가 목을 감았다.

"여기서 내가 물면 이분은 뱀파이어가 되는 것이죠"

"나, 나를…… 죽여주십시오!"

용준은 사제가 갖고 있던 성수병을 뺏어들고는 자기 머리에 부었다. 치이이익- 용준의 머리카락이 타고 얼굴이 녹아내렸다.

안드레아는 이 예상 못 한 전개에 어떤 반응도 할 수 없었다. 잠시 후 용준의 피부는 말끔하게 복원되었다.

"아프긴 합니다만, 못 견딜 정도는 아닙니다."

용준은 사제의 허리에 걸고 있는 은사를 잡아 자기 팔에 둘둘 감았다. 마찬가지로 잠시 용준의 피부를 파고드는 듯 했지만, 용준의 팔은 금세 회복되었다. 사제들은 이 엄청난 광경에 꼼짝도 하지 못했다.

가장 먼저 정신을 차린 안드레아가 총을 들어 용준을 겨눴다.

"그 탄환을 심장이나 머리에 맞추면, 한 번에 정확하게 꿰뚫으면 제가 죽을 수 있을까요? 그 전에 제가 사제님들을 몇 명쯤 뱀파이어로 만들 수 있을까요?"

안드레아의 눈동자가 흔들렸다. 용준이 말했다.

"이제 대화를 하실 준비가 되셨습니까?"

안드레아는 용준을 한참이나 노려보았다. 눈앞의 뱀파이어는 재생력 따위를 믿고 설치는 게 아니었다. 이놈은 죽음에 대한 두려움이 없었다. 즉, 이미 죽기로 결심한 놈이었다.

잠시 후, 안드레아의 웃음이 크게 울려 퍼졌다.

"하하하하하하!"

광소에 가까운 웃음에 청록 수도회 전원을 당황한 표정을 지었다. 그러나 안드레아는 웃음기를 거두지 않고 총구를 내렸다.

"그래. 한 번 들어보자. 빌어먹을 흡혈귀 놈아."

·3장·
목적

 한 시간 후, 용준이 성당 밖으로 나왔다. 밀라는 어느새 조수석에 앉아있었다. 아름다운 푸른 눈이 용준을 바라보았다.

 용준이 운전석에 타자, 밀라가 피범벅이 된 옷을 보며 혀를 찼다.

 "정말……좀 몸뚱이 좀 살살 굴려요."

 "그렇게 무서우면서 왜 안 가고 기다렸어요?"

 "죽었는지 확인하려고요."

 "무사히 살아서 나왔네요. 하느님의 축복인가."

 "무슨 이야기 했어요?"

 용준은 미묘한 표정을 지으며 대답했다.

 "서로의 목표가 같은지 확인."

 용준이 시동을 켜려고 손을 뻗는 순간이었다. 밀라가 용준의 손을 덥석 잡았다.

"왜 그래요?"

이상한 낌새를 느낀 용준이 주위를 둘러보았다. 밀라의 푸른 눈을 다시 보는 순간, 용준은 진실을 깨달았다.

"여기 뱀파이어가 있군요."

"성당 앞에서 이럴 일인가?"

"그러니까 여기서 싸우면 안 돼요. 저들도 알 거예요."

그 순간, 바로 뒤 차에서 여자 한 명이 내렸다. 짧은 단발에 양복 차림인 여자는 숙련된 비서 같은 분위기를 풍겼다.

여자가 운전석을 빤히 바라보자, 용준이 운전석 문을 열었다.

"뭡니까?"

"처음 뵙겠습니다. 큰 도련님."

여자는 예의 있게 고개를 숙였다. 싸울 생각은 없어 보였다. 용준은 목소리를 낮추고 물었다.

"왜 온 겁니까?"

"총령님께서 큰 도련님을 초대하시려고 합니다."

"초대요?"

"네. 반드시 모시고 오라고 하셨습니다."

여자는 고개를 들더니 감정 없는 눈으로 용준을 바라보았다.

"만약 오시지 않으면, 작은 도련님의 목숨은 없는 것이라고 덧붙이셨습니다."

용준의 손아귀가 독사처럼 날아들었다. 여자는 멱살을 거칠게 붙잡혔지만, 두려워하는 표정은 아니었다.

용준의 두 눈이 불길처럼 타올랐다.

"지금 내 앞에서 감히……."

순간 뒤에서 그들을 경계하던 모든 뱀파이어들이 한 걸음 다가섰다. 여차하면 성당 앞일지라도 덤비겠다는 투였다.

용준은 여자에게서 손을 놓았다.

"따라가지."

*

용준은 검은 세단들을 따라 고속도로를 달렸다. 텐타이온 생산공장과 마찬가지로 강원도로 통하는 길이었다. 두 시간 동안 용준도, 밀라도 아무런 대화를 나누지 않았다. 두 사람 모두 다가올 싸움을 생각하며 마음을 가라앉히고 있었다.

도착한 곳은 강원도에서도 한참 더 들어가는 외곽 지역이었다. 밀라는 아는 곳인 듯, 착잡한 표정을 지었다. 산자락 안으로 들어가자, 차가 지나가기 힘든 계곡이 나왔다.

용준은 네비게이션을 흘긋 바라보았다. 행정 지도상 표기가 안 된 오지였다. 하지만 산의 형세에 맞춰 드러난 건물들은 놀라울 정도로 현대식이었다. 고층은 아니었지만, 아름답게 꾸며진 대학 캠퍼스를 떠올리게 했다.

밀라가 조용히 중얼거렸다.

"결국……이렇게 다시 오게 됐네요."

어린 시절 끔찍한 기억이 떠오른 듯 밀라의 얼굴은 몹시 어두웠다. 용준은 위로의 말을 생각하다가. 내뱉지 않는 게 낫다고 생각하고는 삼켰다.

그때, 검은 세단들이 줄줄이 멈춰섰다. 맨 앞 차량에서 단발 여자가 내려 용준에게 다가왔다. 용준이 차에서 내리자 단발 여자가 예의 바르게 고개를 숙였다.

"도착했습니다."

"어디 있지?"

"연구동 지하 6층에서 기다리고 계십니다. 저기 보이시는 하얀 건물입니다."

단발 여자의 말에 밀라가 중얼거렸다.

"실험체들도 전부 저기 있을 거예요."

용준은 단발 여자를 노려보며 재차 물었다.

"성준이는?"

"그건 총령님만이 아십니다. 절 죽이셔도 소용없습니다."

놀라울 정도로 무감각한 말투였다. 용준은 여자의 표정과 심장 박동에서 거짓이 아님을 인지했다.

"좋아, 가보지."

용준이 밀라를 돌아보았다. 밀라는 그 어느 때보다 굳은 표정으로 고개를 끄덕였다.

"내가 안내할게요. 오래전이지만… 기억나요."

밀라가 앞장서더니 힘껏 내달렸다. 용준 또한 뒤지지 않는 속도로 뒤따랐다.

일반인의 도보라면 이십 분은 걸릴 거리였지만, 두 뱀파이어의 전력 질주는 시간을 십분의 일이나 줄였다. 용준은 감각을 넓히고 연구동에 들어섰다. 밀라 또한 푸른 눈을 번뜩이며 주변을 둘러보았다.

연구동 복도는 깔끔했지만, 텅 비어있었다. 용준의 오감에도 감지되는 게 없었다.

"왜 비어있는거지?"

용준의 물음에 밀라는 고개를 흔들었다.

"눈에도, 다른 감각에도 잡히는 게 없어요."

용준이 고개를 끄덕였다.

"지하로 가보죠."

밀라는 능숙하게 계단을 찾았다. 1층과 달리 층계는 몹시 어두웠다. 용준은 밀라의 뒤를 지키며 주변을 살폈다.

지하로 내려가는 동안에도 별다른 낌새는 없었다.

걸음을 옮기는 동안 밀라의 가느다란 어깨가 떨렸다. 용준은 말 대신 밀라의 어깨를 붙잡았다. 밀라는 용준을 돌아보지 않고 조용히 말했다.

"고마워요."

밀라가 마침내 걸음을 멈췄다. 지하 6층이었다. 용준이 굳게 닫힌 철문을 보며 물었다.

"지하 6층의 용도는 뭔가요?"

밀라가 침착하게 대답했다.

"신체 내구도 테스트. 그러니까… 투기장이죠. 갓 뱀파이어가 된 인간 중 쭉정이를 선별하는 곳이에요. 강한 개체는 집행부로, 약한 개체는 실험체로 나뉘게 되죠."

괜스레 오래 묵은 피 냄새가 코에 닿는 느낌이었다.

밀라가 용준을 조용히 쳐다보았다. 큰 눈망울에 눈물이 조금 고여있었다.

"내려오는 동안 인기척이 느껴지지 않았어요."

용준은 내려오면서 어떠한 인기척도 느끼지 못했다. 조금도 방심하지 않고 모든 감각을 넓혔지만, 연구동은 말 그대로 텅 비어있었다. 용준은 그제야 밀라가 층계를 내려오던 중 벌벌 떨었던 이유를 깨달았다.

밀라가 소매로 눈물을 훔쳤다.

"총령에게…… 직접 물어봐야 해요. 아이들…… 사람들이 다 어디에 있는지."

용준은 대답 없이 철문 손잡이를 붙잡았다. 그리고 온 힘을 다해 잡아당겼다. 철문은 놀라울 정도로 스르르 열렸다. 그러자 밝은 빛이 확 쏟아져 나왔다. 어둠에 적응했던 눈에 자극이 갈 정도였다. 용준은 찌푸렸던 눈을 천천히 떴다.

어두웠던 계단과 달리 지하 6층은 몹시 밝았다. 큰 원형으로 된 실내 구조가 스포츠 경기장을 떠올리게 했다. 넓은 필드가 있었고, 필드를 둘러싼 관중석이 있었다. 그러나 일반 경기장과 달리, 바닥에서 오랜 피 냄새가 올라왔다. 문앞에서 맡은 냄새는 착각이 아니었다. 용준은 이곳에서 얼마나 많은 죽음이 있었을까 이를 갈았다.

그런데 밀라가 정면을 보고 얼어붙어 있었다. 시선을 돌린 용준은 밀라가 무엇을 보고 놀랐는지 바로 알아차렸다.

용준과 밀라의 키를 합친 것만 한 살덩어리가 눈앞에 있었다. 어째서 그것을 발견하지 못했는지 의아할 정도였다. 그때, 밀라가 용준의 마음을 읽은 듯 대답했다.

"저 거구가……공중에서 뛰어내렸는데. 아무런 소음이 안 났어요."

살덩어리는 뒷모습을 보인 채 기둥처럼 서 있었다. 말 그대로 거인이었다. 팔도, 다리도, 붙어있었지만 도무지 멀쩡한 인간이 모양새가 아니었다. 용준은 저도 모르게 침을 삼켰다. 그때, 귀에 익은 목소리가 들려왔다.

"용준이 왔나?"

용준은 비로소 살덩이가 총령임을 깨달았다.

"뭘 드셨길래 그렇게 커지셨습니까?"

"놀 만큼 놀았으면, 이제 집으로 와야지."

총령의 목소리는 어딘지 기괴했다. 갑자기 신체가 부풀려지면서 내장 기관과 성대가 어딘지 눌린 듯도 했다. 언제나 여유 있게 사람을 찍어누르듯 말하던 스타일도 없어졌다. 마치 녹음된 것을 틀어놓은 것 같은 말이었다.

총열이 물었다.

"마지막으로 묻겠다. 지배자가 될 생각이 없는 거냐?"

용준은 한숨을 푹 내쉬더니 야멸차게 내뱉었다.

"없다니까. 이 노망난 늙은이 새끼야."

총령이 달려들었다. 그만한 덩치에 믿을 수 없는 속도였다.

용준은 총령과 일정한 거리를 유지하며 틈을 보기 위해 움직이기 시작했다. 하지만 거리가 조금씩 좁혀지고 있었다. 총령이 용준보다 빠르다는 의미였다.

"물러나 있어요, 밀라!"

용준은 가까스로 돌진을 피했다. 덩치에 비해 속도가 너무나 빨랐다. 하지만, 면적이 크다면 공격할 곳도 많았다.

용준은 재빨리 몸을 돌려 총령에게 달려들며 주먹을 내질렀다. 순간, 둔탁한 소리와 함께 아스팔트에 부딪히는 듯한 강한 충격이 느껴졌다. 어느새 그의 주먹은 총령의 거대한 손바닥에 단단히 잡혀 있었다. 그 손바닥은 마치 아기 손을 감싸는 어른의 손처럼 용준의 주먹을 압박했다.

총령이 더 힘을 가하자 용준은 그 압력으로 인해, 뱀파이어가 된 이후 처음으로 극심한 통증을 느꼈다. 버티다간 손가락뼈가 산산조각 날 것 같았다. 용준은 재빠르게 다리를 뻗어 총령의 복부를 차며 반동을 이용해 주먹을 간신히 뺐다. 순간, 총령은 다시 용준을 겨냥해 팔을 세차게 휘둘렀다.

용준은 몸을 뒤로 젖혀 피하려 했지만, 상상 이상으로 긴 총령의 리치에 걸려들었다. 총령은 그 순간 용준의 얼굴을 붙잡아 들어올렸다. 몸을 비틀어 빠져나가려던 찰나, 총령은 용준을 기둥 쪽으로 던졌다.

기둥에 부딪히기 직전, 용준은 몸을 비틀며 다리로 기둥을 차면서 방향을 바꿨다. 땅에 내려설 틈도 없이, 총령의 주먹이 용준의 복부를 세차게 강타했다. 충격에 용준의 몸이 V자처럼 구부러지며 피를 토했다.

급격히 빨라진 심장 박동 소리가 온몸을 울렸다. 과거 형사로서 숱한 싸움을 겪고, 아버지의 폭력도 견뎌왔던 용준이었지만, 뱀파이어가 된 이후 이런 고통과 몸의 반응은 처음이었다. 마음은 고삐 풀린 듯 세차게 뛰었고, 숨을 멈출 수 없을 정도로 피를 갈망하게 되었다. 피를 강하게 원하며 몸의 모든 세포가 아우성을 쳤다.

총령은 싸움의 끝을 예상하며 천천히 다가왔다. 용준은 기둥을 활용해 총령의 공격을 피해 시간을 벌었다. 순간, 밀라가 기둥 뒤 덮개 속에서 더플백을 던졌다. 성태가 준비해둔 혈액팩이 가득 찬 가방이었다.

그리고 밀라는 곧장 용준에게로 달려드는 총령의 사각으로 날아들었다. 손날로 총령의 머리를 치려는 순간.

입을 살짝 벌리고, 무슨 일이 벌어졌는지 천천히 아래를 내려다보았다. 가녀린 몸이 총령의 네 손가락에 관통당해 공중에 매달려 있었다.

"안 돼!"

용준이 비명에 가까운 고함과 함께 총령에게 달려들었다. 그러나 총령은 팔을 촉수처럼 휘둘러 밀라를 집어던졌다. 용준은 바닥에 떨어지는 밀라를 온몸으로 받아들었다.

"밀라!"

밀라의 안색은 몹시 창백했다. 용준은 벌벌 떨리는 손으로 챙겨온 혈액팩을 뜯었다. 입으로 피가 들어갔지만, 밀라는 삼키지 못했다. 용준은 구멍 난 밀라의 상체를 살폈다.

어찌 된 일인지 밀라의 상처는 조금도 아물지 않고 있었다.

그사이, 총령도 달려들지 않고 몸부림치고 있었다. 밀라가 그었던 상처에서 거품 같은 살이 솟아나더니 총령의 머리털을 삼켰다. 그 모양새가 죽는 법을 모르고 증식하는 암세포 같았다.

밀라가 잦아 들어가는 목소리로 속삭였다.

"내 피, 마셔."

"뭐라고?"

"시간 없어. 빨리…."

밀라가 용준의 손을 힘없이 붙잡았다. 그리고 온 힘을 다해 말했다.

"사람들. 구해줘요."

강인한 푸른 눈이 용준의 얼굴을 바라보고 있었다. 결국, 용준은 이를 부득 갈았다.

"미안해요."

용준은 밀라의 상체에 얼굴을 박았다. 그리고 멈추지 않는 피를 하염없이 목구멍으로 삼켰다.

밀라의 피는 다른 뱀파이어의 피와 달랐다. 지독하지 않았다. 그렇다고 인간의 피처럼 달콤하지도 않았다. 그저 혀를 깨물 때 맛볼, 일반적인 피 맛이었다. 위장이 부글부글 끓지도, 몸에 달아오르지도 않았다. 용준은 밀라의 푸른 눈과 자신의 심장이 한때 같은 몸에 있었다는 사실을 새삼 깨달았다.

그때, 큼지막한 웃음이 들렸다. 총령이었다. 얼굴 태반이 증식된 살에 먹혔지만, 거대한 입은 반쯤 남아있었다. 총령은 고장 난 테이프처럼 기묘한 발성을 냈다.

"그래, 그게 네 모습이다. 하고 싶은 대로, 먹고 싶은 대로, 죽이고 싶은 대로…. 그게 지배자의 권리야."

용준은 대답하지 않고 밀라를 끌어안았다. 그리고 멀리 이동해서 밀라를 눕혔다.

다시 필드 안으로 들어온 용준이 총령을 노려보았다. 단단한 목소리가 입 밖으로 흘러나왔다.

"당신이 말하는 지배자가 뭐지?"

"만물에 대한 지배! 생명체에 대한 지배! 지구의 정점! 그것이 뱀파이어고, 그 위에 네가

있다! 당장 이 할애비의 품에 안기거라. 내 이십 년 동안 준비했단다!"

용준은 공장에서 봤던 총령의 모습을 떠올렸다. 그때도 총령은 양팔을 벌리고 용준을 원했다. 그러나 지금 눈앞에 있는 건, 역겨운 살덩이일 뿐이었다.

"이십 년……. 그래, 분명해졌네."

바로 그 순간, 총령의 귓가에 용준의 목소리가 담담하게

들렸다. 분노도 슬픔도 없는 담담한 톤이었다.

"필요 없어요. 저는 모든 게 제자리로 돌아가길 바랍니다."

용준은 자신의 말이 진심임을 깨달았다. 선인은 베풂 속에서, 악인은 응보 속에서, 평범한 이들은 따뜻하게 살아가길 바라는 것이 바로 용준이 생각하는 정의이자 순리였다. 그리고 그의 앞에 서 있는 총령은, 선을 타락시키고 악을 평범하게 만들며, 평범한 이들의 따뜻함을 앗아간 진정한 악이었다.

용준은 총령의 목을 두 다리로 단단히 감쌌다. 총령이 힘껏 용준을 떼어내려 했지만 허사였다. 밀라의 피를 마신 용준은 그 어느 때보다 강력했다.

총령의 시야는 가렸고, 입과 코는 막혔다. 두 팔로 용준의 등과 허리를 사정없이 때렸지만, 용준은 거침없이 총령의 뒷목을 물어뜯었다. 피를 마시지는 않고, 살을 물어뜯어 뱉어냈다. 드러난 총령의 목 근육과 신경 너머로 경추가 눈에 띄었다. 용준은 손을 칼날처럼 모아 경추를 향해 꽂았다. 3번, 4번, 5번의 경추가 차례로 부러졌다.

"단 한 번도 대가를 치른 적 없었겠지. 늘 세상의 뒤에 숨어서 말이야."

아무리 강화된 몸이라 해도, 경추와 척추를 지지 기둥으로 삼는 인간의 구조는 무너지기 마련이었다. 경추가 부러진 그 순간, 총령은 무너졌다.
"이제 끝내죠."

 자신의 몸이 무너져 내리는 그 순간.
 총령은 공간의 끝에 있는 어둠을 바라보았다. 몇 시간 전의 상황이 눈앞에 천천히 펼쳐졌다.
 그는 전화를 마친 뒤 복도를 거닐어 성준의 침실로 향했다. 노크하자, 성준이 문을 열어 인사했다.
 "오셨어요?"
 피를 조금 뽑지 않았다고 혈색이 돌아와 있었다. 기분이 좋은지, 녀석은 자신에게 직접 차를 건넸다.
 총령은 서재에서 나눴던 통화에 대해 말했다.
 "……그들이 직접 올 거다. 용준이가 그들에게 넘어가면, 우리가 확보할 수 없다면. 차라리 없애는 게 나을 수 있어."
 작은 손주는 영민하게 대답했다.
 "지금은 형을 쓰는 것도, 없애는 것도 불가능하지 않나요?"
 그 태평한 소리에 총령은 혈압이 올랐다. 최근 너무 많이 화를 낸 탓에 진정하려고 했지만, 고성이 입 밖으로 튀어나왔다.
 "너! 네가 용준이를 설득해야지!"
 "어떻게요?"

"어떻게든! 눈 뜨고 다 뺏길 거야? 이렇게?!"

녀석은 눈을 동그랗게 뜨고 말갛게 웃었다. 한 번도 보여 준 적 없었던 미소였다.

"할아버지가 설득하셔야죠."

난생처음 듣는 할아버지라는 말이었다. 총령은 멍해졌다가, 문득 이상함을 느꼈다. 심장이 너무 빨리 뛰고, 안압이 높아졌다.

"뭐?"

"무릎 꿇으세요."

작은 손주가 조용히 말했다. 총령은 녀석이 미친 게 분명하다고 생각했다. 그러나, 귀에 들리는 대로… 무릎을 꿇는 자신을 발견했다. 심장이 터질 듯이 옥죄어왔다. 저항할 수 없었다.

"잘 듣네."

녀석이 아이처럼 웃었다.

총령은 자신에게 무슨 일이 일어나고 있는지 알고 싶었다. 그러나 질문조차 할 수 없었다. 작은 손주는 인심 쓴다는 듯 기지개를 켜며 말했다.

"할아버지가 꿈을 좇는 동안, 전 현실을 선택했어요. 아주 오랫동안 공을 들여서요. 그럴듯한 이념, 비현실적인 이상. 나에게 그런 건 사치였으니까."

총령은 몸을 일으키고 싶었지만, 꼼짝도 할 수 없었다.

"당신은 내가 불량품이라고 말했지만, 그렇지 않아. 당신이 원형이라는 허황된 꿈에 미쳐있던 때 그들은 내 피에 주목했지. 또 당신이 몇십 년이나 연구에 눈이 팔려 이렇다 할 실적도 못 낼 때 난 그들에게 날 증명했어. 그리고… 내 피의 형질을 강화했지. 어떻게?"

작은 손주는 싱긋 웃으며 손가락을 튕겼다.

"뱀파이어의 피를 먹어서."

총령의 숨이 턱 막혔다. 피식, 작은 손주는 비웃듯 말을 이었다.

"내 심장도 절반은 원형. 나는 꾸준히 동족을 포식했어. 부작용으로 재생이 약해졌지만…… 살아남았지. 내 피의 순도는 높아졌고, 지배의 힘이 깃들었어. 그리고 당신이 형에게 눈을 돌린 순간, 뱀파이어가 섭취해도 아무런 문제가 없게 피를 정제하는 데 성공했어."

도무지 믿기지 않는 얘기였다. 총령은 몸을 부들부들 떨었다. 그동안 알게 모르게 저놈의 피를 얼마나 섭취했을까. 즐겨 마시던 사케에도, 혈액에도, 방금 마신 차에도 들어있을 터였다.

도무지 믿기지 않는 얘기였다. 총령은 몸을 부들부들 떨었다. 그동안 알게 모르게 저놈의 피를 얼마나 섭취했을까.

즐겨 마시던 사케에도, 혈액에도, 방금 마신 차에도 들어있을 터였다.

작은 손주는 가운에서 앰플 하나를 꺼내 흔들었다.

"왜 인간들이 당신 전화를 받지 않을까? 왜 생각보다 텐타이온의 파급력이 약할까? 왜 약에 절어 놓은 놈들이 당신의 말에 따르지 않을까?"

총령은 애서 고개를 들었다. 그마저도 작은 손주가 허락했기 때문이라는 것을 알았다. 녀석은 받아쓰기를 만점 받은 아이처럼 뿌듯하게 웃고 있었다.

"당신의 권력보다 내 지배가 강했기 때문이야."

그때, 노크가 들렸다. 총령은 제발 누군가 자신을 구해주길 바랐다. 그러나 등장한 사람은 태일이었다. 태일은 무표정하게 총령을 바라본 후 작은 손주에게 보고사항을 올렸.

"지금 큰 도련님께 초대장을 보냈습니다."

"고생했어."

"그리고 말씀하신 샘플입니다."

태일은 주머니에서 주삿바늘 하나를 꺼냈다. 그 안엔 새빨간 앰플이 담겨 있었다. 성준이 그것을 받아들고는 활짝 웃었다.

"할아버지, 이거 처음 써보는거에요."

숨이 끊어져 가는 총령의 마지막 기억은 성준의 웃음이

었다. 새빨갛게 웃는 입술이 마지막 명령을 내리고 있었다.

*

 숨이 끊어지기 직전 총령은 마지막 힘을 다해 용준에게 팔을 뻗었다.
 용준은 몸을 빼며 피했지만, 총령의 마지막 발악을 피할 수 없었다. 큼지막한 엄지손톱이 용준의 어깨에 박혔다. 용준이 이를 악물며 최후의 일격을 가하려는 순간, 총령은 마지막 호흡을 내뱉었다.
 용준은 어깨를 부여잡았다. 밀라의 상처처럼 피가 빠르게 멎질 않았다. 신체가 괴사되며 고통을 주는 게 아니라, 말 그대로 피가 펑펑 나게 하는 용도인 것 같았다. 어디선가 본 적이 있었다. 뱀의 독 중 하나가, 피를 멎게 하지 않는다고.
 "독까지 쓴 거야?"
 용준이 힘겹게 혼잣말을 중얼거렸다.
 잠시 후, 관중석 입구에서 사람 하나가 들어왔다. 용준이 그토록 찾아 헤매던 동생, 성준이었다. 정장 차림의 성준은 씨익 미소 지으며 용준을 내려다보았다.
 "그 정도 핸디캡은 있어야 형하고 내가 대등해지니까."
 먼 거리였지만, 뱀파이어끼리 소통하기에는 충분했다.

용준은 굳은 표정으로 성준을 노려보았다.

"그래. 이제 싸워 보려고?"

성준은 놀랍다는 표정을 지었다.

"안 놀라네. 언제부터 내 계획을 눈치챈 거야? 할아버지 모습이 이상할 때? 공장에 들어섰

을 때? 아니면 운전하던 태일이 보고? 궁금하네."

성준은 정말 어린 아이처럼 즐거워하고 있었다. 용준은 어깨를 움켜잡고 말했다.

"다른 정황도 많았는데, 방금 총령이 말하더군. 이십 년을 기다려온 일이라고. 햇수가 틀리잖아?"

용준의 대답에 성준이 이마를 긁적였다.

"아, 내가 실수했네. 연기에 몰두하다가."

용준이 처음부터 성준을 의심한 것은 아니었다. 그토록 바랐던 재회였고, 성준을 구하겠다는 마음으로 움직였던 것도 사실이었다. 하지만 냉정을 되찾고 돌이켜보자 이상한 점이 많았다.

어째서 성준은 용준을 지키겠다면서 용준이 뱀파이어가 된 후에야 나타났을까? 왜 말로는 도망치라고 하면서 내부 정보를 제공할까? 어째서 용준을 미리 확보하지 않았을까? 어떻게 안전하리라던 공장에 총령이 나타났고, 총령의 본거지는 이토록 고요한 것인가?

왜… 총령의 피에서 텐타이온의 냄새가 나는가?

용준이 다리에 힘이 풀려 주저 앉아 물었다.

"내가 너와 손잡지 않으면 나를 죽여야지?"

"그렇지."

성준이 다가왔다.

"아버지, 할아버지, 이 세상 권력자들이 우리를 놓고 온갖 실험을 다했어. 그치?

우리는 원한 적도 없는데."

용준은 고개를 끄덕였다.

"그렇지."

"그런데 왜 힘을 가진 우리는 계속 이용만 당해야 해?"

총령과 비슷하지만, 차이가 있는 견해였다. 용준이 침착하게 대답했다.

"우리가 왜 당했는지, 왜 그렇게 억울한 사람들이 많이 생겼었는지 알았잖아.

그럼 반복되게 하지 말아야지."

"왜?"

"우리가 멈추지 않으면 너랑 나 같은 아이들이 계속 생긴다는 뜻이야."

"그게 나랑 무슨 상관이야? 왜 내가 생각해야 해?"

용준은 가슴 어딘가가 무거운 망치로 두드려 맞는 느낌이었다. 성준은 어린아이 같은 표정과 말투로 용준에게 말했다. 성준은 어린 시절 끌려와 갇혀서 온갖 착취를 당하며 오직 총령을 쓰러트리고 자유가 되기만을 꿈꿨다. 이제는 자신이 총령의 지위에, 아니 그보다 높은 지위에 오르려는 것이었다. 그러니까 성준의 일정 부분은 전혀 성장하지 못했다.

열한 살 때 끌려가 온갖 고통과 착취만 당했던 동생이었다. 그런 성준이 제대로 된 사고로 자란다는 것 자체가 기적이나 다름없었다. 용준은 입술을 꽉 깨물었다. 환상이 눈을 가려 성준을 제대로 파악하지 못하게 만들었다.

용준이 성태에게서 블랭크 식구들에게서, 강력4팀 동료들에게서 응원받을 동안 성준은 이렇게 괴물이 되어있었다. 용준 자신을 대신해서.

통곡할만한 일이었지만 용준에게도 더는 그런 격정을 남아있지 않았다. 그저 가슴 어디 한군데에 묵직하고 두툼한 통증이 느껴졌을 뿐이었다.

"…납치한 사람들은 어딨지?"

"걔네가 그렇게 중요해?"

"그래."

용준은 이 시간과 공간에서 벗어나고 싶었다. 지긋지긋한 싸움이었다. 성준은 내려오지 않고 용준을 가만히 내려다보며 말했다.

"총령 저택 지하에 옮겨놨어. 귀한 것들이거든."

용준은 이 시간을, 이 공간을 빨리 벗어나고 싶었다. 이 싸움이 이제 좀 지겨웠다. 용준이 성준을 향해 움직였는데 순간 바닥이 푹신 솜처럼 용준의 발을 감싸는 것 같았다. 용준은 중심을 잡지 못하고 휘청였다.

"이야! 이거 진짜 듣나 봐! 원형 뱀파이어에게도 통하는 걸 만든거야, 태일!"

성준은 진심으로 기뻐하며 박수를 쳤다. 문으로 보이지도 않았던 벽이 열리며 태일이 나타났다. 태일이 용준을 살피며 다가왔다.

"독이 듣기는 한 것 같지만 언제 어떻게 회복할지 모릅니다. 일단 정상적인 힘을 쓸 수 없는 동안 제압해 두어야 합니다."

"아냐, 제압은 무슨. 그냥 죽여야지. 괜히 저거 다 해독하고 힘 되찾으면 골치 아파. 어차피 내 말도 안 들을 거고"

용준은 더 이상 독이 퍼져나가지 못하도록 호흡을 고르며 성준을 보았다. 어린아이처럼 형을 죽이자고 말하는 성준에게 공허함을 느끼면서 동시에 다행이다 싶었다.

이렇게 되어야 자신의 계획을 끝까지 이어갈 수 있을 테니까.

· 4장 ·
근원

 전용기 입국 수속을 마친 토마스, 미카엘, 테오도르, 레오는 전용기에서 내리기 전 복장을 갈아입었다. 그들이 입은 것은 교황청 청록 수도회 본부 인원들을 위한 특수 수트였다. 토마스는 수트를 여미며 가볍게 어깨를 풀었다. 타인의 눈에는 평범한 정장이겠지만, 원사 제작부터 나노입자에 티타늄 코팅을 하여 평범한 칼로는 구멍 하나 나지 않았다. 구두를 갈아 신자, 충격 흡수 쿠션이 발을 편안하게 감쌌다. 방열 처리가 된 구두는 화재 현장에서도 그을음 하나 묻지 않았다.

 사제들은 모두 뿔테 안경을 착용했다. 외관은 평범해 보였지만, 어둠 속에서 피아식별이 가능한 특수렌즈였다. 미카엘은 주머니 속 납작한 은제 용기를 만지작거렸다. 작은 알약 하나가 전투 중 얼마나 큰 차이를 만드는지 그는 경험으로 알고 있었다.

사실, 첨단 무기 일부는 교황청 R&D 그룹에서 파생되었다고 해도 과언이 아니었다. 교황청 R&D 그룹은 몇백 년 전부터 성직자들을 위한 무구를 개발해 왔다. 그들의 기술은 뱀파이어를 약화시킬 뿐만 아니라, 사제들을 강화하는 쪽으로도 발전했다.

환복을 마친 후 비행장에 내린 그들 앞에 비행 물체 두 대가 날아들었다. 대한민국에서 상용화되지 않은 드론 택시였다. 네 사제는 이런 특별 접대가 당연하다는 듯 자연스럽게 받아들였다. 그들은 드론 택시의 디자인과 쿠션의 부드러움, 발아래로 보이는 대한민국의 야경을 칭찬했다. 마치 만찬장에라도 가는 듯한 즐거운 분위기였다. 사제들의 모습에서는 어떠한 긴장감도, 투지도, 신앙심도 느껴지지 않았다.

*

네 사제는 사건이 벌어졌다는 현장에 도착했다. 모든 상황은 그들의 뜻대로, 예상대로 전개되어 있었다. 뱀파이어 천하를 꿈꾸며 발칙한 실험을 이어가던 마수길이 죽었다. 사제들은 흐물흐물한 고깃덩이가 된 마수길에게 큰 흥미를 느끼지 않았다. 그들이 세운 새로운 총령은 영민한 얼굴로 예를 갖췄다.

"실제로 뵙는 건 처음이군요, 성준."

"반갑습니다, 토마스 추기경님."

토마스는 한국어로, 성준은 이탈리아어로 대답했다. 두 사람의 외국어 실력은 모두 유창했지만, 굳이 상대방의 언어로 말하는 예우를 택했다. 네 사제는 성준의 안내에 따라 관람석에서 용준을 내려다보았다. 용준은 거의 모든 힘을 소진한 채 가까스로 서 있을 뿐이었다.

"'저것'이군요, 당신의 형."

"맞습니다."

사제단의 대표격인 토마스가 두 손을 모으고 흥미롭게 용준을 바라보았다.

"아깝네요. 우리랑 뜻이 맞았더라면……."

성준의 얼굴이 빠르게 굳었다.

"그게 무슨 말씀이시죠?"

토마스는 성준의 말에 여유롭게 웃었다.

"아, 아닙니다. 물론 새로운 총령은 성준이지요. 당신만큼 영민한 인재를 내 본 적이 없습니다."

하지만 토마스의 눈빛은 말과 달랐다. 용준을 보는 그의 눈에는 아쉬움이 담겨 있었다.

"우리가 준 독은 잘 들었습니까?"

성준이 공손하게 고개를 숙였다.

"네. 정말 획기적인 독이었습니다. 맘에 들더군요."

"청록 수도회에는 뱀파이어를 제어할 수 있는 무기가 많지요."

토마스가 겸양을 떨며 대답했다. 스티그마가 뱀파이어를 약화시킬 수 있었던 것은 오랜 세월을 거친 연구 덕분만이 아니었다.

깨달음은 확신으로 이어졌다. 이윽고, 용준이 큰소리로 외쳤다. 중독되어 쓰러진 자라기엔 믿을 수 없을 정도로 당당했다.

용준의 입에서 튀어나온 언어는 이탈리아어였다.

"반갑군, 청록 수도회의 사제들."

사제들과 성준은 모두 놀란 표정으로 용준을 내려다보았다.

*

용준은 밀라에게서 청록 수도회의 역사에 대해 들을 때 의문을 느꼈다. 아무리 협회와 협약을 맺었다고 한들, 뱀파이어를 섬멸하기 위해 존재하는 이들이었다. 그런데 마수길이 오랜 세월 인체 실험을 벌이고, 사회고위층 전부를 마약에 절어 놓는 동안 아무것도 몰랐다는 게 이해가 가지 않았다. 심지어 협회는 마수길의 수족이었는데, 그런 협회에 대한 어떠한 감시도 없었다니.

밀라에게는 물어볼 수 없었다. 그 담담하고 냉정한 밀라마저 청록 수도회와는 타협이 안 된다고 말했을 뿐, 제대로 된 정보를 알지 못했다. 그래서 용준은 청록 수도회에 대해 자체적으로 조사했다.

조사 과정에서 용준은 뱀파이어와 청록 수도회가 이루고 있는 미묘한 균형을 파악했다. 뱀파이어가 전멸하면 청록 수도회는 존재 이유를 잃는다. 청록 수도회가 뱀파이어를 상대한다는 이유로 누리는 상상 이상의 특권들. 청빈의 서약에서도 자유롭고 순명 서약, 정결 서약에 대해서도 상당히 느슨했다. 그러니까 뱀파이어를 구분하기 위해 남녀관계를 해야 한다면 얼마든지 그럴 수 있다는 뜻이었다.

안드레아처럼 개인적인 복수심과 사명을 갖추고 뱀파이어 처단을 위해 목숨을 건 사제가 있는 반면, 그렇지 않은 사제들은 어쩌면 물욕에 가득 차 있는지도 몰랐다. 그들은 뱀파이어 처단을 명분 삼아 세계 어느 나라든 전용 비행기로 이동했고, 체력을 위해 가장 좋은 것을 먹었고, 전담 트레이너가 있었고, 뱀파이어 하나를 처단할 때마다 내려지는 포상금으로 스위스, 발리, 제주도에 개인 별장을 둘 수 있을 만큼의 부를 쌓을 수 있었다.

그러니까 청록 수도회와 뱀파이어 집단은 적대적 공생관계가 가능하다는 의미였다.

그 무렵 두호로부터 온 연락을 통해, 용준은 안드레아가 자신을 찾고 있음을 알아냈다.
성전을 앞둔 서울 교구는 뱀파이어인 용준을 조금도 환대하지 않았다. 설득 끝에 대화가 시작됐다. 안드레아는 용준의 배포와 능력에 흥미를 느꼈다. 용준은 총구를 거둔 안드레아에게 곧장 자신이 준비한 물증을 건넸다. 안드레아의 표정이 순식간에 굳었다.
바로 공장에서 밀라를 포박했던 은사였다. 용준은 은사가 자신의 손을 빠르게 태우는 것으로 그 효과를 증명했다.
"이, 이게 어떻게……."
용준은 냉담한 얼굴로 안드레아의 정곡을 찔렀다.
"이 모든 일의 뒤에 당신들이 없는 게 맞습니까?"
"이놈!"
안드레아가 노성을 지르며 용준의 멱살을 붙잡았다. 그러나 용준은 꿈쩍도 하지 않았다. 처음부터 이상했다. 스티그마가 사용하는 무기라는 것이 약물이나 주사가 아닌, 은빛으로 빛나는 금속이라니. 그마저도 찬섭이나 명구가 잡았을 때는 아무런 이상이 없었다. 뒷골목에서 잔뼈가 굵은 성태도 처음 보는 물건이라고 했다.

청록 수도회가 스티그마에 직접 전달했거나, 수도회의 기술을 받아 만든 물건이 확실했다.

"뱀파이어들이 지구상에서 사라지면, 청록 수도회도 사라지지 않겠습니까?"

안드레아는 아무런 말도 하지 못했다. 침묵은 그가 상부를 의심한다는 명백한 증거였다.

용준은 날카로운 눈으로 안드레아를 바라보았다.

"당신들의 수장들이 왜 언제나 은밀하게 협의하는지 생각해보세요."

*

그때부터 용준은 이탈리아어를 배우기 시작했다. 학습 속도는 용준 스스로 무서울 만큼 빨랐다. 성준과 사제단이 주고받는 대화에 가볍게 개입할 수 있을 만큼.

사제단의 대표격인 토마스가 흥미를 보이며 용준에게 다가섰다.

"용준. 당신 정말 대단하군."

"맞아. 지금 나를 죽이겠다면 당신 둘 정도는 목숨을 잃을 각오를 해야 할 거야."

토마스가 짐짓 놀란 표정으로 성준을 돌아보았다.

성준이 끄덕였다.

"맞습니다. 차라리 안전하게 독이 퍼지는 걸 기다리는 게 낫죠."

"독이 제대로 퍼지고 있는 건 맞나?"

"30분 전보다 호흡이 빨라지고 있습니다. 스스로 다스릴 수 있는 한계를 지난 겁니다. 사실 일반 뱀파이어였다면 진작 심장이 터져 죽어야 했지만 아마 한 시간 정도면 심장이 멈출 겁니다."

토마스는 용준을 다시 돌아보았다. 용준이 웃었다.

"아깝지?"

용준이 토마스의 생각을 꿰뚫었다.

용준은 토마스의 생각을 정확히 꿰뚫었다.

"원형 중 완전히 개화한 개체는 나뿐인데. 내가 죽으면 심장도 멎겠지. 이후에도 나보다

완벽한 개체가 생길까? 아, 알다시피 내 동생은 아니야. 반쪽짜리지."

"뭐야?!"

성준이 악에 받쳐 외쳤다.

"그게 내 잘못이야?! 내가 얼마나……!"

"알아, 성준아. 네 잘못이 아니지. 난 사실을 말하고 있었을 뿐이야. 난 온전한 하나고, 넌 불완전한 반쪽이라는 것뿐이잖아."

용준은 말을 마치고 쿨럭 피를 토했다. 성준이 그 모습을 보면서 웃었다.

"그래, 이거지! 그렇게 훌륭한 심장을 갖고도 비겁하게 도망쳤고, 잘난 척하며 영웅놀이 하다가 지금 죽어가고 있잖아. 이거야말로 사실이야!"

용준은 쓴웃음을 지으며 토마스를 올려다보았다.

"당신도 이대로 끝나기를 바라나, 토마스?"

토마스는 대답하지 않았다.

"이미 형편없어진 뱀파이어들은 변혈병으로 인간보다 수명이 짧아. 10년? 20년? 교황청도 이제 뱀파이어의 멸종을 선언하겠지. 그때 당신들은… 청록은 어떻게 되어있을까? 우린 같이 사라질까?"

"토마스 추기경님!"

초조해진 성준이 큰소리로 외쳤다. 그러자 토마스는 자애로운 미소를 지으며 성준의 어깨를 두드렸다.

"그냥 들어나 봅시다, 신임 총령. 어차피 지금 당신 형을 살려낼 방법은 없어요."

용준이 말을 덧붙였다.

"그래, 내 신체, 장기를 활용하면 나 같은 존재를 다시 만들어낼 수도 있을 거 아냐."

용준의 말에 토마스는 더욱 호기심을 가지면 물었다.

"그래서, 너는 뭘 얘기하고 싶은 거지? 이제와서 마음을 바꿀테니, 우리와 손을 잡을테니 해독제라도 달라는 건가?"

"아니, 오히려 몇백 년을 살아야 할지 모르는 그 까마득한 절망에서 나를 구해줘서 고맙게 생각하고 있어. 성준아 정말 고마워"

"닥쳐!"

성준은 평정심을 잃고 소리쳤다.

"형이라면서 나를 지키고 구할 생각은 하지 않고 영웅 행세를 하려다가 죽는 거야!"

"그러니까, 나는 너랑 했던 약속을 지키는 거야."

성준은 용준과 함께 아버지의 매질을 견디며 했던 약속을 떠올렸다. 영웅이 되어 약한 사람들을 돕자던 약속. 그 순간, 성준은 용준과 함께 했던 약속을 떠올렸다. '블랙자칼'과 '가웬'처럼 사람들을 지키는 사람이 되자던 약속, 경찰이 되자는 약속이었다. 성준도 기억하고 있었다. 그래서 지난번 성수대교에서 만났을 때, 케케 묵은 약속을 거론했다.

그러나 용준이 '약속'을 말하자, 참을 수 없는 분노가 솟구쳤다. 성준 스스로도 왜 이렇게 냉정을 잃는지 이해가 가지 않았다.

성준이 앞뒤를 재지 않고 용준을 향해 달려들려는 순간이었다. 침묵을 지키던 미카엘이 성준의 앞을 가로막았다. 그 움직임은 뱀파이어보다 빠르진 않았지만, 오래 훈련받은 군인처럼 재빨랐다.

"총령에 오르자마자 죽고 싶은 겁니까?"

독에 중독되어 움직이지 않고 있지만, 용준의 힘은 여전히 가늠할 수 없었다. 사제단은 성준의 영리함을 아꼈다. 그는 정세 판단이 정확했고, 냉정했고, 잔인했다. 사제단은 성준의 그런 성품이 자신들과 협업하기에 더없이 적절하다고 판단했다. 용준의 도발에 넘어가 그에게 잡혀서 인질이 되는 상황 같은 것은 보고 싶지 않았다.

"미카엘 주교님. 너무 심한 말을 하지 마십시오."

"송구합니다."

토마스의 중재에 미카엘이 고개를 숙였다. 토마스는 냉정한 얼굴로 쓰러진 용준을 바라보았다.

"자네의 얕은수는 이제 끝났어. 자네는 죽을 거고, 신임 총령은 살아서 우리 사제단과 함께 우호적인 관계를 유지할 거야. 그런데도 하고 싶은 이야기가 있을까?"

토마스는 할 수 있다면 용준을 해부해 육체의 비밀을 캐내고 싶었다. 어쩌면 이 세상에 남은 유일한 원형 뱀파이어였다. 병약한 뱀파이어들과 달리, 그 육체를 오래 탐구하면 영생과 강인한 힘의 비밀이 나올 수도 있었다.

"이렇게 독이 퍼지면, 내 심장이 온전할까?"

용준은 토마스의 생각을 읽은 듯 대답했다.

"아직은 내가 혈류를 제어하고 있지만, 독이 심장으로 퍼지고도 멀쩡할까? 성준이도 모를 거야."

토마스는 눈을 깜박거렸다. 다시 곱씹어도 용준이, 용준의 심장이 아까웠다.

"방법이……있나?"

"내가 얌전히 수술대 위에 오른다면 싱싱한 심장을 꺼낼 수 있겠지."

"조건은?"

"세 가지. 우선 청록수회의 해체 두 번째, 스티그마의 해체."

사제들이 눈을 꿈틀했다.

"내 장기를 나눠 가져. 물론 핵심은 심장이야. 다른 장기들이 오리진의 장기로 진화했을지는 몰라. 심장을 누가 갖게 될지는 당신들 내부에서 알아서 정해. 그리고 내 피를 수혈받아. 심장이 안정되게 돌아가도록."

"거짓말입니다. 한용준의 피는 한 방울만으로도 복용자를 지배합니다! 텐타이온처럼요!"

"내가 죽을 거잖아, 성준아. 내가 죽었는데 지배가 되겠어? 그것도 뇌로 하는 건데."

토마스는 점점 더 호기심이 당겼다.

"두 조건을 건 이유는 뭐지?"

"무고한 실험체를 더 만들지 마. 무고한 사람을 뱀파이어로 타락시키지도 마. 그냥 당신들

이, 혹은 당신 자손들만이 영원한 강자로 살아남아. 선을 지켜줘."

"……고작 그게 다인가?"

"그래. 난 당신들이 자애로운 지배자가 되길 원해."

토마스는 표정 없이 고개를 끄덕였다. 어차피 용준이 죽은 이후에 모두 죽이면 그만이었다. 그런 조건쯤이야 몇 번이고 들어줄 수 있었다.

"그래. 마지막은 뭐지?"

"밀라. 저기 관람석에 누워있는 뱀파이어. 저 여자는 해독시켜줘."

"그러지."

"지금 당장."

나중에 눈을 뽑아내고 죽이면 그만이었다. 하지만 토마

스는 자비로운 미소를 지었다.

"레오 사제."

레오가 가죽 가방을 뒤지더니 앰플 하나를 꺼냈다. 밀라의 팔에 가느다란 바늘이 너무나 쉽게 들어갔다. 잠시 후, 피가 천천히 멎기 시작했다. 토마스가 기쁘다는 듯 웃으며 외쳤다.

"다른 약속들도 전부 지키겠네. 십자가에 맹세하지."

토마스는 망령된 짓을 하면서도 조금도 두렵지 않았다. 되려 토마스는 이런 갖게 해주신 신께 감사했다. 한국 교구단에게 적당한 가이드라인을 주고, 신임 총령과 대면 인사를 하는 정도로 마무리하려던 출장에서 신이 될 수 있는 길을 알게 된 것이다. 어쩌면 자신이 하느님께 특별한 은총을 입은 자인지 모르겠다는 생각까지 들었다.

"수술이 가능한 설비가 있겠지요"

성준이 참지 못하고 외쳤다.

"토마스!"

"이곳에서 수많은 수술들이 벌어졌을테니 문제 없겠지"

"없을 리가 없죠. 하지만 오늘 연구동이 고요한데…. 흠, 레오. 자네 심장 적출해 본적 있나?"

"예. 흡혈귀들의 표본을 체취 할 때 해봤습니다."

사제들의 대화를 듣던 성준이 발끈하고 나섰다.

"이, 이건 얘기가 다르지 않습니까?"

"내가 다른 이야기를 하는 것에 무슨 문제가 있나, 총령?"

토마스는 성준을 바라보며 히죽 웃었다. 성준은 그가 백 년이 가까운 공생 관계를 유지할 생각이 전혀 없다는 것을 깨달았다. 하지만 심장이 정말 절실한 사람은 탐욕스러운 사제들이 아니라 바로 자신이었다.

토마스는 그런 성준을 향해 입을 열었다.

"한 가지 물어볼 게 있습니다. 지금 여기 있는 심장, 반쪽 심장, 그리고 왼쪽 눈…….

나머지 장기들은 어디에 보관 중입니까?"

성준은 토마스의 얼굴을 빤히 쳐다보며 되물었다.

"어디에 보관 중이냐고요?"

"그래요. 확인차 물어보는 거니…….

성준이 입이 찢어지라 웃었다.

"인간들 몸에 숨겨놨는데요?"

"……뭐라고?"

토마스의 얼굴이 굳었다. 그 순간, 성준이 조용한 목소리로 중얼거렸다.

"열어."

그 순간, 경기장 벽면 하나가 굉음을 내며 열렸다. 사제단이 일제히 그쪽을 바라보았다. 눈이 새빨개진 뱀파이어들이 우글거리고 있었다.

열린 벽면은 하나가 아니었다. 동, 서, 남, 북. 모두 네 개의 벽면이 열렸다. 안에는 뱀파이어들이 멍한 표정으로 정면을 바라보고 있었다. 그 수를 다 합치면 백 명은 족히 넘어 보였다.

그 순간, 성준이 중얼거렸다.

"다 죽여."

뱀파이어들이 일제히 괴성을 달려들었다. 사제들은 기다렸다는 듯 권총을 꺼내 들었다. 정확하게 한 발에 한 명씩 바닥에 쓰러졌다. 오랜 세월 합을 맞춰온 자들이 보여줄 절도 있는 공격이었다. 사제들은 탄환을 바꾸는 동안 둘씩 교대하여 뱀파이어들이 접근하지 못하게 막았다. 대열을 유지하는 움직임이 현대무용을 생각나게 할 정도로 기품있었다.

'얼마든지 쓰러뜨려 봐.'

성준은 발 빠르게 몸을 피해 싸움을 지켜보았다. 과연, 뱀파이어의 시신이 산처럼 쌓일 때즈음 사제들의 탄창도 바닥났다. 성준은 히죽 웃었다. 그러자 사제들은 권총을 집어 던지고 단검을 들었다. 미카엘이 눈짓하자, 모두가 품에서 납작한 은제 용기를 꺼냈다. 사제 전원은 알약 하나를 삼키더니, 뱀파이어와 온몸으로 부딪혔다.

화려하고 기묘한 움직임을 보여주진 못했지만, 사제들은 뱀파이어를 말 그대로 찢어발겼다. 은제 단검은 뱀파이어의 살을 두부처럼 갈라냈다. 그러나 성준은 당황하지 않았다. 강한 약물은 언제나 강한 부작용이 있는 법. 과연, 사제들은 순식간에 호흡이 불규칙해졌다. 그중 레오는 코피를 뚝뚝 떨어뜨렸다. 피 냄새를 맡은 뱀파이어들이 악착같이 달려들었다.

싸움은 난전에 가까워졌다. 사제들은 점점 지쳤고, 성준이 준비한 뱀파이어들은 시체산을 이루었다.

그때, 태일이 나타났다. 분위기가 남다른 뱀파이어 다섯이 그 뒤를 따랐다. 태일이 직접 선별하여 훈련시킨 뱀파이어들이었다. 성준은 태일을 독기어린 눈으로 바라보았다.

"저것들이 우리를 살려둘 생각이 없네. 정리하자."

"확인했습니다."

태일이 조용히 대답했다. 성준은 눈을 감고 있는 용준을 힐끗 보았다.

"숨넘어가기 전에 심장 회수해."

태일이 고개를 끄덕이고 경기장 필드로 걸어 들어갔다. 그 뒤를 따르는 뱀파이어들도 은은한 미소를 지으며 사제들을 주시했다. 그중에는 용준을 이곳까지 인도한 단발 여자도 있었다.

태일이 나지막하게 말했다.

"약발이 떨어진 놈부터 친다."

"네!"

뱀파이어들이 일제히 달려들었다. 강적임을 깨달은 사제들이 고개를 끄덕였다. 토마스가 조용히 속삭였다.

"레오는 안 되네. 그렇지, 테오도르?"

테오도르의 얼굴이 하얗게 질렸다. 하지만 토마스는 미소지으며 테오도르의 손목시계를 눌렀다.

태일은 선두에서 헉헉거리고 있는 레오에게 달려들었다. 그때, 테오도르가 광기 어린 기합과 함께 뱀파이어들을 향해 몸을 던졌다.

"으아아악!"

단발 여자의 손날이 테오도르의 명치를 꿰뚫었다. 테오도르의 입에서 피가 분무기처럼 뿜어져 나왔다.

"뭐지? 이 빈틈투성이는……."

여자가 갸웃거렸다. 사제들은 죽어가는 동료를 걱정하지 않고 경기장 구석으로 달려갔다. 그 순간, 태일은 시계 초침이 째깍째깍 흘러가는 소리를 들었다.

"다 피……!"

태일의 경고는 굉음에 묻혔다. 엄청난 푸른빛과 함께 경기장 절반이 날아갔다. 단발 여자도, 나머지 뱀파이어들도 가루가 되어 사라졌다. 오직 태일만이 고통스러운 신음을 내뱉으며 두 다리로 서 있었다. 하지만 태일의 반신은 빨갛게 익어버렸다.

사제들은 그 틈을 놓치지 않았다. 토마스, 미카엘, 레오는 종아리에서 은빛 사슬을 꺼내들었다. 토마스의 사슬이 태일의 목에 걸리자, 미카엘과 레오의 사슬이 두 다리를 묶었다. 사슬에 닿자마자 태일은, 살이 타는 통증에 고통스러워했다.

세 사제는 전속력으로 세 방향으로 내달렸다.

"으아아악!"

태일의 몸이 거열형을 당하는 죄인처럼 매달렸다. 태일은 온 힘을 다해 사제들이 자신을 당기지 못하도록 버텼다. 그러나 미카엘이 레오를 흘긋 보며 말했다.

"놓치지 말고 꽉 잡게."

미카엘은 본인의 사슬을 놓고 태일에게 다가갔다. 그리고 힙 플라스크를 꺼내 뚜껑을 열었다. 그 순간, 태일은 자신이 겪을 고통을 깨닫고 얼굴이 하얗게 질렸다.

미카엘이 무심히 말했다.

"끝이군."

태일의 얼굴에 성수가 쏟아졌다. 태일은 비명조차 지르지 못했다. 성수는 뱀파이어의 피부를 녹이고, 뼈를 녹이고, 장기를 녹였다.

성준은 눈앞의 광경에 말을 잇지 못했다. 태일이 죽고, 정예들이 죽고, 공들여 지배했던 뱀파이어들이 전부 죽었다. 고작 사제 넷, 아니 셋의 손에.

성준이 현실을 부정하려고 고개를 흔들었다. 말이 되지 않았다. 모든 게 코앞까지 다가왔는데. 그 순간.

푹!

성준은 믿을 수 없다는 표정으로 아래를 내려다보았다. 미카엘이 던진 단검이 정확히 심장에 박혀있었다. 성준은 믿기지 않는다는 표정으로 단검을 빼냈다. 그러자 상처에서 피가 분수처럼 뿜어져 나왔다. 얼굴이 녹아내린 태일은 주군이 쓰러지는 것을 보고 숨을 거뒀다.

성준이 떨리는 손으로 상처를 만졌다. 아무래도 자신이 용준에게 쓴 것과 똑같은 독에 당한 것 같았다. 성준은 먼 발치에 떨어진 용준을 바라보았다. 그리고 이상한 느낌을 받았다. 분명히 지금쯤 숨 쉬는 것도 힘들고 고통스러워해야 할 형이 씁쓸한 웃음을 지으며 자신에게 손을 뻗고 있었다. 성준은 그 의아함을 담아, 사과의 마음을 담아 용준을 불렀다.

"형……."

용준이 입술만 움직여 말했다.

"먼저 가 있어. 나도 곧 따라갈게."

사제들에게 들릴 리 없는 작은 목소리였지만 성준에게 분명히 들렸다. 성준은 용준에게 뭔가 다른 계획이 있는 것일지도 모른다고, 그 결말이 너무 궁금하다는 생각이 들었다. 아직 다 보지 못한 『블랙자칼』의 결말처럼.

그게 끝이었다. 감각이 없어지고 생각이 이어지지 않았다. 그리고 눈이 감겼다.

성준이 죽었지만, 토마스는 아무렇지 않게 용준에게 다가갔다.

"수술실까지 걸을 수 있겠나?"

용준은 통증이 심한 듯 아무런 대답도 하지 못했다. 사제들은 눈빛을 교환했다. 토마스는 이전 총령이 보냈던 문서 파일을 열어 연구동의 내부 설계도를 찾아냈다. 수술실 위치를 확인 사제들이 용준을 부축했다.

·5장·
종막

 사제들은 용준을 수술대에 눕혔다. 독이 더 퍼지기 전에 심장을 확보하는 게 목표였다. 레오가 메스를 붙잡고, 토마스와 미카엘은 양옆에서 용준을 감시했다.
 용준은 통증에 혼미한 표정을 지으며 물었다.
 "내 심장은 당신 건가, 토마스?"
 미카엘과 레오가 날 선 표정으로 토마스를 보았다. 토마스는 어색한 웃음을 지었다.
 "자네가 상관할 일이 아니지."
 "아니, 난 수장인 당신이 가졌으면 해. 독만 아니었다면 내가 이꼴이지도 않았겠지. 내가 방심했어. 그렇지만 않았다면 난 정말…… 이렇게 끝나진, 쿨럭!"
 "그렇게 생각해?"
 긴장된 상태에서 먼저 말을 꺼낸 것은 레오였다.

"아무래도 중독된 심장이라면 위험하지 않을까요?"

그 말을 받은 것은 미카엘이었다.

"어차피 오리진의 심장은 개인의 소유가 아니야. 본부에 가져가서 연구해야 해."

토마스는 미카엘의 그런 언행이 맘에 안 든다는 듯 웃었다.

"이런, 미카엘. 당신이 가장 강한 건 알지만…… 지금 이곳에서 수장은 나야. 심장의 거취는 내가 정하는 게 맞지."

세 사제는 원형의 심장을 두고 대립각을 세웠다. 평소라면 마찰이 있지 않았겠지만, 큰 전투를 겪은 데다 심장을 곧 꺼내볼 수 있다는 생각에 판단력이 흐트러졌다.

용준이 별안간 팔을 치켜들었다. 그러고는 낮게 말했다.

"지금."

그 순간, 공기 순환 장치에서 무언가 분사되었다. 붉은 안개 같은 기화 액체가 스멀스멀 수술실을 메웠다.

"뭐, 뭐야?!"

사제들이 당황하여 외쳤다. 그 순간, 토마스는 저도 모르게 숨을 들이쉬었다. 머릿속이 뜨거워지면서, 무언가 깊숙한 곳을 흔들어 댔다.

용준은 편안하게 웃음 지었다. 실내로 들어온 것은 다름 아닌 용준 자신의 피였다. 용준은 멀리서 자신의 움직임을 투시하고 있었을 밀라를 느끼며 승리를 실감했다.

*

"청록 수도회가 그렇게 뱀파이어를 죽이고 있는데, 왜 뱀파이어는 사라지지 않을까요? 어떻게 지구상에서 나 같은 존재를 만드는 실험이 가능했을까요?"

안드레아는 대답하지 못했다. 늘 가져왔던 의문이었다. 아시아가 잠잠하다 싶으면 유럽에서 기승을 부렸고, 유럽이 잠잠하다 싶으면 아메리카에서 뱀파이어가 나타났다. 한국에서 이렇게까지 뱀파이어가 활개를 칠 때까지도 로마 청록 수도회는 활동 개시 허가를 내주지 않았다.

매스컴에서 난리를 치고, 모든 것이 공개되자 비로소 승인이 났다.

용준은 자신이 알아낸 것을 이어 말했다.

"로마 본청의 지도부를 믿습니까?"

"말도 안 되는 소리 하지마. 무기에 관한 이야기도, 근거 없는 이야기들이다."

"좋습니다. 믿지 말아요. 보고 판단하세요. 그리고 그들이 뱀파이어와 똑같은 욕망을 갖는 것이 확인되면 나를 도와주세요."

"네가 어떻게 확인을 해?"

"로마 본청 사제들이 한국에 도착했죠? 원형 뱀파이어의 소문이 퍼졌는데 움직이지 않을 리가 없으니까."

"……."

"이걸 받아요."

용준은 자신의 피를 가공해 만든 가스가 담긴 통을 안드레아에게 넘겼다.

"당신이 이것을 적당한 때 분사하지 않으면 무슨 일이 벌어질지 직접 보고 판단해요."

밀라는 이 작전에 반대했다. 용준이 너무 위험한 상태까지 몰리지 않으면 이뤄질 수 없는 작전이었다.

"확률이 너무 낮아요. 그러지 말고 그냥 다 쓸어버릴 수 없어요?"

"끝내는 건 인간들이 해야 해요."

"왜?"

"인간들의 역사는 인간들의 손으로 써나가야 하니까."

"우리는 인간이 아니니까?"

"그렇죠."

용준은 안드레아가 사실을 알기 바랬다. 그래야 청록 수도회를 해체시킬 수 있을테니까. 뱀파이어인 용준의 손에 청록 수도회들이 몰살당하면, 그것을 명분 삼아 로마는 더욱 강력한 사제단을 구성할 것이고, 그것을 유지하기 위해 무슨 수를 써서라도 다시 뱀파이어를 만들려고 할테니까.

자기 손으로 모든 뱀파이어를 정리하고, 안드레아의 손으로 청록의 사제단을 정리하고 그렇게 이 시대를 끝으로 다시는 뱀파이어가 등장하지 않기를 원했다.

중독된 총령에게 당한 것도, 독에 당한 것도 예상 밖이었고 꽤 힘든 싸움이었지만 사실 절대적으로 힘든 상황은 아니었다. 자신의 신체를 마음껏 조절할 수 있는 용준이 독에 당한 것처럼 호흡을 바꾸고, 안색을 바꾸는 것쯤은 아주 쉬운 일이었다. 그렇게 약해진 자신을 드러낸 뒤 그들이 가장 욕망할 만한 제안을 통해 사제들의 속마음을 밝혀냈다. 그 대화를 안드레아가 듣기를 바랐고, 그래서 안드레아가 행동하기를 원했다.

안드레아는 대화를 들으며 토마스를 비롯한 사제들이 하느님의 이름을 망령되이 일컬으며 스스로 신의 자리에 오르겠다는 욕망을 드러내는 것을 보았다. 너무도 치욕스러웠고 분통이 터졌다. 여차하면 사제들을 도와 용준을 끝낼 작정이었으나 모든 것이 뒤바뀌어버렸다. 안드레아는 용준의 계획대로 밀라로부터 신호를 전달받고 환기구에 가스를 분사했다.

*

수술실 안의 공기가 점차 붉어졌다. 용준의 피로 가득 차면서, 숨을 들이마신 사람들의 호흡이 서서히 가빠지기 시작했다. 눈동자가 흔들리고, 몸의 움직임이 둔해졌다. 그들의 의식 속에서 용준의 목소리가 울려 퍼지고 있었다.

수술대에 누워있던 용준은 굳어버린 사제들을 보며 몸을 일으켰다. 용준의 냉담한 목소리가 울려 퍼졌다.

자신이 누구인지, 지금 여기서 무엇을 해야 하는지 생각을 하고자 하는 의지가 생기는 것 같았지만 뒤따르는 용준의 말에 그 모든 생각을 지웠다.

"칼 꺼내."

용준은 그동안 블랭크가 해왔던 것처럼 이 사제들에게 자신들의 죄를 고백하고 만천하에 청록 수도회들이 수백 년간 저질러 온 부정을 고발할까 생각했다. 하지만 뱀파이어의 힘을 사용해 알리는 진실은 효과가 없었다. 용준은 이 모든 광경을 지켜본 인간, 안드레아를 믿기로 했다.

사제들은 용준의 명령에 따라 칼을 집어들었다.

"상의를 다 벗고 무릎을 꿇고······. 본인 심장을 찔러. 단번에, 힘있게. 뱀파이어를 죽였던 것처럼"

그러나 쉽게 찌르지 못했다. 용준의 피에 지배당하는 와중이었지만, 목숨을 보존하기 위해 거부하는 힘도 만만치 않았다.

그러나 결국, 그들의 팔은 심장을 향했다. 토마스는 얼어붙었고, 미카엘은 기도문을 외웠으며, 레오는 울먹거렸다. 용준은 더는 이들의 저항을 받아줄 생각이 없었다.

"찔러라!"

용준이 큰소리로 외쳤다. 사제들은 일제히 비명을 지르며 메스로 자신의 심장을 찔렀다. 약물로 강화된 근육이 손쉽게 찢겨나갔다. 비명은 오래 가지 않았다.

세 사제는 거의 동시에 바닥에 쓰러졌다.

*

용준은 피를 한 말이나 토하며 수술실을 나왔다. 완전 무장을 갖춘 안드레아와 사제들이 보였다. 용준은 천천히 균형을 잡으며 그들 앞에 섰다. 어느새 기력을 회복한 밀라도 용준의 곁에 섰다.

안드레아가 물었다.

"괜찮나?"

"네, 지금은요."

용준과 사제들은 투기장으로 돌아왔다. 발에 휘말려 반만 남은 총령의 사체는 그래도 거대했고, 사방에 처참하게 죽은 뱀파이어의 시신이 널려있었다. 말 그대로 참혹한 풍경에 그 안드레아조차도 쉬이 말을 내뱉지 못했다.

용준은 안드레아에게 명함 하나를 건넸다.

"교구장님이 만났던 우리 경찰청 팀장님, 기억합니까?"

"……그래."

"제 동생 말에 따르면 이곳 저택 지하 창고에… 납치된 사람들이 있다고 합니다. 그 사람들

을 구해주시고 팀장님께 연락 좀 부탁드립니다. 실종 신고가 된 아이들도 있습니다. 범죄사건 피해자들이라 경찰이 구조해서 법적 절차를 밟는 게 좋습니다. 사회로 돌아가야 하니까요."

안드레아가 고개를 끄덕였다.

"그리고 성준, 아니 총령이 다른 뱀파이어의 장기들을 사람들에게 이식했다고 증언했습니다."

"뭐?"

"왼쪽 눈과 심장을 제외한 나머지……성준이는 선대 총령의 실험을 이어갈 생각이었나 봅니다."

용준이 씁쓸하게 말했다. 전대 총령을 혐오하면서도, 그 전철을 밟으려고 했다니. 상황이 급하게 돌아가지 않았더라면, 조금 더 대화할 수 있었을지도 몰랐다. 하지만 그것은 용준 본인의 욕심이라는 것을 누구보다 잘 알았다.

밀라가 조용히 입을 열었다.

"그 아이들은 모체를 죽이거나 장애를 입히며 태어날 거에요. 태어나는 순간 저주받았다고

손가락질당하겠죠. 무엇보다 그 아이들이 감염되면, 나와 용준씨, 그리고 한성준처럼 되는

거에요."

맥락을 파악한 안드레아가 인상을 찌푸렸다.

"그래서, 뭐. 나보고 찾아서 죽여달라? 하여간 흡혈귀 놈들 사고방식이란."

"아뇨. 지켜주세요."

용준이 단호하게 말했다. 안드레아가 대답하지 않자, 용준은 목소리에 열기를 실었다.

"그 아이들이 인간으로 살다가 인간으로 죽을 수 있게, 당신들이 지켜달라고."

안드레아가 한숨을 내쉬었다. 이제 용준은 모든 용건을 끝냈다.

"이제 됐습니다. 내 목숨을 가져가도 좋아요. 내 심장은 아무도 가지지 못 하게 소각해 주세요."

밀라와 용준이 서로를 마주보고는 고개를 끄덕였다. 용준으로선 약속을 지킬 시간이었다. 사제들이 안드레아의 은사를 뽑고 안드레아의 명령을 기다렸다. 안드레아는 고

민하는 표정이었다. 후환을 위해서라도 용준을 죽이는 게 맞았다. 하지만…….

"이봐. 용준이라고 했나?"

"예."

"네가 심장, 저 아가씨가 왼쪽 눈."

"그렇죠."

"그럼 이식된 장기가 몇 개 더 남은 거야?"

밀라가 담담한 목소리로 장기의 개수를 세었다.

"오른눈, 허파, 위, 총령, 췌장, 골수, 간. 아직 확인되지 않은 것들까지 합치면 열 다섯 개나 된다고 하죠."

안드레아가 짜증이 난다는 듯 선글라스를 확 벗었다.

"당신 말대로라면 당신들 선대도 마찬가지로 실험했다는 뜻이잖아. 그럼 당신들 같은 그 후손이 태어났을 거란 얘기고."

용준과 밀라는 당연히 실험이 실패해서 존재하지 않는다고 생각했다.

"당신들처럼 도망쳐서 어딘가 살고 있다면?"

"……."

"청록 수도회가 해체되고, 당신들까지 사라져 버린 후에 그들이 각성해서 절대적인 힘을 갖고 나타난다면, 그건 누가 막지?"

용준은 쉽게 답하지 못했다.

안드레아가 용준을 잡아 일으켰다.

"당신들이 남아 있어줘야 해.

"하지만……."

"죽는 건 아무 때나 할 수 있잖아. 당신들이 아직 살아서 책임져야 하는 일이 있다는 거야."

용준은 밀라를 돌아보았다. 밀라는 눈을 감았다. 그녀의 눈에서 눈물이 흘렀다. 뱀파이어가 된 후 그렇게 눈물이 흐른 것은 처음이었다.

"그 아이들."

밀라가 조용히 말했다.

"나와 함께 갇혀서 밤새 울던 그 아이들을 한번 보고 싶었어. 최소한 그 아이들이 세상에 나가서 웃는 것을 보고 떠나고 싶었어."

밀라는 안드레아가 살아달라고, 살아도 된다고 말하는 것에 구원받은 것처럼 살고 싶다는 말을 그렇게 표현했다. 용준은 자신에게 밀라의 생명을 빼앗을 권리가 없었다는 것을 인정했다. 그리고 자신이 스스로 죽을 방법이 없다는 것도 깨달았다.

안드레아가 손짓하자, 사제들은 고개를 끄덕이더니 뱀파이어 시신에 성수를 뿌렸다. 살이 녹아 들어가는 악취 속에서 안드레아는 용준을 바라보고 있었다.

"네가 남아서 아이들이 사람답게 살게 지켜줘라. 그러다 정말 죽고 싶으면 찾아와. 그땐 머리에 시원하게 한 방 쏴주지."

용준은 쉽게 답하지 못했다. 안드레아는 할 말이 끝났다는 듯 선글라스를 다시 썼다.

"아무 일도 없는 것처럼 우리 속에 섞여 사는 것이 불가능하다면, 그 힘으로 누군가를 도울 방법을 찾아서 사람들이 그토록 원하는 히어로로 살아주는 건 어때?"

"히어로요?"

용준의 반문에 답한 것은 익숙한 목소리였다.

"페인킬러."

용준이 돌아보자 들어오는 것은 다름아닌 성태였다. 놀라는 용준에게 성태가 설명했다.

"해리가 못 찾는 게 어딨겠나."

성태는 죽은 뱀파이어가 쌓여있는 것을 보며 끄덕였다.

"영화 세트장 느낌이네."

그리고 안드레아를 돌아보았다.

"말씀 끝나셨으면 우리 애 좀 데려가도 되겠습니까?"

안드레아는 코웃음을 치며 사제들을 데리고 한발 물러섰다.

"가자."

용준은 성태를 보고, 밀라를 보고, 안드레아를 보았다. 그리고 바닥에 쓰러진 총령과 성준을 보았다. 앞으로 살아갈 수백 년의 세월이 절망스러웠지만 지금은 자기를 맞아줄 살아있는 사람들이, 가족이 있었다.

돌아서 앞장서는 성태의 얼굴에 살짝 미소가 걸렸다. 뒤따르는 용준의 얼굴에도 미소가 걸렸다. 용준은 밀라에게 슬쩍 손을 뻗었다. 밀라는 머뭇거리다가 그 손을 잡았다.

바위문을 나가는 세 사람 앞에 아침 해가 떠오르고 있었고, 세 사람의 모습은 실루엣으로 보였다. 얼핏 한 가족의 뒷모습처럼 그렇게 보였다.

Epilogue

흩날리는 눈이 갈색 무덤 위로 추적추적 쏟아졌다. 기온이 그새 높아진 탓에, 눈은 무덤을 덮지 못하고 적시기만 했다.

코트 차림의 용준이 품에서 혈액백을 꺼냈다. 그리고 두 봉분에 골고루 붉은 피를 뿌렸다. 묘지 관리인이 온다면 난리가 나겠지만, 어쩔 수 없었다. 가족들의 입맛에 가장 잘 맞을 음식이었기에.

두 무덤을 두고 묘비는 하나였다. 두 남자의 이름이 회색 돌 위에 깊게 새겨있었다.

한석필, 한성준.

"바빠서 자주 못 왔네요. 미안합니다."

용준이 담담하게 말했다. 그리고 주머니에서 경찰증을 꺼냈다.

"나 복직했거든요. 하, 그런데…… 안 들키고 잡기가 너무 빡세네요."

복직 후, 용준은 끓어오르는 힘을 조절하지 못했다. 평소에는 괜찮았지만, 꼭 용의자 검거 때만 그랬다. 잘못 붙잡았다가 용의자의 어디를 부러뜨리는 건 이제 예삿일이었다.

"뭐, 간만에 복직이니까 그렇겠죠?"

무덤들은 대답이 없었다. 용준은 피식 웃었다.

"역시, 안 친한 가족들이라 별로 할 말이 없네요. 전 이제 슬슬……."

그때, 용준의 핸드폰 진동이 울렸다. 또 사건인가 싶어 찌푸려진 부드럽게 풀렸다. 성태였다.

"네, 아저씨."

"야, 그 뭐냐. 니 와이프하고 딸래미 왔는데 언제 오냐?"

용준이 한숨을 내쉬었다.

"주책 좀 그만 부리세요. 우리 아무 사이 아니라고요. 어디 가서 밀라씨랑 붙여놓으면 저 범죄자 취급당해요."

"근데 밀라가 연상이잖아?"

수화기 너머로 밀라의 목소리가 느긋한 들렸다.

"맞죠."

용준은 어이가 없다는 듯 웃었다. 성태는 귀찮다는 듯 본론을 빠르게 얘기했다.

"야! 아무튼 오늘 너 올 거 같다고 하니까 명구고 찬섭이고 다 온다고 하더라. 해리는 귀찮다던데 찬섭이가 납치하기로 했어."

"……납치 안 하고 밀라씨 있다고 하면 네 발로 뛰어올 텐데."

"그렇네? 역시 머리가 비상해."

성태가 기분이 좋은 듯 흥흥 웃었다.

"아무튼, 고기 구울 거니까 와라!"

"저랑 밀라씨는 못 먹잖아요."

용준이 장난스럽게 말하자, 성태가 고함쳤다.

"야 이 새끼야! 넌 네 딸랑구 입은 생각 안 해?"

결국, 용준은 웃음을 터뜨렸다.

"알겠어요. 여기 충북 예산이라 두 시간 걸려요."

"그래라!"

성태의 전화가 뚝 끊겼다. 용준은 핸드폰 배경화면을 잠시 바라보았다.

오른눈이 파랗게 빛나는 여자아이가 정면을 보고 웃고 있었다. 앞니 두 개가 딱 빠진 게 이제 예닐곱 살 같았다.

용준은 봉긋한 두 무덤을 바라보았다. 그리고 슬픔과 그리움을 담아 말했다.

"또 올게요, 또 보자."

발을 붙잡으려는 듯 길이 미끄러웠다. 하지만 용준은 비틀거리지 않고 성큼성큼 묘지를 내려왔다. 하늘은 우중충하고 뿌옜지만, 바람에 날린 눈발이 하얗게 허공을 뛰어다녔다.

페인킬러

ISBN	979-11-88660-65-0 (03810)
1판 1쇄	2024년 12월 31일
지은이	김도형
발행인	김희재
책임편집	추태영
마케팅	김근형 강성삼
표지디자인	이경란
본문디자인	박초아
교정교열	김세나
펴낸곳	㈜올댓스토리
출판등록	2009년 11월 23일 제2009-000151호
주소	서울특별시 마포구 성지3길 67 4층
전화	02-564-6922
전자우편	cabinet@allthatstory.co.kr
홈페이지	www.storycabinets.net

- 캐비넷은 ㈜올댓스토리의 임프린트입니다.
- 이 책의 판권은 지은이와 캐비넷에 있습니다.
- 이 책 내용의 전부 또는 일부를 재사용하려면 반드시 양측의 동의를 얻어야 합니다.
- 잘못된 책은 구입처에서 바꾸어 드립니다.